神話의 늪

神話의 늪

초판 인쇄   2019년 11월 22일
초판 발행   2019년 11월 25일

지 은 이   한승원
펴 낸 이   김재광
펴 낸 곳   솔과학
등   록   제10-140호 1997년 2월 22일
주   소   서울특별시 마포구 독막로 295번지 302호(염리동 삼부골든타워)
전   화   02-714-8655
팩   스   02-711-4656
E-mail   solkwahak@hanmail.net

I S B N   979-11-87124-61-0 (03810)

값 16,000원

한 승 원

神話의 늪

솔과학

숨은 그림 찾기 놀이 같은 소설 한 편

소설책 한쪽 한쪽을 펼칠 때마다 거기에 숨은 그림 찾기 놀이 같은 의뭉스러운 의미망을 숨겨놓고, 독자로 하여금 하나하나 찾아내는 즐거움을 얻어가게 한다면 얼마나 좋을까.

오래전부터 그러한 소설 한 편을 쓰고 싶었다.

이 소설은 하나의 성찰이다. 소설가인 나에 대한 성찰이고, 대우주 시원에 대한 성찰이다. 소설은 왜 쓰는지에 대한 물음이기도 하고, 어떻게 써야 잘 쓰는 것인지에 대한 해답이기도 할 터이다.

소설 속에 시인이자 소설가인 한승원을 등장시키고, 그의 진술에 대하여 시비하고 빈정거리는 시인이며 소설가이고 동화작가인 여성 소설가 허소라를 등장시킨 이유가 그것이다.

무당 같은 51세의 허소라가 아직도 '치르는 달거리'라는 사건'에 코드를 맞추어 읽는다면 숨은그림찾기가 한층 수월하고 재미있을지도 모른다.

이 땅의 작가들이 쓴 소설책 시장이 썰렁해진다고 야단인 이 판국에, 너의 모두를 소설가가 되게 한 단초를 제공한 이 아비가 "아이고 아버지 금년에도 또 소설책 한 권 내셨네"하고 놀라게 하는 까닭이 이 소설 속에 들어 있을 터이다.

이 소설에 등장하는 검은 댕기 두루미, 연꽃 바다, 키조개, 피조개, 소라고둥, 갯강구 따위의 일화들이 모두 하나하나의 의미망으로서의 상징이고 비유라는 것, 소설은 한사코 재미있게 쓰지 않으면 독자가 읽으려 하지 않는다는 것, 그리고 소설가는 이렇게 소설 쓰기에만 전념해야 한다는 전범을 보이겠다는 것 등등.

*

이것은 2007년 2월 이 소설 초판본을 낼 때의 '작가의 말'이다.

나는 이 소설에 많은 아쉬움을 가지고 있다. 아쉬운 부분을 고치고 다듬어 새로이 출간하는 것은 이 소설과 내 토굴 앞에 누워 있는, 내가 '연꽃바다'라고 명명한 나의 바다, 죽음이 없는 신의 또 다른 얼굴을 한 〈신화의 늪〉에 대한 사랑 때문이다.

2019년 가을에 해산토굴 주인 한 승 원

차
례

키조개 여신 1

소설가 허 소라

삼 년 전에 혼자가 된, 51살의 여성 소설가 허 소라許素螺는 백합골짜기의 적갈색 벽돌로 지은 별장 응접실 소파에 앉은 채 바다를 내려다보고 있었다. 연꽃바다라고 불리는 그 바다는 운동장 트랙을 옆으로 눕혀놓은 듯한 타원형인데, 위쪽 변에는 고흥반도의 별로 드높지 않은 꽃잎 모양의 산들과 소록도와 금산섬이 늘어서 있고, 왼쪽 구석에는 벌교가 놓여 있고, 아래쪽 변에는 보성과 장흥의 산들이 늘어서 있고, 오른쪽에는 흘러가는 연잎 모양의 완도 지방 섬들이 놓여 있었다.

키조개 피조개 바지락이 한창 맛깔스러운 봄철의 어느 해저물녘에 흰 저고리에 검정 치마 입은 체구 작달막한, 청죽같이 젊은 여인이 백합골짜기 연안으로 갯것을 하러 나왔다. 그 골짜기에 허 소라의 별장이 들어서기 65년 전의 일이었다.

골짜기에는 숲이 무성했고, 그 아래 연안은 늘 텅 비어 있고 유리가루 같은 햇살만 쏟아지곤 했다.

누군가는 거기에서 어느 한낮에 도깨비를 만나 씨름을 했고, 수문포 마을에 초상이 난 날 밤 사장나무 우듬지에 앉아 있던 혼불이 그 숲으로 스며들었고, 장마철 해저물녘에는 무지개가 그리로 걸쳐졌고, 한여름 밤에는 별똥들이 연달아 그 숲으로 떨어졌다.

청죽 같은 그 여인은, 수문포에서 수락 마을로 들어가는 산기슭의 자드락길 옆 오막에 시어머니와 단 둘이 사는 여인이었다. 그녀의 남편은 징용에 끌려갔다.

수락 마을의 윤 부잣집 큰 아들이 그 골짜기 뒷산 중턱 숲속의 너럭바위에 땔나무 지게를 받쳐놓고 앉아 써레기 담배 한 대를 피우며 바다를 내려다보고 있었다. 그는 징용엘 가지 않으려고 아침 일찍이 도시락을 싸가지고 그 숲으로 숨어들곤 했다.

젊은 여인은 바야흐로 검정 치맛자락을 젖가슴께로 치올

려 띠로 동여 묶고, 바구니를 한 손에 든 채 흰 속곳 바람으로 허리가 잠기는 탁한 물에 들어가 발끝으로 무르고 차진 갯벌을 더듬어 키조개와 피조개를 찾아낸 다음 윗몸을 굽히고 한쪽 손을 집어넣어 캐내곤 했다. 그 모습은 커다란 검은 댕기 두루미 한 마리가 유영하면서 물고기 사냥을 하는 것 같았다.

해가 서산 너머로 떨어지고 피어오르던 핏빛 노을이 스러질 무렵 젊은 여인은 물 밖으로 걸어 나왔고, 자갈밭에 이르자 가슴께에 동여 놓았던 치맛자락을 풀어 내리고 젖은 속곳을 벗어 한 데 뭉쳐 바구니에 담았다. 그 바구니를 옆구리에 끼고 자드락길로 올라왔다.

그 여인이 홑치마바람으로 걸어오고 있음을 알아차린 청년의 가슴은 두 방망이질을 하고 있었다. 그 여인이 마을로 들어가려면 청년이 있는 숲의 자드락길을 지나가야 했다. 자드락길은 소나무 상수리나무 도토리나무 개암나무 오리나무 백양나무 들이 하늘을 찌를 듯이 자라 있는 숲 사이로 뻗어 있었다.

여인이 숲길로 들어섰을 때 청년은 산적처럼 달려 나와 그녀를 끌어안았다. 여인은 그가 그러기를 기다리기라도 한 듯 놀라지 않았다. 그들은 서로 잘 아는 처지였다. 청년은 그녀를 안은 채 떡갈나무숲 속으로 들어갔다. 그들에게는 말이 필요 없었다.

검은 숯가루 같은 땅거미가 숲과 바다를 덮었을 때, 얼굴이 상기된 여자는 흐트러진 옷매무시를 고치고 헝클어진 머리를 매만진 다음 사방을 두리번거리며 숲 밖으로 나왔다. 그녀가 마을로 들어간 지 얼마쯤 뒤 어둑어둑해졌을 때 땔나무 짐을 짊어진 청년이 그녀 밟아간 길을 따라갔다.

이후 그들은 하루도 빠짐없이 그 해변으로 나오곤 했고, 한쪽은 키조개 피조개를 잡고 다른 한 쪽은 땔나무를 하고, 그런 다음 해거름의 빗긴 빛살 날아드는 무성한 숲 속에서 오랜 동안 머물렀다가 땅거미가 내리면 마을로 돌아가곤 했다.

그 해 늦은 여름의 어느 날, 몸이 아프다면서 금당도의 친정으로 갔다가 초겨울에서야 돌아온 그 여인은 시낭고낭 앓는다고 소문이 났다. 친정에서 독한 약으로 낙태를 시키느라 몸이 상한 것이지만 그것을 아는 사람은 아무도 없었다.

그 몸을 회복시키는 데에는 키조개의 패주를 갈아 쑨 검은 깨죽이 가장 좋은 약이라고 했으므로 청년은 추위를 아랑곳하지 않고 깊은 갯벌 물에 들어가 키조개를 캐가지고 밤에

몰래 그 여인의 집 부엌 문 앞에 놓고 가곤 했다. 그런데, 모래
톱에 하얗게 성에가 끼고 검푸른 바다 물너울 위에 흰 까치파
도가 날리는 소한小寒 추위 속에서 그것을 캐가지고 나오던 청
년은 모래밭에서 허리와 팔다리가 오그라져 죽고 말았다.

이듬해 봄 여인은 거짓말처럼 건강한 몸이 되었다. 그녀는
그 청년이 살았을 적에 그랬듯 물 아래 깊은 갯벌 물속에 들
어가 키조개를 캐가지고 나오곤 했고, 숲 속에서 그녀를 기다
리고 있는 누구인가와 뜨겁게 사랑을 나누다가 어둑어둑해진
다음 마을로 들어가곤 했는데, 그 누구인가는 그 청년의 혼
령이었다.

그들 남녀가 그러는 모습을, 소설가 허 소라는 별장의 응
접실 소파에 앉은 채 유리창을 통해 바라보곤 했다.

창밖에 칠흑 같은 어둠의 세계가 있었다. 죽음의 세계가
저렇게 어두울 터이다. 그 세계를 가슴 속으로 들이켜면서 허
소라는, 젖가슴이 잠기는 물속에서 키조개를 발끝으로 더듬
어 짚은 다음 자맥질을 하여 캐내곤 한 청죽처럼 젊은 여인의
사랑 이야기를 주렴珠簾처럼 엮어가고 있었다.

씨앗
種子
말

허 소라, 그녀가 무척 무례하다고 나는 생각했다.

그녀는 찾아오겠다는 전화를 미리 하지도 않은 채, 오전 열시 반쯤에 흰 물새 같은 자동차를 내 토굴 주차장에 두고 현관문을 두들겼다. 글을 쓰는 나에게 있어, 오전 열시에서 열두시 사이는 글이 가장 잘 써지는 황금시간이다. 나는 내심으로 불쾌해 하며 현관문 밖으로 나갔다.

문 앞 계단에 서 있던 그녀는 나를 향해 송곳니 하나를 내놓으며 생긋 웃고 머리를 까딱하며 말했다.

"안녕하셨어요?"

나는 먼저 그녀에게서 날아오는 물씬한 살구꽃 향 같은 체

취에 흠칫 놀라고, 다음은 청 점퍼에 무릎이 무람없이 드러
나는 짧은 청치마 차림을 한 늘씬한 모습과 약간 가무잡잡한
갸름한 얼굴에 소스라치듯 놀랐다.

진한 살구꽃 향과, 머리칼이 반백임에도 불구하고 앳된 이
십대쯤으로 느껴지게 하는 팽팽한 살갗과 긴 속눈썹과 게슴
츠레한 눈과 부드러운 콧날과 볼에 패이는 보조개와 긴 목과
도톰한 입술과 단추를 풀어놓은 청 점퍼자락을 양 옆으로 젖
히고 옥색의 브라우스 천을 밀어내는 두 개의 풍만한 젖무덤
이 내 숨결을 압박했다.

"어쩌지요? 선생님께서 시방 이 시간에는 글을 쓰신다고
들었는데…… 저 아주 무례하지요?"

입술 밖으로 하얀 송곳니를 내놓으며 생글거리는 그녀의
콧소리 많은 목소리가 내 의식에 어지러운 여울물살을 일으
켰다. 청년 시절부터 내 의식 속에 각인된 노을 하나가 꿈틀
거렸다.

*'지금 저녁노을은 수술대 위에서 에테르로 마취된 환자처
럼 하늘을 배경으로 펼쳐져 있습니다.'

나는 그녀의 고혹蠱惑적인 자태와 향기 앞에서 무력해졌다.
그녀를 사마귀들의 세계에 비유하자면, 마법의 향기를 뿜는

자궁을 소지한 권력자였고, 나는 그 권력자 앞에서 넋을 잃은, 성냥개비만한 한 마리의 수컷이 되고 있었다.

평생 동안 나는 늘 자궁의 권력을 두려워하고 조심하면서 살아왔다. 교미를 하고난 암컷 사마귀가 수컷 사마귀를 잡아먹어버리는 장면을 늘 생각한다. 나에게는 물 무섬증이 있다. 우주를 낳은 자궁의 가장 확실한 가시적인 모습은 바닷물이다. 이 세상 최고 최대의 윤리는 물의 성질을 가지고 있다.

젊은 시절 대단한 자궁 권력자였던 퇴기 춘향 어머니는 노회한 수법으로, 삿도 아들 이몽룡으로 하여금 춘향의 자궁 속에 빠지게 했다. 거지 되어 돌아온 줄 알았던 이 몽룡이 어사출도 하고 사형선고 받은 춘향을 옥에서 끌어냈다는 말을 듣고 동원으로 달려가며 그녀가 외쳐대는 말, '너 이놈들, 내 배(자궁) 다치지 마라. 열녀 춘향이 난 배다 이놈들!' 이보다 더 호쾌한 자궁의 권력을 과시하는 언사가 어디에 있는가.

연산군을 낳은 어머니 윤씨의 자궁은 죽은 다음에도 세상을 온통 피로 물들이는 권력을 과시했다. 끝내는 단 하나밖에 없는 아들마저 잡아먹었다.

나를 낳아주고 키워주고 가르친 다음 당신의 입맛에 맞는 여인을 나에게 짝지어주신 어머니의 자궁 권력은 나로 하여금 많은 동생들의 삶을 돌보지 않을 수 없도록 압력을 넣었고, 나는 늘 고개 숙이고 따르지 않을 수 없었다. 그 어머니에게서 바톤을 이어받아 나를 양생하면서 소설가 둘 만화가 하나를 낳은 늙은 아내의 자궁 권력 앞에서 나는 늘 삼가곤 한다.

나는 내 삶 속으로 비비적대며 들어오고 있는 한 젊은 자궁 권력자의 무람없는 시간을 생각했다. *'유리창에 등을 비벼대며 거리를 미끄러져 가는 노란 안개에게도 확실히 시간은 있을 것이다. 앞으로 만날 얼굴들을 대하기 위하여 한 얼굴을 꾸미는 데에도 시간은 있다. 살해와 창조에도 시간은 있다.'

대단한 자궁권력자임에 틀림없는 허 소라가 나를 찾아온 것은, 내가 '곡신谷神'이라는 씨앗에서 싹터나는 이야기들을 컴퓨터의 파일 하나에 넣어 키우고 있을 때였다.

지난 늦겨울의 어느 날 토굴 응접실 바람벽에 걸어놓은 메모판 한가운데에다 '곡신谷神'을 씨앗으로 심어 두었다.

'곡신은 그윽한 암컷현빈玄牝이고, 그윽한 암컷의 문은 우주의 뿌리天地根'에서 가져온 것이다. 대개의 노자 번역자들이 곡신을 '골짜기의 여신女神'으로 풀이하는데, 잘못이라고 생각한다. 나는 곡신을 여성 성기女根에 비유하여 다음과 같이 풀이한다.

곡谷은 음으로서 자궁에 해당하고, 신神은 양으로서 클리토리스음핵와 질膣에 해당한다. 질과 클리토리스는 여성 몸 가운데서 성감대가 가장 잘 발달해 있어, 여자가 자기의 몸을 여성답도록女性性 매혹적이고 향기롭게 가꿈으로써 남자로 하여금 발기하여 사정하게 한다.

자궁은 자기 시공 속으로 들어와 착상한 난자로 하여금 정자를 받아 수태하게 하고 잘 자라도록 영양을 꾸준히 공급한다母性性. 자궁은 둔한 데가 있다. 만일 자궁이 질과 클리토리스처럼 예민한 성감대를 가진 기관이라면 열 달 동안 고통스럽게 아기를 키우고 있겠는가.

그러므로 나는 그것을 '곡신은 여성성과 모성성을 완벽하게 갖춘 현묘한 암컷이고, 그 암컷의 문은 우주를 생성시키는 근원이다'라고 풀이한다.

김 선두 화백이, 내 토굴 앞에 가로 누워 있는 회청색 연꽃 바다와 회색 갯벌과 녹색 득량도와 청자색 하늘을 화선지에 오려붙이기 수법으로 형상화한 그림 위에 투명한 유리판을 덮어 주었는데, 나는 그것을 메모판으로 사용한다.

그 메모판은 밭田이다. 거기에 검은 싸인 붓으로 씨앗의 말 하나를 써 놓으면, 그 밭은 남성을 수용한 여근처럼 꿈틀거린다.

이번, 그 밭에 몸을 묻은 씨앗 말 '곡신'의 경우는, 한동안 조용히 그 비옥한 밭과 더불어 요분질하다가 오르가즘에 이르고, 천천히 핵분열을 하기 시작하더니 〈곡신谷神=갯벌=연꽃=키조개〉라는 등식 하나를 만들어놓았다.

'모든 생명은 바다에서 기어 나왔다.'는 생물학자들의 주장과, 사람의 손가락 끝에서 회돌이 치는 지문, 소라고둥의 무늬螺線, 브라운관에 비쳐진 태풍의 눈, 천체의 운행 무늬 따위가 가지고 있는 유사성을 프랙탈이라고 말한 만델브로트 박사의 논리에 따른다면, '곡신=갯벌=연꽃=키조개'는 우주라는 자궁의 생명력과 신비로움을 아주 잘 표현해준다.

그 씨앗 말에서 이야기들이 급속도로 싹터나고 줄기와 가지를 치기 시작했으므로 나는 그것을 서재의 컴퓨터인큐베이터 안으로 옮겨 놓고 그것들이 헌걸차게 자라는 모습이야기가 만들어지는 과정을 즐기고 있었다.

서울을 버리고 장흥 바닷가 작가실 해산토굴로 이사하면서 나는 '득량만 바다, 혹은 곡신'을 형상화해보려고 마음먹었다. 내 작가실엘 찾아온 한 안목 있는 여상女相지닌 스님은, '해산토굴'이란 현판을 쳐다보더니 가느다란 목소리로 농담을 한 바 있다.

'한 선생님은 날마다 해산解産을 하겠구만요.'

그렇다. 해산토굴은 날마다 소설을 해산하곤 하는 자궁일 터이다.

중학1학년 때 내 영혼 속에 깊이 각인되어 있는 낱말 하나가 있다.

한겨울에 어머니를 따라 장엘 갔는데, 섬마을에서 매생이 한 구럭을 짊어지고 나온 남자와 한 건달 장돌뱅이가 흥정을 하다가 침을 튀기면서 입 다툼을 했다. 매생이 남자는 갯벌 소금기가 희끗희끗 묻은 핫바지 차림이었고, 장돌뱅이는 까맣게 염색한 군복 차림이었다. 장돌뱅이가 "뻘o지에서 나온 새끼가 지랄하고 자빠졌네!"하고 빈정거리자, 매생이 남자는 얼굴이 빨개져 가지고 "아니, 그라면은, 자네는 천관산 꼭대기 돌팍엉설o지에서 나왔것구만잉!"하고 소리쳤다.

건달 장돌뱅이가 사용한 그 짭짤하고 축축한 낱말은 나의 얼굴을 화끈 달아오르게 하고 온몸에 소름이 돋아나게 했다.

당시, 내 고향 마을 대부분의 처녀와 아낙들은 차지고 무른 갯벌뻘 밭으로 낙지 게 고막 망둥이 갯지렁이 따위를 잡으러 가기 위해 탁한 잿빛의 바닷물이 괴어 있는 개웅소용돌이치면서 흐르는 해류가 만들어놓은 갯벌의 웅덩이을 건너가곤 했다. 개웅의 물은 허리가 잠기는 깊이였으므로, 그곳을 건너가는 모든 여인들은 속속곳을 벗어 머리에 이거나 목에 두른 채 홑치마 바람이 되어야만 했다.

나는 초등학교 사학년 때부터 갯지렁이를 잡기 위해 마을의 여인들을 따라 개웅을 건너 갯벌뻘 밭으로 가곤 했다. 그 갯벌 밭은 흡인력이 아주 강했으므로 깊이 빠져 들어간 발을 뽑아들어 옮기려면 안간힘을 써야만 했다. 한 나절 동안 두 손끝으로 그 갯벌을 파 일구어 갯지렁이 잡는 노동을 하고 돌아오면 아랫배와 사타구니와 두 다리의 근육들이 뻐근하고 시큰거리기 마련이었다.

그 갯벌 밭을 누비고 다닌 그곳 여인들의 발목과 종아리와 오금과 허벅다리와 사타구니와 아랫배 살은 튼실하고 강인하게 발달하기 마련이었다. 때문에 그 짭짤하고 축축한 낱말뻘

O지은 해변 여인들 몸의 깊은 속살을 상징하는 말이 되었고, 그 말 속에는 다산성의 헌걸찬 생명력이 담기게 되었다.

우주의 뿌리를 상징하는 말은 '연꽃'과 '조개'이다.

불교에 '옴 마니 반메 훔'om mani padma hum이란 주문呪文이 있는데, '옴'은 남녀가 생명을 잉태시키기 위해 교합交合하는 도중에 발음하는 성스러운 오르가즘의 안간힘 소리, 혹은, 갓 말을 배우는 아기가 어머니를 부르는 소리이고, '훔'은 성스러운 사업을 마치는 안식의 숨소리, 요가를 통해 몸과 영혼과 우주가 하나 되는 순간의 안식힐링의 소리이다. '마니'는 금강석인데 남근을 상징하고, '반메'는 연꽃인데 여근을 상징한다.

그것은 '나 연꽃에 안기어 하나 되고 싶소이다' 혹은 '옴, 나 하나의 보주로서 연꽃에 안기어 하나 되는 안식을 얻고 싶사옵니다. 훔'이라고 풀이할 수 있다. 우주적인 여성 에너지연꽃와 남성 에너지금강석의 합일로써 성행위의 오르가즘 같은 깨달음의 환희에 이르고 싶다는 소망을 염하는 주문인 것이다.

그것은 주역에 있는 말, '하나의 음과 하나의 양이 어우러지는 것을 도라고 이른다一陰一陽 謂之道'와 같다.

'심청전'에서 장님인 심 학규는 아내가 딸 '청'을 낳자 손으로 딸의 사타구니를 더듬어보고 나서 '큰 조개자궁가 작은 조개를 낳았네!'라고 말한다. 훗날, '청'의 자궁은 공양미 삼백 석에 팔려 죽음의 세계를 다녀온 다음 관세음보살의 그것으로 변하여, 이 세상의 탐욕과 미망에 빠져 있는 모든 사람들의 눈을 뜨게 해준다. 말하자면 깨달음의 새 우주를 창조하는 자궁곡신이 된 것이다. 장님인 아버지가 눈을 뜬 것은 딸 청의 곡신으로 인한 것이다.

허 소라, 그녀가 내 작가실인 토굴 안으로 발을 들여놓는 순간 나는 그녀를 안으로 들인 것을 후회했다.

주인인 나의 모든 글이 태어나는 자궁인 토굴 응접실의 이 구석 저 구석에는 펼쳐보고 아무렇게나 던져놓은 신문지들과 잡지와 책과 태우지 않은 쓰레기와 휴지들이 쌓여 있고, 응접실 바닥에는 내가 텔레비전을 보면서 깔고 덮곤 하는 요와 이불이 아무렇게나 펼쳐져 있고, 나의 얼굴에는 깎은 지 한 주일쯤 된 수염이 거뭇거뭇 자라 있고, 이발 할 때가 한 달쯤 지난 반 곱슬머리는 제멋대로 이리저리 꼬부라져 있고, 한 달쯤 입어 구겨지고 더러워진 생활 한복의 단추 둘은 풀어져 있었다.

나는 응접실 바닥의 이불과 요를 한꺼번에 보듬어다가 침실 안에 내던져 놓으면서 말했다.

"이 토굴 주인은 탐욕과 미련을 과감하게 잘라내지 못하는 까닭으로 이렇게 너저분한 것들을 버리지 못하고 충충이 쌓아놓고 살아갑니다."

그녀는 내 말을 아랑곳하지 않은 채 나에게 큰절을 올리겠다고 하면서 좌정하라고 말했고, 나는 최소한의 자존을 지키려고 꼿꼿이 앉은 채 그 대단한 자궁 권력자의 큰절을 받기로 했다. 그런데, 그녀가 윗몸을 숙여 절을 하는 순간, 브래지어를 하지 않은 까닭으로 반쯤 드러난 두 젖무덤 사이의 그늘진 골짜기를 발견하고 말았다. 나는 감전된 듯 얼른 두 손을 짚은 채 반절로써 예를 차렸다.

그녀가 이제야 찾아뵈어서 죄송하다고, 콧소리 많이 섞인 목소리로 말했고, 나는 머리에서 지워지지 않는 하얀 두 젖무덤 사이의 음음한 그늘 때문에 어지러워하며, 화사한 미모를 가까이서 대할 수 있게 해주어 고맙다고 대꾸하고는, 서둘러 다구茶具를 내놓고 그녀와 마주 앉았다.

차를 우려내는 사람은 산란한 생각들을 멈추止고 차와 물만 보아야觀 한다. 바둑 두는 사람이 상대가 누구인지를 생각지 않고 오직 바둑판 위에 가로세로 그어진 눈금들과 거기에 한 개씩 놓이는 흑백의 돌들의 의지生命力만 보며 상량해야 하듯이.

차는, 자기를 우려내는 사람의 마음과 자기를 마셔주는 사람의 마음을 뚫어보는 마음을 가지고 있는, 자존심이 강하고 질투가 많고 고집이 센 생명체이다. 차를 내는 사람의 마음이 딴 생각으로 인해 들떠 있고 조급해 있거나 분노나 슬픔에 젖어 있거나 오만해져 있으면, 차는 여지없이 토라져서 제 멋대로 행동해버린다. 맛이 변해버리는 것이다.

걱정이 앞섰다. 이 권력자 앞에서 흔들리고 있는 내가 차의 향과 맛을 제대로 낼 수 있을까. 내 손은 미세하게 떨면서 빈 찻잔 한 개를 넘어뜨렸고, 주전자에다 차를 정도 이상으로 많이 넣고 뜨거운 물을 부어놓은 채 정도 이상의 시간을 흘려보낸 까닭으로 너무 진한 차를 내는 실수를 저질렀다. 이때 차인들은 차가 짜다고 말한다.

나는 먼저 차를 한 모금 음미하고

"차가 약간 뜨겁고 진한 듯싶은데 조심하십시오."하고 말했다.

그녀는 눈을 게슴츠레하게 뜬 채 찻잔을 들어 음미하고

"저는 뜨겁고 짜게 마시는 편인데 제 입맛에 아주 딱 맞습니다."하고 말했다. 진하게 울어난 차를 짜다고 말하는 데에 용기를 얻어 나는

"미안한 일입니다만, 저는 시방 손님을, 어디서 어떻게 만난 분이신지 기억해내지 못하고 있습니다. 정말 미안합니다."하고 말했다.

그녀는 나의 그러함이 오히려 당연한 일일 거라는 듯 말했다.

"저, 시랑 소설이랑 동화랑 쓰는 허 소라여요. 사 년 전 봄에, 저기 광양 매화꽃밭에서 ㅈ선생님 출판기념회할 때 인사드렸는데요. 등단은 시로 했지만, 소설 동화 수필 다 써요."

"아이고, 미안합니다."

내 말에, 그녀는 고개를 회회 젓고 호들갑스럽게 말했다.

"제가 큰 죄를 짓고 있습니다. 두 해 전부터, 수문포 저쪽 용곡 바닷가에 자그마한 집 하나를 짓고 거기에서 살고 있어

요. 이제부터는 정말로 좋은 작품을 쓰자고 단단히 마음먹고 살고 있습니다. 저는 이승 사람들 이야기도 쓰지만 저승에 간 사람들 이야기도 써요...... 저승 사람들은 죽어가는 순간의 나이를 영원히 가지고 살아간다고 알고 있어요. 저는 그들의 시간을 거꾸로 돌려서 행동하게 해요."

"아, 네에....."

"사실은, 제 남편이 광주에서 '아시아 문학사'라는 출판사를 하던 설문도예요. 작고하신 ㅈ선생님 책을 그 사람이 내줬잖아요. 그래서 그날 그 사람하고 같이 선생님께 인사를 드렸었는데요."

그녀는 하지 않아도 될 말 사족을 달았다.

"그 사람, 농사 짓던 아버지 잘 둔 덕에..... 돈을 주체할 수 없어, 그냥 허영으로 출판사를 한다고 하지만, 주로 골프공 엉덩이나 두들기고 다녀요. 동광양 땅들이 제철소 때문에 몇 천 배로 뛰었잖아요?"

나는 고개를 끄덕거리며 그녀의 얼굴을 건너다보았지만, 내 머리에는 흰 구름 같은 매화꽃 너울이 그려질 뿐이었다. 건너 집 수탉의 울음소리가 흘러들어와 다탁 주위에서 맴을 돌았다. 창창하고 꼬리가 긴 그놈의 울음소리는 그놈의 생명력이 최고조에 달해 있음을 말해준다. 수탉은 건강해 있는 한 수시로 울어 자기존재를 만방에 고하고 수시로 암컷과 교미를 함으로써 자기가 수없이 많은 첩들을 거느린 제왕임을 증명하고 과시한다.

내가 수탉 생각을 하고 있는 바람에 한동안 침묵이 맴을 돌았다. 그녀가 그 침묵을 깼다.

"저 혼자서 살아요."

나는 그녀의 게슴츠레한 두 눈을 건너다보기만 했다. 그녀는 눈길을 더 아래로 내리깔면서

"그 사람 멀리 떠나가 버렸어요."하더니, 콧등에 잔주름을 잡고 나를 향해 웃었다. 나는 그녀의 가슴이 가을호수처럼 주름을 잡고 있다는 생각을 하며 고개를 끄덕거렸다.

"저 태 묻은 곳이 수문水門 마을이어요. 아버지가 남겨놓은 산기슭 땅이 있어서 별장을 지었어요. 응접실에 앉으면 선생님의 연꽃바다가 한눈에 들어와요. 선생님을 한번 제 별장에 모시고 싶어요."

"초청하신다면……"

가슴이 후끈 더워졌다. 그녀의 권력에 물러지고 있는 나를 한심해 하며, 이 무슨 주책이냐, 하고 꾸짖고, "이 풋 늙은이한테 이렇게 고운 모습을 보여주셔서 고맙습니다."하고 말했다. 그녀의 권력을 확실하게 인정해주고 나서 그 권력 밖으로 비껴나고 싶었다.

그때, 그녀의 눈길이 내 비장의 메모판으로 달려갔다. 메모판 위에 쓰여 있는 '곡신=갯벌=키조개=연꽃'이라는 틀이 몸을 이리저리 외틀고 있었다.

그 틀에서 무엇을 느꼈는지, 문득 그녀는 마른 입술에 침을 바르고 눈을 크게 치떠 흰자위를 확대시키며 말했다.

"저 지금도 그거 해요."

나는 얼떨떨해 하며 "네?"하고 물었고, 그녀는 한 손으로 입을 가리면서 "호호호호...."하고 웃었다. 웃음으로 인해 일그러진 눈자위와 입 가장자리에 명주실오라기 같은 잔주름이 잡혔고, 그녀의 풍만한 젖무덤이 출렁거렸다.

나는 천장으로 눈길을 옮겼다. 이 여자가 말한 〈그거〉라는 것이 자기의 '월경'을 말하고 있다. 얼굴 붉히지 않고 그런 말을 하는 이 여자는 소가지 없는 푼수인가, 요녀인가 마녀인가. 풋 늙은이 앞에서 그런 말을 내뱉고 있는 저의가 무엇일까.

그녀가 웃음을 그치면서 "죄송합니다."하고 나서 "셰어라는 여가수 있지요?"하고 말했다.

나는 고개를 끄덕여주었다. 얼마 전에 한 제자가 사다준 '셰어'의 시디 한 장을 나는 거듭 듣고 있었다. 육감적인 중저음의 목소리인 그녀는 5십대임에도 불구하고 시바의 여신처럼 매혹적으로 검은머리를 기다랗게 늘어뜨리고 있었다. 나는 그녀의 'Belive'라는 노래가 좋았다. '.....당신은 믿나요, 우리 사랑을 끝내고도 살아갈 수 있다고? 나는 알고 있어요, 내 안에서 무언가가 속삭이는 소리를, 내 생각에 당신은 그렇게 강하지 않아요. 당신은 믿는가요? 우리 사이의 사랑을 끝내고도 잘 살아갈 수 있다고?.....' 술에 취한 채 그녀의 댄스 음악을 들으면 슬퍼지곤 했다.

젊은 제자들과 함께한 술자리에서 요즘 내가 '셰어'에게 반해 있다고 하자, '어머, 그 여자, 남자를 무대 의상처럼 바꾸곤 한답니다.'하고 누군가가 말했었다.

"셰어, 그 여자처럼 살고 싶어요."

허 소라의 '헤플' 가능성이 있는 당돌한 '푸짐'의 몸짓으로 말미암아 나는 다시 당황했다. 여자들이 아름답게 가꾼 자기 몸을 두꺼운 천으로 싸매 감추려 하지 않고 풀어내어 드러내 주는 것이 내 사전에는 '헤픈 푸짐'이라고 쓰여 있다. 허 소라, 이 여자, 이 풋 늙은이에게 자기의 헤픈 푸짐을 드러내어 어찌하겠다는 것인가. *"앞으로 만날 얼굴들을 위하여 한 얼굴을 꾸미는 데에도 시간은 있다'하고 생각하며, 나는

"젊을 때 열심히 사십시오."하고 덕담을 했다.

그녀는 '셰어'의 발랄한 댄스 음악이 들려오기라도 한 것처럼 어깨를 가볍게 들썩거리고 윗몸을 두어 번 양옆으로 젓고 나서 말했다.

"저, 그거 할 때마다 선생님의 연꽃바다를 내다보고 붉은 포도주를 마시면서 저를 축하하곤 해요. 선생님께서는 저 연꽃바다를 우주적인 자궁으로 읽고 계시지 않아요?"

5십대로 접어든 여자가 무람없이 아직도 달거리 하고 있음을 강조하는 의미는 무엇일까. 나에게서 축하를 받고 싶다는 것인가. 그 축하는 어떻게 해주어야 온당한가. 최고 최대의 축하는 사랑일 터이다. 그래, 한 개의 얼굴을 꾸미는 데에도 시간은 있다.

그녀가 말을 이었다.

"좀 천박해 보일지라도, 남의 눈치 보지 않고 유치하게 사는 것이 좋다는 것을 깨달았어요."

그녀의 '유치함'은 어떤 성질의 유치함일까. 그녀는 자기의 유치함과 나의 '곡신=갯벌=연꽃=키조개'라는 틀프레임을 나란히 놓으려 한다. 내 메모판의 '종자 말 등식틀'이 아직은 하나의 관념일 뿐이지만, 멀지 않아 천관산의 짙은 숲에 서린 별밤의 신화나 연꽃바다에 서린 아프고 슬픈 역사나 바닷가 마을 사람들의 질펀한 사랑 이야기라는 신화적인 하부구조를 마련하게 될 터인데, 이 여자는 그것을 이미 다 짐작하고 있다는 것인가.

"삶이 슬퍼지면 저는 거추장스러운 옷들을 훌훌 벗어던지고 즐겨요. 그냥 혼자서요."

'옷'은 가식이나 허위를 말할 터이지만, '그냥'이란 말은 어떤 상태, 어떤 모양새를 말하는 것일까. 자기 나름의 달관에 이른 그녀의 삶의 시퍼런 방죽을 생각했다. 이런저런 까닭으로 말미암아 패인 세상의 모든 방죽에는 개구리가 뛰어들기 마련이다. 지금 혼자 살고 있는 이 여자의 방죽에도 개구리들이 몰려들 것이다. 황소개구리, 까치개구리, 두꺼비, 비단개구리……

이 여자의 초청에 응한다면 나도 한 마리의 개구리가 된다.

그녀가 말했다.

"남자들이, '골키퍼가 지키고 있다고 공이 안 들어가나?' 이런 말들을 하지 않아요? 축구 골대가 걸치고 있는 그물자락은 여성의 깊은 속살이고, 공은 남성의 정자라고들 생각합니다. 모든 남자들은 문지기남편가 지키고 있음에도 불구하고 그를 속이고 그물이 출렁거리도록 공을 힘껏 차 넣으려 하고, 누구인가가 자기 대신 그래주기를 희망합니다. 여성들은 자기의 문을 남편이 지키고 있지만 다른 누구인가가 그를 속이고 공을 힘껏 차 넣어주기를 희망합니다. 저의 경우는 문지기가 멀리 떠나가 버렸는데, 얼마나 많은 남성들이 그것을 차 넣으려고 들겠어요? 사실상, 저는 그것을 즐기고 있어요. 아주 제 별장 베란다에다가 '쾌적한 민박'이란 프랑카드를 걸어놨어요. 오지랖 넓게 가난한 후배 시인 소설가들에게 필요하면 와서 머물면서 좋은 작품 쓰라고 활짝 열어놨어요. 찾아오면 이층 방이랑, 앞에 드러누워 있는 연꽃바다랑 밥이랑 술이랑 다 무료로 제공합니다. 제임스 조이스의 단편소설 '하숙집' 처럼. 제가 그렇게 살아도 될 만큼 문지기 노릇하던 그 사람이 넉넉하게 남겨놓고 갔거든요."

"이제부터 진짜로 좋은 작품 쓰고 싶어 거기 자리 잡았다면서,...... 민박 하겠다고 오는 손님들이 글 쓰는데 방해되지 않아요?"

그녀는 동문서답을 했다.

"선생님 단골 횟집에서 점심대접을 해드리고 싶은데 허락해주시겠어요?"

'횟집'으로 가기 위해 흰 물새 같은 그녀의 자동차를 탔다. 그녀의 차 안에는 그녀가 즐겨 쓰는 향수인지, 그녀의 체취인지 알 수 없는 고혹스러운 향취가 가득 차 있었다. 내 엉덩이와 허벅다리는 푹신한 양털 깔린 의자 속에 깊이 파묻혔다. 바닷가 횟집에 이를 때까지 나는 내내 그녀의 깊은 품, 혹은 자궁 속에 빠져들고 있다는 생각을 했다.

그녀와 나는 농어회 안주에다 포도주를 마셨다. 두 잔씩을 들이켜고 났을 때, 그녀는 혼잣말처럼 지껄거렸다.

"선생님, '허방'이라는 것 아시지요? 길에 구덩이를 파놓고 풀이나 흙을 덮어놓으면 지나가는 사람들이 거길 디디고 발이 빠져 넘어지지 않을 수 없는 허방이요. 저는 제 삶 속에 그런 허방을 자주 파요. 그것이 허방이라는 것을 알면서 그것을 디디고는 빠져 넘어지고, 넘어진 김에 두 발 뻗고 누워 버려요. 제가 판 허방에서 넘어지는 것, 넘어진 채 한동안 거기 머무르다가 일어나는 것은, 이때껏 잘 못 가고 있는 길을 교정하는 계기를 만들겠다는 것이어요. 털고 일어나 그 허방을 뒤로 하고 나아갈 때는 전혀 새 길을 잡아 가곤 합니다."

말을 마치자마자 그녀는 잠시 실례하겠다고 하고 문 밖으로 나갔다.

이 여자가 나를 빠지게 할 어떤 허방인가를 파놓으려고 시방 밖으로 나가고 있는지도 모른다, 하고 생각하며 창밖으로 눈길을 보내는데 "여다지 횟집"이란 간판이 보였다. '여닫이'가 표준말인데, 왜 '여다지'라고 표기해 놓았느냐고 주인에게 묻자 '편리함'때문이라고 말했다. 그 말을 들은 뒤부터 나는, 그 횟집에 올 때마다 '편리함, 편리함'하고 중얼거리곤 했다. 그 편리함과 허 소라의 허방 사이에 어떤 관계인가가 있을 듯싶었다.

그녀가 화장실엘 가는 줄 알았는데, 꼬냑 한 병을 들고 왔다. 술이 반쯤 줄어들어 있는 것이었다.

"포도주만으로 취하면 머리가 아픕니다. 우리 이것 두 잔씩만 하시지요. 오늘 영광스럽게 선생님을 모셨으니, 알콜에 푹 젖어가지고 대리운전자를 부르겠습니다."

그래 이것이 편리함이다. 편리해지려면 일탈이 필요하다.

포도주로 어릿어릿해진 위에 꼬냑 석 잔을 얹어 마시고나자 어질어질 얼근해졌다. 그녀도 취했다. 얼굴이 노을에 물들기 시작한 그녀의 앉음새가 흐트러졌다. 두 넓적다리 사이의 음음한 그늘이 청치마 자락 밖으로 드러나는 것을 막기 위해 덮어 놓은 하늘색 스카프가 흘러내렸다. 두 허벅다리 사이의 거무스레한 그늘 속에 몸을 숨긴 암자주색의 알 수 없는 어둠 혼령 하나가 내 두 눈을 응시하고 있었다. 나는 '아, 저 음험한 허방!'하고 속으로 소리치며, 그 암자주색 어둠 혼령에게 발목 잡혀 있는 나의 눈길을 그녀의 노을 범람하는 볼우물 속으로 쑤셔 넣었다.

그녀가 볼우물을 더 깊이파면서 빈정거리듯이

"아까 그 메모판에 적어놓은 '곡신=갯벌=키조개=연꽃'이라는 생각의 틀 말예요..... 선생님, 너무 심하게 튀시는 거 아닙니까요?"하고 물었다.

나는 가슴 속에서 치솟는 웃음을 주체할 수 없어, 허공을 쳐다보며 "허허허허...."하고 웃어댔고, 그녀가 "호호호호...."하고 헤프고 푸지게 웃었다.

그래. 문학에 취해 사는 자들에게는 헤프고 푸져 버릴 수 있는 시간은 있다. 나는 그 생각을 하는 나에게 반발하며 말했다.

"독일에 살면서 남한과 북한 양쪽에 다리를 걸치고 있는 한 지식인은 스스로를 가리켜 경계인이라고 말했고, 한 시인은 '모든 경계에는 꽃이 핀다'고 노래했어요. 그런데, 허 소라는 여인은 '연꽃'으로만 살아왔기 때문에 아직은 전라도 사람들이 〈뻘〉이라고 하는 '갯벌밭'과의 사이에서 경계인으로 살지 못할 겁니다."

그녀가 따졌다.

"제가, 도시에서 돈 많이 벌어준 한 남자 덕택에, 귀족적인 글쟁이 여자로서만 살아온 데다, 이 바다 갯벌 밭과 거기 드나들며 사는 사람들의 삶의 현장을 잠시 손님으로만 다녀가는 처지이므로, 그들의 삶을 알지 못한다는 것입니까? 도시 여자의 삶, 말하자면 깨끗한 '연꽃'으로서의 삶과 질척거리는 '갯벌 밭'으로서의 삶, 그 두 세계를 모두 다 사는 경계인이 되어야 좋은 글을 쓸 수 있다는 것입니까? 그렇다면, 선생님께서는 도회지 남자, 깨끗한 금강석으로서의 삶과 해변 남자의 '갯벌 뒤집어 쓴 남근'으로서의 삶, 그 두 세계를 모두 다 살고 있다고 장담할 수 있습니까?"

위대한 자궁을 가진 그녀의 권력이 나를 어지럽게 흔들고 있었다. 나는 바다를 앞에 두고도 늘 그러한 어지러움을 느낀다. 어지러움을 느끼게 하는 바다와 여자의 자궁은 내 사전 속에서 동의어이다. 나는 항의하듯이 물었다.

"허 소라 씨는 왜 광주를 버리고 이 바닷가로 왔습니까? 깨달았다는 사람들은 부처님 속에 중생이 있고, 중생 속에 부처님이 있다고 말합니다."

그녀가 알콜로 말미암아 더욱 예리해진 탐욕 어린 눈으로 나를 보며 말했다.

"그럼 이 허 소라도, 세상의 모든 것을 말없이 수용해버리곤 하는 바다 같은 창녀가 돼버릴까요? 그래 가지고 이 남자 저 남자 다 삼켜버리고, 그리고 선생님까지도 그래 버릴까요?"

연
꽃
에

이
슬

한 달 한 차례씩 붉은 이슬 장마가 시작되면 그녀는 스스로를 자축하곤 한다고 했다.

사흘 전부터 그 증후는 있었다. 브래지어 속의 오디가 근질거리면서 곤두서곤 하여 벗어 던져버렸다. 부드러운 내의 자락이 오디 끝부분을 슬쩍 스쳐도 온몸에 저릿저릿 전율이 일어났다. 배란의 증후였다. 사랑하고 싶어졌다.

가슴이 설레다가 썰물로 드러난 갯벌 밭처럼 허전해지고 우울해지고 세상이 온통 적막강산인 듯 쓸쓸해지고 얼핏 현기증이 일고 풀벌레 울음소리 같은 이명이 그녀를 슬프게 했다.

장대비가 쏟아졌다. 화장실에서 이슬을 처리하고 나와서 응접실 소파에 앉았다. 여느 때 같으면 '운명' '미완성' '비창' '주피터' '사계'를 틀어놓는데 이날 밤에는 빗소리로 대신했다. 빗소리만큼 좋은 생음악이 있는가. 영혼이 비에 젖어들었다. 그녀의 분신은 우산도 받치지 않고 작달비를 맞으면서 바닷가를 거닐다가 돌아오고 있었다. 전설 속의 그 연인들은 숲속에서 비를 맞으면서 알몸 사랑을 나누고 있었다. 차타레이 부인이 농장 관리사 마당에서 쏟아지는 작달비를 맞으며 농장관리인과 광적으로 그리했듯이.

붉은 포도주병을 꺼내다가 응접실 탁자 위에 놓고 마개를 뽑았다. 그녀의 몸이, 혀와 입천장과 목을 쏘는 아릿한 향기를 원하고 있었다. 보상을 받으려 하고 있었다. 출립꽃 모양의 투명한 잔에서 소용돌이치는 붉은 포도주를 들여다보며, 예수가 최후의 만찬에서 했다는 말을 중얼거렸다. '이것은 내 피다.' 빗줄기 두들겨 맞으며 사랑을 나누는 남녀의 혼령들을 위하여 살풀이를 춰주고 싶었다. 마흔 살 되던 해, 꼭 이 춤사위만은 익혀두자 하며, 석 달 동안이나 고전무용 학원을 들락거리면서 살풀이춤을 배웠다.

소설 속 주인공의 운명이 한 작가에 의해서 특이하게 설정되어 있을지라도, 그것의 흘러감은 상식적이어야 한다. 이리저리 엮이는 갈등 대립을 뚫고, 아마 그런 쪽으로 굴러갈 거라고 예상되는 방향으로 나아가는 것이 자연스럽고 바람직하다. 억지는 거부감을 준다. 최상의 삶은 물 흐르듯이 꽃피듯이 사는 것上善若水 水流花開이다.

미각 기관이 향기로워 하고 맛깔스러워 하지 않은 음식을 몸이 즐겁게 받아들일 리 없다. 모든 소설은 한사코 재미있어야 한다. 작가는 그것을 쓰는 동안 내내 섬세하게 속속들이 더듬어 만지는 사랑행위를 하듯이 그 속의 이야기나 문장 쓰는 재미에 깊이 젖어 있어야 한다. 작가가 쓰면서 재미있어 하지 않은 소설을 독자가 재미있어 할리 없다.

코로 포도주의 향을 거듭 맡았다. 새곰하고 알싸한 향이 가슴 속으로 밀려들었다. 입술과 혀끝으로 맛을 보고 목 너머로 넘겼다. 포도주는 위의 벽을 붉은 입술로 빨고 혀끝으로 핥고 있었다. 그녀의 민감한 위가 포도주의 새곰한 붉은 무늬를 감싸 안았다. 그 무늬가 반짝거리는 너울이 되어 온몸으로 노을처럼 번져갔다. 전율로 인해 어깨를 으쓱했다. 한 잔을 모두 들이켰다. 얼근한 취기에 젖어들고 싶어 한 잔을 더 마시고 꼬냑 한 잔을 곁들여 마셨다. 생음악인 빗소리와 더불어 일어나는 저녁노을 같은 행복한 멀미가 일어났다. 말짱하던 의식이 묽은 수채화 물감처럼 사방팔방으로 흩어져가고 몸이 허공에 뜬 무지개 속으로 빨려든다. 가슴이 우둔거리고 호흡이 빨라진다. 풀벌레 소리 같은 이명과 더불어 아랫배 한복판이 꿈틀거린다. 자궁과 질과 음핵이 미세하게 떤다. 그 떨림이 등줄기와 겨드랑이와 얼굴로 번져간다. 모든 털구멍들이 수축하고 털끝들이 바르르 떤다. 그것은 기분 좋은 전율과 소름이다. 가슴 속에 박하사탕 같은 뜨거운 환희가 까치 노을처럼 피어난다. 아, 나 시방 살아 있다. 여자 노릇을 퍼덕거리는 참숭어처럼 해낼 수 있는 나를 사랑해줄 그 누구 없는가. 한 달에 한 차례씩 이슬 장마가 지고 그것을 자축할 수 있다는 것은 행운이다. 슬픈 행운.

광주에 사는 또래의 친구들은 몸 늘씬하게 가꾸려고 다이어트하며 즐겨서인지 그 행사가 오래전에 끝났다고들 했다. 예술대학 출강을 하면서 골프와 연하의 남자와 즐기곤 하는 미색의 소리꾼 친구는 몇 년 전부터 그 행사로부터 자유로워졌다면서, "아니 너 아직도 귀찮은 그 치다꺼리 하고 사니? 쯧

쯧 짠하다 짠해."하고 말했었다.

사실은 그 소리꾼 친구가 거짓말을 하고 있다고, 소리꾼 친구에 대하여 잘 아는 떠버리 친구가 말했었다. 남자와 잠자리를 함께 하다가 절정에 이르는 순간이면 '아이고, 여보! 서방니임! 어쩔깨라우! 나 시방 무지개 타고 날아가고 있소이!'하고 미친 듯 소리를 뽑곤 한다는 그 소리꾼 친구가 당한 폐경 전후의 우울증에 대하여 이야기해주었었다. 갑자기 얼굴이 화끈거리면서 뻘겋게 되고 가슴이 우둔거리면서 무력증에 시달리고, 갑자기 신경질을 내고, 이랬다저랬다 변덕을 부리고, 세상으로부터 소외된 듯 우울해지고 슬퍼져서 골방에 혼자 이불 둘러쓰고 누워 흐느끼곤 한다는 것이었다.

"나한테 고백을 하는데, 그 가시내 어떤 애인하고도 사랑을 하지 못하고, 몸이 나른해지곤 한께 짜증내고 신경질내고..... 자살을 해버리고 싶다고 그러더라. 이젠 사랑도 골프도 신명나지 않는가 보더라."

그 소리꾼 친구에게 그녀는 말했다.

"나는 늘 포도주 양주 앞에 놓고 자축하며 산다."

그 친구가 빈정거렸다.

"그래 그 바닷가에서 싱싱한 꽃미남 한 놈 보듬고 쉰둥이나 하나 낳아라! 꽃미남 없으면 내 서방 빌려주마."

그녀는 소리꾼 친구의 남편 땅딸이를 잘 알고 있었다. 소리꾼 친구가 잠깐씩 이용하고 버린 남자들 가운데 허우대 큰 남자는 하나도 없었다. 모두가 작달막하고 호리호리하고 예쁘장한 남자들뿐이었다. 키 작은 남자들이 당차서 좋다는 것이었다.

그녀는 안락의자에 온몸을 묻은 채 어릿어릿한 취기를 즐기면서 창밖으로 눈길을 던졌다. 바다는 보이지 않았다. 바깥에서 날아든 어둠으로 인해 대형 스크린 같은 통 유리창이 거울로 변해 응접실 안의 풍경을 비쳐주고 있었다. 사각의 검은 벽난로 위에 놓여 있는 남편의 컬러 사진, 그는 웃고 있었다. 노래방 기기가 장착된 전축, 둔중한 텔레비전 수상기는 멍청히 자고 있었다. 등나무로 된 안락의자 따위의 응접실 풍경 안에 소복차림의 여인이 들어 있었다. 그 소복차림 여인의 모습이 자기 제사 밥 운감하러 달려온 혼령 같았다.

응접실 풍경 저 너머에 또 하나의 풍경이 겹쳐져 있었다. 정원과 주차장 사이에 서 있는 달덩이 같은 외등이 순은색의 빛을 뿜고 있고, 물새 같은 그녀의 자동차가 엎드린 채 빗줄기와 외등불빛에 두들겨 맞고 있었고, 그 자동차 지붕 너머로 멀리 보이는 횟집의 형광 간판이 자기를 두들겨주는 빗줄기를 즐기고 있었다.

응접실 천장의 유리구슬등과 외등의 스위치를 껐다. 응접실 안에 새까만 어둠이 가득 찼다. 남편의 얼굴도 어둠에 묻혔다. 횟집 간판불빛이 수묵화 같은 가로수 그림자와 함께 어슴푸레하게 날아들어 왔다. 바다는 지금 검은 밤비안개 속에서 마녀처럼 꿈틀거리고 있을 터이다.

그녀의 몸을 싣고 있는 응접실이 잠수함처럼 아득한 심연으로 가라앉고 있었다. 검게 변해버린 벽난로 위의 남편 사진을 보며 그가 하던 말을 떠올렸다.

'최후의 승리자는 제일 오래 산 사람이라고 하더라.'

그는 가까이 사귀는 친구들, 또래의 사람들, 그리고 아내인 그녀보다 더 오래 살면서 자기가 가진 것들을 오래오래 누리고 싶어 했다. 그는 부부관계에 있어서, 무척 본능적이고 이기적이고 자기본위적인 사람이었다. 어느 누구보다도 가정의 기둥인 자기가 건강해야 한다며, 자기 알아서 단골 한약방에서 자기 보약 가져다가 먹고, 자기 알아서 자기의 건강 위해 헬스클럽 다니고 골프공 엉덩이 두들기러 다녔다.

'너 이년, 죽어간 저 사람 비방하지 마라. 너, 저 남자의 얼굴을 왜 아직도 저기에 올려놓고 있는 거니, 돈 많이 벌어놓고 죽어간 그 사람에게 네 삶 즐기고 있음을 보여주자는 것 아니냐.' '그래, 나, 저 이기적인 냉혈한한테 두고두고 복수를 하고 있다. 어쩔래?'

한낮부터 비가 줄기차게 쏟아졌다. 조문객들의 옷과 신발들은 젖어 있었고 물방울 뚝뚝 떨어지는 박쥐우산들을 들고 있었다. 형광불빛이 찬란함에도 불구하고 영안실은 음습했고 젖빛의 묽은 안개가 서려 있었다. 조문객들은 각자 한 개씩의 투명한 어루러기 같은 그림자를 달고 다녔다. 어루러기는 뱀이 피부에 닿거나, 뱀이 기어 다닌 땅을 짚은 손으로 다른 살갗을 만지면 그 자리에 생긴다고, 어린 시절 어른들이 그랬다. 음습한 바닥을 기어 다니는 그림자들을 보면서 그녀는 진저리를 치곤 했다. 어린 시절 아이들이 개울가에서 패 죽인 뱀의 넋이 바람이 되어 흘러 다니고 있었다. 조문객들이 이끌고 다니는 그림자가 죽음의 그림자로 보였다. 사실은 내가 지금 뱀의 넋에 씌어 있는 것 아닐까.

남편의 시신이 냉장의 시체실에 안치되어 있고, 조문객들이 향을 거듭 피우고 있으므로 절대로 그럴 리 없는데 얼핏 시체 썩은 냄새가 가득 차 있는 것 같았다.

조문객들의 젖은 어깨와 바짓가랑이와 신발과 그들이 손에 들고 있는 우산은 죽어 늘어진 살쾡이나 청설모의 시신인 듯 처연했다. 물먹은 솜처럼 머리가 무거웠다. 그녀는 산소 부족을 앓는 물고기처럼 숨이 가빠졌다. 처연함과 암울 속으로 빠져들고 싶지 않아 심호흡을 자주 했다. 애써 슬픈 표정들 짓고 조의를 표하는 손님들에게 밝은 미소를 지어보이면서, 삶의 역설을 생각했다. 불만족과 분노에 젖어 있거나, 우울해하고 슬퍼하는 자는 암에 걸린다.

남편가 친구인 시의원 장문식이 거대한 윗몸을 구부정하게 굽히고 어두운 표정을 지은 채 그녀의 밝은 미소 어린 얼굴을 민망해 하면서 근엄한 목소리로 말했다.

"미망인께서 밝은 얼굴을 하고 계시니 안심이 됩니다."

그 말 속에 '미망인께서는 오늘 하루만이라도 슬픈 표정을 짓고 있어야 하는 것 아닙니까?'하는 추궁이 담겨 있는 듯싶어 불쾌했고, 얼굴이 화끈 뜨거워졌다. 장문식이 출마했을 때 남편은 이천만 원을 현금으로 남몰래 싸다주었다.

'미망인'이라는 말이 죽어간 남편에 대한 분노를 순간적으로 되살아나게 했다. '무식한 자식, 미망인未亡人이 어떤 뜻을 가진 말인 줄 알고 함부로 쓰는 거야!' 그녀는 눈살을 찌푸리며 장문식에게

"저한테 '미망인'이라 말하지 마세요."하고 퉁명스럽게 말했다.

장 문식은 당황하여 "네?"하고 그녀의 얼굴을 건너다보았다. 그녀는 장 문식과 눈길을 마주치지 않으려고 고개를 수그리고 심호흡을 했다.

장 문식은 상주를 대접해주느라고 한 '미망인'이란 말이 왜 그녀를 불쾌하게 했는지 알아차리지 못했으면서도 얼른 "죄송합니다."하고 두 손바닥을 십자로 맞추어 비벼댔다.

남편의 후배이자 골프 동무인 최 칠성이 얼른 장 문식의 소매 자락을 끌고 대여섯 걸음 가더니 귀엣말을 했다. 그 말이 허 소라의 귀에도 어렴풋이 들려 왔다.

"옛날 옛적에 부장副葬 제도가 있었답니다. 남편이 죽으면 아내와 시종들을 함께 파묻어버리는 제도요. 허 소라 여사는 '미망인'이라는 말이 그 제도로 인해서 생긴 말이라는 것을 알고 있기 때문에 기분나빠하는 것입니다, 그냥 상주라고 불러

드리는 것이 좋습니다."

연신 고개를 끄덕거리고 난 장 문식이 그녀 앞으로 와서 무릎을 꿇고 앉아 진정으로 "아이고 죄송합니다. 제가 무식해서 그것을 알지 못했습니다."하고 허리와 머리를 굽실거렸다.

그녀는 장례를 치른 뒤 '사냥개'라는 담시 한 편을 써서 한 시지에 발표했다.

'아내들은 길 잘 들인 수컷 사냥개 한 마리를 도시의 숲속에 풀어놓는다, 짐승을 사냥한 다음에는 한눈팔지 말고 곧장 집으로 가지고 돌아오라고 명하고…… 그 사냥개는 밥도 먹고 술을 마시기도 하지만, 허영도 어리광도 자존심도 객기도 먹고 마신다. 돈 한 푼 지불하지 않고 평생 동안 주인여자와 더불어, 섹스를 공짜로 자기 맘이 내키면 언제 어디서든지 그녀의 정서를 생각지 않고 즐기고, 반드시 자기유전자 들어 있는 자식들을 낳아달라고 요구한다. 그녀에게 사육되고 있는 처지이면서도 자기가 주인으로서 그녀와 자식을 관리하는 것으로 착각하고 그녀에게 투정을 하고 싶으면 무시로 하고, 그녀가 너그럽게 어리광하는 자기를 포용해주기를 바라고 그녀가 그것들을 넉넉하게 받아주지 않으면 늑대처럼 포악해져서 순간적으로 물어뜯기도 한다. 어린 시절 가난과 험난한 역정을 거쳐 온 사냥개인 경우에는 돈을 벌만큼 번 다음 자기를 박해한 가난에게 복수를 하려고 드는데, 그 복수란 것은 돈으로 모든 것을 사버리려 하고 돈의 권력을 이용해서 건방지게 으스대는 것이다. 그들 가운데는 사냥해 온 것을 통째로 주인여자에게 맡기지 않고 나귀에게 당근을 보여주듯이 한 달에 얼마씩 끼얹어 주면서 부려먹으려 드는 놈도 있다. 주인여자가 혹시 자기 아닌 다른 사냥개와 은밀하게 즐기지 않는지 감시하고, 애완용 개나 돼지나 소나 닭이나 염소나 말 같은 동물을 길들이듯이 목걸이를 채워가지고 관리하려고 든다. 주인여자의 허영을 위하여 진주나 보석을 사주기도 하고, 만일 지적인 허영이 있는 경우에는 대학원엘 보내 박사를 따게 하고 외국유학도 시켜준다. 중병이 들어 주인여자보다 먼저 죽어가게 된 별난 사냥개는 주인여자에게 함께 죽어 옆에 묻히라고 강요하기도 한다. 사냥개를 잃어버린 주인여자는 슬프다. 자기의 사냥개를 일찍이 떠나보낸 젊은 주인여자를 바라보는, 다른 사냥개들의 곁눈은 자비로운 부처님의 눈이지만 속눈은 피 냄새 맡은 늑대의 눈이다. 그들은 과부를 〈미망인未亡人; 아직 죽지 않은 사람〉으로 부르려 하고 이제는 정해진 임자 없고, 육체와 영혼이 자유로워진 존재로 여기고 기회 보아서 툭 치면 넘어갈 수도 있는 여인으로 생각하고 자기의 전용 콜택시를 만들어놓으려고 한다. 그렇지만, 세상은 그 사냥개떼들의 의지에 대하여 왼고개 틀고 모계사회 쪽으로 나아가고 있다. 이제 세상의 모든 사냥개들은 자기 주인여자들의 딱 째인 청바지 엉덩이에 붙어 있는 호주머니 속 지갑에 들어 있는 한 장의 신용카드로 존재하고 있을 뿐이다.'

변호사 이 계두

얼마 전에 문득 찾아온 홀아비인 변호사 이 계두가 벽난로 위에 있는 남편의 사진을 흘긋 보고 말했다.

"내 고객 가운데, 참 알 수 없는, 자수성가한 한 남자가 있었는데 말이야, 그 남자는, 참새처럼 체구 작달막하고 얼굴에 겨자씨 같은 주근깨 널려 있는 여비서 하나를 사무실에 두고 살면서, 사채놀이를 해가지고 돈을 500억 원쯤으로 불렸지. 그 남자 소주 몇 잔으로 얼근해진 채 말하기를, 그 여비서의 주근깨들을 어찌 보면 뱁새나 참새나 송장메뚜기의 까만 눈동자처럼 살아 움직이는 듯싶다는 거야. 좌우간, 어찌된 까닭으로인지 아내가 강남 아파트를 팔아 가지고 무남독녀인 딸을 데리고 캐나다로 달아나 버린 뒤로 그 남자는 사무실에 간이침대 하나를 놓고 라면으로 끼니를 때우면서 줄담배를 피우고, 취하고 싶으면 골뱅이 캔 안주에다가 소주를 마시고, 심심하면 자판기에서 코피를 뽑아다가 한 모금씩 한 모금씩 즐기면서 구닥다리 텔레비전을 들여다보며 살았는데, 어느 날 불행하게도 간암 판정을 받았어."

지난 초가을 어느 날 해저물녁 서재에서 소설 원고를 다 듬고 있을 때, 얼핏 자동차 엔진 소리가 들리는 듯싶더니, 그 녀의 휴대전화기가 '에델바이스'를 노래했고, 폴더를 열자 이 계두의 목소리가 흘러나왔다.

"야, 허 소라, 나야, 이 계두, 알겠니? 나 시방 네 별장 주차 장에 와 있다."

"아니, 웬일이야, 계두 너?"

응접실로 달려 나와 밖을 내다보니 검은 색 그랜저가 그녀 의 흰 물새 같은 소나타 옆에 엎드려 있었다.

고시 합격하고 부잣집 딸과 결혼한 다음 지방법원 판사 노 릇을 하다가 서초동에서 변호사 개업을 하고 시민 참여연대 에 관여하여 온 이 계두는 5년 전에 홀아비가 되었다. 그의 아내는 강남 목 좋은 곳에 있는 7층 건물 한 채와 15억 원대의 빌라 한 채와 주식과 골프 회원권 두 장을 남겨놓고 죽어갔다. 근 무력증이라는 희귀한 병으로.

헌칠한 미남자 이 계두의 갑작스런 등장으로 인해 소설가 허 소라는 가슴이 두근거렸다. 이 계두는, 한 정당에서, 이름과 얼굴을 들이밀어 주기만 하면, 국회의원 자리 하나를 주겠다고 하였음에도 싫다하고 주유천하를 하다가 허 소라에게 들른 것이라고 했다.

소파에 앉히고 차를 대접하면서 그녀가 말했다.

"야아, 덩굴째 굴러들어온 호박덩이 같은 복 주체 못하고 사는 이 계두, 너, 대한민국에서 너처럼 능력 있는 남자가 혼자 살면 어떻게 하냐? 젊고 싱싱한 처녀 하나를 여비서 겸해서 데리고 살지 않고?"

그녀의 말에 이 계두는 말했다.

"너 겁도 없이 '대한민국'이란 말을 함부로 쓰는 구나?!"

그녀가 그의 지쳐 맥 빠진 듯 흐린 눈빛을 마주 바라보았다. 그가 찻잔으로 눈길을 떨어뜨리며 말했다.

"나는 '한국'은 좋은데 '대한민국'은 싫어. 같은 넉 자로 된 낱말일지라도, '우리나라'에서 어쩌고저쩌고 하면 괜찮은데 '우리 대한민국에서 '어쩌고저쩌고 하면 그 사람이 무서워져."

"왜에? '대한'이란 말에, '민국'이란 말이 덧붙은 것뿐인데? 요즘, 백성들의 나라, '민국'으로 잘 나가고 있지 않니? 권위주의 깨부수고....."

"나는 노조가 너무 무서워."

"너, 왕 보수가 돼버렸구나."

"사람들이 주의와 목적과 이념 집단으로 들어가면 사람은 없어지고 붉은 머리띠만 남더라. 나는 교조주의나 소영웅들의 군집이 싫어."

"너 노조를 겁내고 있는 것을 보니, 왕 부르조아지임에 틀림없고, 백성 프로레터들에게 언젠가는 내놓게 될 것이 무지무지 많은 모양이구나. 그것이 시방 혼자 사는 이유 아니냐? 원래 네 것도 아니고, 먼저 간 아내로 말미암은 것인데, 시방 니가 지금 가지고 있다고 착각하고 있는 그것들 결국에는 누구에게인가 내주게 될 것인데, 뺏기지 않고 혼자서 다 보듬고 살겠단다고 그러는 것..... 한심하지 않니? 저 세상 돌아갈 땐 빈손인 것을?"

"나 오래전부터 절망하고 있어. 사람이라는 영악한 존재들에 대하여 신뢰를 잃어버림으로 해서 생긴 절망 말이야."

"아이고, 너 큰일 났다. 절망 가운데서 인간에 대한 신뢰 잃어버린 절망이 가장 무서운 것인데? 자폐, 우울증, 그것 큰 병인데 어쨌으면 좋으냐? 그 병 여의려면 사랑을 해야 하는데? 이 계두 품어줄, 치마폭이랑 오지랖이랑 자궁이랑 아주 넉넉하게 푸지고 드넓은 물 싱싱한 여자 어디 없나? 아참, 그렇게 신뢰 잃어버리고 절망하는 남자들한테는 연상의 여자가 좋은 약이라던데?"

"나보다 생일 한 달 빠른 소설가 허 소라도 나한테는 연상의 여인 아니니? 니가 글 쓰는 것 접고 내 아내 겸 비서노릇을 해주겠다고 한다면 모르겠는데, 다른 싱싱한 꽃 미녀들 트럭으로 실어다준다 해도 싫다. 나 이미 젊은 여자하고 더불어 살 수 있는 능력 오래 전에 접어버렸다."

"말변설로만 먹고 사는 변호사답게, 너 한 마디로, 이 풋 늙은 여자 아주 간단하게 입을 다물게 해버리는구나."

이 계두는 한동안 침묵하다가 그 희극적이고 비극적인 고리대금업자의 이야기를 꺼낸 것이었다.

"......죽음을 코앞에 둔 그 고리대금업자가 자기의 통장들을 다 참새만한 여비서에게 내주면서 들어 있는 돈을 모두 자기

앞수표 단 한 장으로 바꿔 오라고 했어. 그 여비서 어찌했겠어? 시키는 대로 할 수밖에. 은행엘 다녀온 여비서에게서 자기앞수표 500억 원짜리를 받아든 그 남자는 그녀에게 자판기 코피 한 잔을 뽑아오라고 시켰지. 여비서가 복도로 나간 다음 그 남자는 라이터 불을 켜서 자기앞수표를 불에 태우고 그 거무스레한 재를 부스러뜨려서 흰 종이에 담아놓고 기다렸어. 그녀가 코피를 뽑아 오자 그 재를 입안에 털어 넣고 코피 한 모금을 머금어 꿀렁꿀렁해서 꼴깍 삼켜버렸어."

그 이야기 속의 고리대금업자가 자기의 죽어간 남편과 비슷하다고 허 소라는 생각했다.

세계 도서전에 참여하고 귀국한 남편은 맥이 빠진 채 창백한 얼굴로, 예정 시간보다 두 시간이나 늦게 도착했는데, 밥상을 앞에 놓고 슬픈 어조로 말을 쏟아냈다.

"공항에 이르렀는데, 비행기가 착륙하려 하지 않고 공항상공을 한 바퀴 또 한 바퀴 다시 또 한 바퀴…… 계속 선회하고만 있단 말이야."

남편은 얼굴을 일그러뜨린 채 마른 입술에 침을 바르며 말을 이었다.

"불안한 공기가 감돌기 시작한 지 한참 뒤에야 기내 방송이 들려왔는데 기가 막혔어. 바퀴가 빠져 나오지 않기 때문에 담고 있는 휘발유를 다 태우고 나서 동체착륙을 하려고 선회하고 있다는 거야. 모두들 엎드려 하느님이나 부처님이나, 돌아가신 아버지 어머니에게 살려달라고 기도를 하고, 어떤 사람은 엉엉 울어댔어. 그 순간 나는 억울하고 분해서 견딜 수가 없었어. 내 인생을 불사르듯이 하면서 벌어놓은 그 많은 돈을 제대로 뽄나게 써보지도 못하고 죽어간다는 사실을 생각하니....."

그때 남편이 더 이어 하지 않은 말은 무엇인가. 그 돈을 아직 젊은 아내가 혼자서 다른 어느 놈과 더불어 쓰고 살 일을 생각하니 기막히고 억울하고 분했다는 것이 아닌가. 아니, 왜 그 많은 돈을 쓰지 못하고 죽어간다는 것만 생각하고, 아내와 자식이 남편과 아버지 없이 살아갈 것은 염려하지 않는단 말인가. 왜 아내가 자기 아닌 외간 남자와 외도하면서 그 돈을 탕진하며 즐길 것을 질투하며 억울해 하고 분노하기부터 했단 말인가.

그녀는 얼굴을 일그러뜨렸다. 남편의 말을 듣는 순간 가슴속에 어리던 분노가 새록새록 되살아났다. 허공을 쳐다보면서 "호호호호....."하고 슬프게 웃었다.

이 계두가 눈길을 탁자 위로 떨어뜨린 채 말했다.

"그 고리대금업자, 아내하고 자식하고를 멀리 내보내고 혼자 평생을 사는 데에는 무슨 속사정인가가 있었지. 성불구였던 거야. 발기부전에다가 무정자증 말이야. 아내가 낳은 아이가 다른 남자의 아이라는 것을 알았던 거지."

그 말을 듣는 순간, 혀 소라는 가슴 속에 썰물이 지고 잿빛의 갯벌 밭이 질펀하게 드러나고 있었다.

"그럼, 콧구멍만한 사무실에서 부리는 참새처럼 작은 여비서라는 존재는 무어야?"

허 소라는 이 계두를 향해 물었다. 갑자기 술을 마시고 싶었다. 그녀는 이 계두에게 "야, 이 가엾은 홀아비, 이 '자유'라는 것만 먹고 사는 과부하고 술 한 잔 하자."하고 나서 양주한 병을 꺼내놓았다.

밖에는 장대비가 쏟아지고 있었다. 응접실 안에 어둠이 가득 찼다. 포구의 바른쪽 부두에서 쾌속선 한 척이 검은 빗줄기 쏟아지는 바다 한가운데로 나가고 있었다. 그 쾌속선은 까만 어둠에 줄을 그어가는 불그죽죽한 불빛 한 개로 존재하고 있을 뿐이었다. 그녀의 가슴 안에 늪처럼 괴어 있는 까만 시간을 그 불빛은 건너가고 있었다. 저 배가 시방 나를 홀리고 있다. 저 배에는 평생 동안 나를 짝사랑하여 온 바보 같은 잠수부 영후란 놈이 타고 있을 터이다.

그녀의 가슴은 검은 밤바다가 되어 있고, 배는 불그죽죽한 불빛 한 개로 그녀의 가슴 벽에 금을 그어가고 있었다. 그녀는 그 배에 타고 있는 잠수부 영후를 비웃었다. 이 자식아, 그렇게 밤바다 한가운데를 금그어가지만 말고 과감하게 도전을 해봐라.

술이 얼근해졌을 때 그녀가

"그렇다 할지라도, 야, 이 계두, 이야기가 너무 어처구니없고 절망적이야. 그거 어디 슬퍼서 쓰겠냐? 결말에서 어떤 반전反轉인가가 있어야 지...... 야구에서 홈런처럼 팍 뒤집어버리는 반전 말이야."

하고 항의하듯이 말했고, 이 계두가 코웃음 섞인 소리로 대꾸했다.

"무슨 소리를 하는 거야? 그것은 실화인데 어떻게 반전이 있어야 한다는 거야? 소설가란 사람들은 하여튼……."

이 계두는 변호사의 삶과 소설가의 삶을 재빨리 구획 지어 놓고 있었다. 변호사가 사건을 의뢰하러 온 사람들의 호주머니 속에 들어 있는 돈을 이용하여 빵과 고기와 포도주를 사서 먹고 마시는 족속이라면, 소설가는 하얀 종이를 꺼내서 빵, 고기, 포도주라고 쓴 다음 그 종이를 먹는 한심한 족속이다.

그녀가 말했다.

"그래, 그렇다. 소설가라는 동물이 원래 그렇다. 세상을 늘 그렇게 역전 만루 홈런처럼 반전시키기를 좋아하는 동물이야. 이 세상은 역전과 반전이 있어서 즐겁고 향기로운 거야."

"어찌할 수 없는 팔자다, 팔자!"

그가 빈정거렸고 그녀가 되받았다.

"그래, 어찌할 수 없는 운명이다. 태어나자 나에게는 그림자가 있었는데, 나는 그놈을 쫓아다니면서 머리와 팔다리를 짓밟곤 했었지. 그림자는 짓밟히면서도 나를 흉내 내고 있었는데, 언제인가부터 내가 그놈의 흉내를 내기 시작했어."

"그것은 또 무슨 소리야?"

이 계두는 허 소라가 명쾌하게 자기 생각의 핵심을 말하지 않고, 수직적인 논리를 깨뜨리고 수평으로 어긋나게 뻗어나간 다음 빙빙 돌리는 것을 짜증내고 있었다.

"니가 니 운명에게 역전 당했다는 거야 뭐야?"

그녀는 한동안 고개를 떨어뜨리고 있다가 입을 열었다.

"초등학교 2학년 초여름의 어느 날 아침이었을 거야. 학교 엘 가는데, 학교 쪽과 들판 쪽으로 갈리는 세 갈래 길 주위에 아이들 여남은 명이 모여 땅바닥을 내려다보고 있었어. 사람 들을 헤치고 들여다보니, 세 갈래 길 한 복판에, 짚으로 만든 허수아비가 푸른 노린재나무 가지들을 이불처럼 덮은 채 네 활개를 벌리고 누워있었어. '이것이 무엇이냐?'하고 물으니, 한 아이가 '영철이 각시란다!'하고 대답했어. 나는 눈앞이 아찔해 져서 '율산 마을 영철이 각시?'하고 물었더니, 육학년짜리 남 자아이 하나가 '제일 뒤에까지 거기 서 있는 사람한테 영철이 각시가 옮겨 붙는다아!'하면서 학교 쪽으로 도망치듯이 달려 가 버렸고, 다른 아이들이 그의 뒤를 따라 달려갔어. 나도 물 론 허겁지겁 그들을 뒤따라갔지. 그런데, 허수아비가 영철이 각시라니? 이해할 수가 없었어. 영철이는 율산 마을 우리 외 가 옆집에 살고 있는 총각이었는데, 장가 간 적이 없었지. 그 런데 그 영철이가 언제 각시를 얻었을까. 왜 하필 허수아비 각시일까. 그것을 왜 네 갈래 갈림길 한복판에 버린단 말인가. 나는 감당할 수 없는 의혹과 혼란 속에 빠져들었어.....”

허 소라는 이 계두가 무장하고 있는 암회색의 논리 위에다, 연두색 수채화 물감을 물에 넉넉하게 풀어 번져가는 수법으로 색칠하고 있었다.

“.....학교에서 종일토록 영철이 각시에 대하여 생각하고 또 생각하다가, 학교 파한 다음 집으로 돌아가는데, 영철이가 삽을 어깨에 총처럼 메고 걸어오고 있었어. 순간 나는 눈앞이 어지러워 견딜 수 없었지. 영철이는 얼굴이 약간 창백해 보일 뿐, 각시를 버린 사람으로 보이지 않았어. 슬퍼하는 기색이 전혀 없었어. 그때부터 도저히 풀리지 않은 의혹과 혼란 속에 빠져들었어. 영철이의 각시는 왜 허수아비 모양을 하고 있으며, 그것을 왜 노린재 나뭇가지로 싸서 길한 복판에 버렸을까. 나는 아주 오랜 동안 알 수 없는 의혹과 혼란 속에서 살다가, 그 ‘각시’라는 것이 ‘하루거리말라리아’병을 빈정거리는 투로 말한 것이며, 그 병을 떨쳐버리기 위해 허수아비를 만들어 흉측한 냄새 나는 노린재나무로 싸서 버리는 방편方便을 한 것임을 알고 나서, 그 혼란 속에 떨어져서 살아온 스스로를 부끄러워했어. 그런데, 살아

73

오는 동안 내 의식 속에는 그와 비슷한 성질의 수많은 의혹과 혼란이 나를 내내 어지럽게 하곤 했어. 나에게는 참으로 한심한 데가 있어. 이 세상에는 알아차릴 수 없는 관념들로 가득 차 있어. 그것은 이러 이러한 것이란다, 하고 사람들이 자세한 설명을 해주지만 그것만으로 그것의 실상을 알아차릴 수가 없는 거야. 환한 태양빛 속에서 살고 있지만 나는 늘 짙은 안개 같은 의혹과 혼란 속을 헤매곤 했지."

이 계두는 허 소라의 윤기 나는 붉은 입술과 얇은 분홍의 브라우스 자락을 들치고 나온 풍만한 유방을 흘긋 보면서 술잔을 거듭 비우기만 할 뿐 그녀의 말을 제지하려 하지 않았다. 소설가라는 사람들을 알 수 없는 세계의 사람으로 여기고 있었다. 자기의 알 수 없는 의혹과 혼란 속에 살면서 허방을 만들어놓고 스스로도 거기에 빠지고 다른 사람들로 하여금 줄줄이 빠지게 하는 사람.

허 소라가 말했다.

"결론부터 말한다면, 시방 내가 쓰고 있는 소설이란 것이 사실은 나 스스로가 의혹과 혼란, 혹은 혼돈 속에서 참된 길을 찾아가는 이야기야. 내 삶이란 것은 그 안개를 헤쳐 나가는 싸움, 그 자체야."

"세상은 관념 알맹이들로 가득 차 있고, 그러한 세상 자체가 하나의 알 수 없는 카오스라는 거야, 뭐야?"

"아이고 이 머슴애, 너 말 잘 했다. 우리들이 쓰는 관념어라는 것 하나하나가 시퍼런 강물줄기인 거야."

이 계두가 갑자기 눈살을 찌푸리고 고개를 살래살래 저으면서 말했다.

"이 가시내야, '우리'라고 말하지 말고 '나'라는 일인칭을 써서 말해. 그것은 네 혼자만의 아둔하고 편벽된 생각일 뿐이니까."

허 소라는 일인칭을 쓰라는 그의 말에 절망하고 차가운 고독감 속으로 빠져 들어가면서, 자기가 쓰는 비유의 세계와 이계두가 쓰는 관념어의 세계에 대하여 말하고 싶은 충동을 느꼈다.

"야아, 이 머슴애야, 잠자코 들어봐! 내가 대학에 들어갔을 때, 우리 어머니는 나에게 '법法'공부를 하라고 말씀하셨지. 만일 내가 여성 판사나 검사를 꿈꾸며 골방에 들어 앉아 고시 공부를 한다면 당신 몸을 팔아서라도 끝까지 뒷바라지를 해주시겠다고 말했지. 어머니는 아버지의 노름빚으로 말미암아 주조장을 빼앗긴 한을 가지고 있었지. 효도를 하기 위해서는 고시에 합격하여 권력을 가진 새까만 법복의 '영감'이 되어야 했어. 얼마 전까지만 해도 법원이나 검찰청에서는 새파란 판사, 검사를 나이 훨씬 많은 아랫사람들이 '영감'이라고 부르지 않았니? 그래서 나도 고시를 보아서 치마 입은 '영감'이 될 꿈을 꾸어보았지. 그런데 법률에 관한 책들을 사다가 펼쳐 들자 새까만 낯선 단어들이 개미떼처럼 진을 치고 있었어. 나의 언어 소화기관은 '헌법憲法' '법학개론' '법철학' 따위의 책 제목부터를 씹어 삼키지 못했어. 사전을 찾아서 그 뜻을 알아보았지만, 그 단어들은 모두가 성곽 같은 의미의 장벽을 치고 으스대는 솟을대문이나 전각 같은 난공불락의 관념어들이었어. 그 설컹거리는 관념어들을 꿀꺽꿀꺽 삼켰는데 그것들은 속에 들어가자, 흑연黑鉛 같은 절망의 덩어리들이 되어버렸지. 그 덩어리들 때문에 나는 가스 부글거리면서 뒤틀리는 위장을 부둥켜안고 토악질을 했지. '제1조第一條 대한민국大韓民國은 민주공화국民主共和國이다.' 대한민국이나 민주공화국이란 말들 앞으로 다가서지도 않았는데, 〈조條〉라는 글자가 먼저 내 발부리에 채였어. 대한민국 헌법은 몇 조 몇 항 몇 개의 부칙으로 되어 있다는데, 그 〈조〉라는 것은 한없이 멀고 높고 가파른 계단처럼 나를 절망하게 했지. 그러할지라도, 눈 딱 감고 외어

놓으면 보약처럼 몸을 이롭게 하는 거라고 하여 한 조 한 조 외려고 들었지만, 그것들은 내 속에서 굴비 담은 상자처럼 차곡차곡 쌓이지 않고 무성한 숲이 되고 있었어. 그리고 그 숲과 더불어 나를 답답하게 옥죄는 것은 수직적인 논리와 인위적으로 만들어놓은 사회 윤리의 구조였지. 그것들은 나의 발에 신겨진 전족纏足 같은 것이었고, 가슴을 조이는 가죽조끼였고 아랫도리를 감싼 정조대 같은 것이었어. 연역적인 방법과 귀납적인 방법으로 논리를 전개하고 결론짓는 근엄하고 딱딱한 말법이 내 의식의 피부에 빨간 두드러기를 돋게 했어. 내가 태어나고 자란 주조장 안집에는 대문이나 사립문도 없었지. 나는 어린 시절부터 바깥세상으로 나가거나 들어올 때 대문을 여닫는 습관이 들어 있지 않았어. 광주에서 살 때, 우리 집은 늘 대문이 열려 있는 집으로 소문이 나있었어. 시방 바닷가에 지은 이 별장에도 대문은 없다. 나는 늘 모든 문을 열어놓은 채 나를 가두는 모순과 역설로 살아간다. 내가 법 공부를 할 수 없다고 하고 소설가가 되겠다고 하자 어머니는 나로 인해 절망을 했고, 서가에 꽂혀 있는 소설책들을 마당으로 내던지고 나서 말했어. '소설 좋아하는 년놈들 가운데 제대로 된 것들 한 놈도 없더라. 신문 막 배달되면 연재소설부터 보는 도영채란 사람은 아편하다가 죽었고, 이광수라면 환장을 한 김 춘희란 년은 요정 마담 노릇하다가 시방은 어디로 가서 죽었는지 살았는지 모른다.' 나는 그러한 어머니의 뜻에 반발했고, 드높은 성곽이나 누각처럼 딱딱하고 차갑고 답답한 관념어들로부터 놓여나고 드넓고 푸르고 부드럽고 다사롭고 푹신거리는 활짝 트인 비유의 뗏목 쪽으로 나아가려고 몸부림쳤어. 크기가 정해져 있는 가죽신이나 가죽조끼나 정조대에 몸을 맞추는 삶이 아니고, 짚신이나 무명옷이나 밀짚모자처럼 거칠고 헐렁헐렁할지라도 운신이 편한 넉넉한 것들을 걸치고 꿰고 살고 싶었어. 의식을 가두고 절망하게 하는 고품격의 권위적인 관념어에 대항하면서 살아왔지. 대항하는 방법은 그 관념어의 패러다임이 결을 따라 순리대로 생성되게 해주는 것이야. 그것의 얼굴을 그려주고 손과 발을 붙여주고 날개를 달아주고 더듬이가 생기게 해주고 터럭이 나게 해주고 옷을 입히고 색칠을 해주고 무늬를 새겨주고 말을 지껄거리게 하는 거야. 가령 내 사전에서는 '생명력'이란 단어의 뜻이 다음과 같은 하부구조로 서술되어 있는 거야. 〈엄마가 네 살 된 아들을 데리고 놀이터에 갔다. 아들은 신나게 그네도 타고 미끄럼도 탔다. 두 시간쯤이 흘렀을 때 몸이 약한 엄마는 지쳤다. 이제 그만 가자고 하며 아들의 손을 억지로 끌고 아파트 안으로 들어갔다. 아들이 현관 안에 들어오자마자 나가서 더 놀자고 울음을 터뜨렸지만 엄마는 소파에 쓰러졌다. 20분쯤 울던 아들이 '나 우유 좀 줘.'하고 말했고, 엄마는 이제 그만 울려나보다 하고 냉장고에서 우유를 꺼내주었다. 그것을 벌컥벌컥 다 마시고 난 아들이 이제야말로 다시 크게 울기 시작했다.〉 나는 절망하게 하는 관념어들을 타넘어 가기 위해 비유라는 뗏목하부구조을 사용하고, 그것을 통해 우주 속으로 들어가고 그 우주를 내 속으로 끌어들이는 거야. 나는 비유 없으면 한 토막의 이야기도 지껄이지 못한다. 비유가 있기 때문에 나는 존재하고, 그 비유를 위하여 나는 존재한다. 내가 쓰는 소설은 비유의 덩어리, 말하자면 나의 그림자야. 태어나자 나에게는 그림자가 있었는데 그놈은 그때마다 나를 흉내내고 있었지. 그런데 살아가다 보니 내가 그놈의 흉내를 내고 있어. 석가모니가 제자들에게 연꽃 한 송이를 들어 보였듯이, 내가 나의 사랑하는 모든 가섭독자들의 미소를 위하여 들어 올리곤 하는 연꽃송이들은 말손가락질 저 너머에 있는 또 다른 말 아닌 말달인데, 그것들은 내 심장이나 위장이나 머리털이나 얼굴이나 배꼽이나 유방이나 거웃 무성한 여근이나 내가 배설한 침이나 오줌똥을 닮아 있곤 한단 말이야."

이 계두는 쓴 입맛을 다시면서 '그래, 그래서 어떻다는 거야?'하는 눈빛으로 허 소라를 건너다보았다. 아니, '네년이 이렇게 혼자 살 수밖에 없는 까닭이 바로 네년의 속에 꽃뱀처럼 똬리를 틀고 있구나!'하는 눈빛이었다.

허 소라가 이 계두에게 말했다.

"아까 네가 한 그 고리대금업자 이야기도 사실은 이렇게 반전이 되어야 하는 거야. 그 치사한 졸부가 임종을 앞두고 고통스럽게 숨을 헐떡거리고 있을 때, 슬피 울어대던 주근깨 많은 참새만한 여비서가 무릎을 꿇고 참회하듯이 말하는 거야. '사장님, 용서해주십시오. 사실은 제가 사장님에게 드린 그 자기앞수표는 가짜였어요.'"

이 계두가 빈정거리듯 말했다.

"야아, 이 가시내야, 너 시방, 그 착한 여비서를, 그 졸부의 인생을 잔인하게 도굴해버린 무서운 악녀로 만들어놓고 있지 않니? 그렇게 되면 그 여비서는 지옥에 떨어져야 하는데……?"

허 소라는 법 논리로 무장되어 있는 변호사 이 계두를 소설의 분위기 속으로 끌어들인 승리감을 즐기며 말했다.

"이 머슴애야, 귀 잘 쫑그리고 들어봐. 검사 판사들이 법

거미줄로 칭칭 동여매 놓은 자들을 너희 변호사들은 꾀꼬리 소리 같은 훈수 두기와 상대방과의 흥정이라는 술수를 써서 구제하려 하지만 소설가들은 참회를 통해 원죄로부터 구제한다...... 가짜 자기앞수표를 만든 그 여비서 뒤에는 너 같은 고명한 훈수꾼변호사이 있었겠지. 그렇지만, 그 졸부는 죽어가는 순간에 빙그레 웃으면서 숨 가쁘게 말을 해야 한다. '얘야, 나 진즉에, 네가 가져다 준 그게 가짜라는 것을 다 알고 있었다. 그 돈 좋은 데다 쓰고 살아라.'...... 이렇게 되어야만, 다시 한 번의 반전이 되는 거고, 이야기는 탄력을 얻게 되는 거고, 주제가 긍정적인 쪽으로 살아나는 거야."

이 계두가 항의하듯이 말했다.

"그렇다면 그 졸부는 여비서 뒤에 있는 훈수꾼의 존재까지도 다 알고 있었다는 것이고, 그 훈수꾼도 여비서와 함께 지옥에 떨어져야 한다는 것 아니냐?"

그녀가 고개를 저으며 말했다.

"세상에서 가장 위대한 복수는 용서라는 것이야. 우리 삶에 있어서 절망은 암세포인데, 희망은 엔돌핀인 거야. 또한 그 희망을 위한 반전은 항암제야."

이 계두가 빈정거렸다.

"그렇다면 소설도 하나의 설교일 뿐이라는 것 아니냐?"

"소설은 설교나 법문 그 이상의 것이다. 도스또에쁘스끼가 '죄와 벌'에서, 주인공으로 하여금 전당포 주인을 살해하게 하고 쏘냐로 하여금 유형당하는 그를 구제하게 한 것, '분노는 포도처럼'에서 굶어 죽어가는 한 남자의 입에 금방 해산한 젊은 여인이 자기 젖꼭지를 물려 살려내는 것....."

"그렇다면, 그 졸부는 자기 인생을 도굴한 여비서와 훈수꾼을 용서함으로써 극락엘 가게 될 터이지만, 졸부를 속이고 지옥에 떨어진 여비서와 훈수꾼은 어떻게 구제받아야 하는 거야?"

"소설가들이 소설 속에서 운용하는 사건은 치밀하게 구성되어 있다. 발기부전증에다가 무정자증 환자인 그 졸부는 참새 같은 여비서의 알몸을 이때껏 만지면서 즐겨 왔던 거야. 때문에 여비서는 당연히 받아야 할 것을 받은 것이고, 여비서로 하여금 그것을 받아내게 해준 훈수꾼은 넉넉하게 좋은 일을 한 것이고, 이제 그녀로 하여금 좋은 일을 하는 데에다 그것을 쓰도록 훈수를 하기만 한다면 그들 둘이도 또한 극락에 가는 것인데, 그 누구보다 더 가벼운 몸으로 천국행을 하는 것은 졸부야. 그 졸부는 평온한 얼굴로 여비서의 손목을 꼭 쥐어주고 죽어가는 것이니까."

"그래, 그래!"

하고 이 계두는 심호흡을 했다. 그녀는 바람이 되어가고 있었다. 세상의 모든 독신녀 독신남은 멀리 떠나간 남편이나 아내가 남겨준 돈을 보듬고 극락살이를 한다. 바야흐로 과부와 홀아비의 전성시대다. 그들은 자기들의 전성시대를 구가할 뿐 책임지고 어쩌고 할 귀찮은 또 다른 누구인가를 가까이 두려 하지 않는다. 그것이 도시의 그 수많은 모텔들이 성업하는 이유일 터이다.

술이 취하자 이 계두는 고개를 숙인 채 말했다.

"야아, 허 소라 이 가시내, 너, 이 백합골짜기에서 무방비 상태로 열려 있는 출렁거리는 바다를 앞에 놓고 무사히 살 수 있니? 우리 솔직해지자. 바다를 바라보고 사는 항포구의 혼자 사는 여자들은 산중의 여자들보다 더 몸과 마음을 활짝 열어놓고 산다고 들었는데⋯⋯ 너도 그렇게 살고 싶어서 이리로 온 것 아니냐?"

"그 '무사히'란 것은 어떤 '무사히'냐?"

그가

"하긴 내가 말한 '무사히'라는 말이 미련하고 멍청한 말일 터이다."하고 물러섰고, 그녀가 바다를 내다보면서 말했다.

"그래! 아직도 건강한 여자인 나는 저 바다처럼 나를 열어놓고 있어. 어느 씩씩한 놈이 뛰어들기를 바라면서, 그런데 아직 그런 놈이 나타나질 않았어. 아마 영원히 나타나지 않을지도 모른다."

"시방 내가 네 바다로 뛰어들었는데.....?"

그녀는 호리호리하고 깡마른 그의 눈자위와 입 가장자리에 잡히고 있는 잔주름을 건너다보며 "나한테 꾀꼬리 소리 같은 훈수를 하러 온 줄 알았더니, 이 자식 너 시방 나를 가지고 싶어서 그 수작 하고 있는 거지?"하고나서 가소롭다는 듯 고개를 쳐들고 "호호호호....." 웃어댔다. 웃음으로 일그러진 그녀의 얼굴을 마주보던 그가 그녀처럼 웃었다.

"흐하하하하...... 너는 내 말을 농담으로 듣고 있구나!"

그는 양주를 홀짝거리다가 소파에 쓰러진 채 죽음처럼 깊은 잠에 떨어졌다. 그녀는 그의 넥타이를 풀어주고, '바보 멍청이!'하고 중얼거리며, 이불을 내다가 덮어주고 침실로 들어갔다.

새벽녘에 자동차 시동 거는 소리에 잠이 깨어 응접실로 나가보니 이 계두의 까만 그랜저가 주차장을 빠져 나가고 있었다.

"그래 바보 멍청이들은 가거라. 나는 이렇게 혼자서 즐겁게 노래하며 산다."

허 소라는 이렇게 중얼거리고 노래방 기기를 작동시키고 마이크를 들었다. 이동원의 노래 '애인'을 눌렀다. 장석주의 시에 곡을 붙인 것이었다. 목청껏 노래했다.

".....그대 메마른 바위를 스쳐간 고운 바람결 그댄 내 빈 가슴에 한 등 타오르는 추억만 걸어놓고 어디로 가는가, 그대 어둠 내린 흰 뜰의 한 그루 자작나무, 그대 새벽하늘 울다 지친 길 잃은 작은 별 그대 다시 돌아와 내 야윈 청춘의 이마 위에 그 고운 손 말없이 얹어준다면 사랑하리라, 사랑하리라 더 늦기 전에......"

노래가 그녀를 우울의 강 밑바닥으로 가라앉히고 있었다. '셰어'의 노래를 틀어놓고 춤을 추었다. 냉장고를 상대로 추었다. 대형 유리창에 비친 한 소복한 미친 여자가 광란의 춤을 추고 있었다.

쾌속선은 강렬한 형광의 전조등을 켠 채 검은 빗줄기 쏟아지는 밤안개 바다를 맴돌고 있었다. 쾌속선은 부릅뜬 붉은 눈으로 밤바다 안개를 밝히려 하고 밤바다 안개는 눈 부릅뜬 눈을 무력화시키려 한다.

쾌속선이 바다 한가운데서 맴도는 까닭을 허 소라는 알고 있었다. 밤이 어두우면 어두울수록 사람들의 가슴 속에는 사랑의 불이 더 밝게 더 뜨겁게 켜진다. 세상의 모든 것들은 저렇게 불을 켠 채 돌고 또 돈다.

하늘 위와 하늘 아래의 세상, 땅 위와 땅 아래의 세상을 바람처럼 휘도는 윤회의 바퀴살에 걸려 돈다는 것, 그것은 착하게 살면서 깨달아 그윽한 드높은 세상으로 나아가지 못하는 모든 것들에게 참회하며 참답게 삶으로써 그 드높은 곳으로 나아갈 수 있는 기회를 한 번 더 주는 것이다.

저 쾌속선도 나도 지금 그 윤회에 걸려 있다.

쾌속선이 바다 한가운데서 멈추어 섰다. 저 배에 탄 영후는 검은 장대비 쏟아지는 바다 한가운데 떠서 대관절 무엇을 하는 것일까. 영후의 착함이 안타까웠다. 극도의 착함은 무기력과 무능하고 통한다. 그의 무기력과 무능이 실망스러웠다.

어부로 평생을 살아온 영후라는 남자는 무지하기는 하지

만, 무엄한 사냥개처럼 군림하며 살아온 남편과 대척점에 서 있다는 점에서 호감이 갔다. 그와 은밀하게 거래를 트고 싶었다. 그가 놀러 오겠다고 전화를 하면 아무 때든지 오라고 허락하고, 오면 차와 술과 안주를 대접하고 싶었다. 함께 노래도 하고 춤도 추고 싶었다. 그가 원한다면 몸도 마음도 다 열어주고 뜨거운 사랑을 나누고 싶었다. 무지함은 어설픈 지식보다 차라리 순수하다. 순수라는 보석처럼 귀한 것이 어디 있는가.

그런데 그는 그녀를, 함부로 다가서거나 쳐다볼 수 없는 신성하고 드높은 존재로 여기고 있었다. 그러한 그를 품으로 끌어들일 방법이 그녀에게는 없었다. 그와 그녀 사이를 괴리되게 한 시간의 퇴적물들이 앞에 펼쳐진 검은 밤바다처럼 괴어 있었다. 그 퇴적물들을 없앨 수 있는 무슨 방법이 없을까.

연
꽃
바
다

영후는 '연꽃바다'라는 동화를 외었다. 그의 목소리에는 구슬픈 가락이 담겨 있었다.

"호수 같은 바다를 내려다보는 율산 마을에 한 마음씨 고운 총각이 살고 있었습니다. 총각은 어느 봄날 곡두 새벽녘에 여닫이 연안의 은모래 밭에 꿇어앉아 천관산 천왕봉을 향해 비손을 했습니다. 바야흐로 사경을 헤매고 있는 자기의 사랑하는 여인을 살려낼 신약을 가르쳐 달라는 것이었습니다."

평생토록 짝사랑하여온 여자 허 소라가 쓴 동화였다. 그녀가 광주에서 살고 있을 때 그는 해마다 키조개의 패주貝柱 한 상자씩을 우송해주곤 했는데, 그녀가 어느 날 그에게 동화책

한 권을 우송해주었던 것이다.

황금빛 나는 관을 쓰고 옥색의 천사 옷을 걸친 채 흰 뭉개
구름장 위에 서 있는 천관보살을 향해 비손을 하는 총각이
그려진 동화책. 그 책을 읽고 또 읽은 결과 그 글 전체를 줄
줄 외게 되었다.

까만 구름장들이 동쪽에서 몰려들고 있었다. 황소 떼처럼
달려와 모래톱에서 재주를 넘는 파도들을 보는 영후의 가슴
은 5일 후부터 열리는 키조개 축제를 위해 띄운 애드밸룬처럼
부풀어 올랐다.

그는 이를 물었다. 장롱에 넣어둔 농협통장에 찍힌 검은
작대기 한 개와 동그라미 여덟 개100,000,000가 떠올랐다. 그
돈이 그의 통을 커지게 하고 있었다.

동생 영재에게 사슴농장을 하라고 맡긴 그의 사래 긴 산
밭 한가운데를 가리매 타듯이 새 국도가 지나가게 되어 보상
금 1억 원을 받아다 놓은 것이었다. 그 밭에서 꽃사슴 30마리
엘크사슴 20마리를 키우는 영재는 축사 옮겨 짓고 사슴 이사
시키는 비용으로 1억 5천만 원을 보듬게 되었다.

아버지 어머니는 헐값에 그 산모퉁이의 박토를 사서 농사

를 짓다가 물려주고 가셨다. 외딴 산속에 있는데다 사래가 너무 길어, 시어머니가 며느리를 잃어버린 밭이라 흉허물 하던 밭이었다. 며느리 미워 아침을 굶고 나온 시어머니는 이를 악문 채 서쪽 등성이 너머에 있는 이랑 끝에서 김을 매고, 고추보다 더 매운 시집살이 설움을 울음으로 달래려는 며느리는 동쪽 골짜기 이랑 끝에서 김을 매고 있었는데 누군가가 며느리를 업어가 버렸다는 밭. 아버지 어머니 살았을 적에는 기껏 고구마 여남은 가마니를 캐먹던 밭이었는데 이제 그것은 황금을 거두는 밭이 된 것이었다.

"금년부터는 아버지 어머니 제사를 참말로 제사답게 모시도록 하자."

농협에서 보상금 담긴 통장을 가지고 나오면서 영후는 동생 영재에게 진정으로 말했다. 한 걸음 뒤처져서 따라오는 영재는 노다지 통장을 호주머니에 넣고 오면서도 입이 부어 있었다. 그는 그 까닭을 짐작하고 있었다. 아버지 어머니가 물려준 땅이므로 그가 그 땅으로 인해 받은 보상금 1억 원을 반으로 나누자는 것일 터이다. 그는 동생 영재의 부어 있는 얼굴을 애써 모른 체했다. 노총각인 너는 그 돈 1억 5천만 원 가지면 넉넉할 것이다. 내가 받은 이 돈은 새끼들 셋 밑으로 시루에 부은 물처럼 솔래솔래 빠져 나갈 것이다. 그는 영재의 부어 있는 얼굴을 흘긋 보고 나서 쓴 입맛을 다시며 속으로 중얼거렸다. 돈밖에 모르는 무정한 놈.

통장을 장롱 서랍에 넣어두고 나서 그는 허 소라를 찾아가기로 마음먹었다. 가슴이 우둔거리기 시작했다. 행운이라는 것은, 한 가지가 오면 또 다른 것이 거듭 꼬리를 물고 오는 법이다. 이제 허 소라를 품에 안는 행운이 기어들어올 차례이다. 몇 해 전에 포구에 온 점쟁이가 나의 5십대 후반에 횡재할 운이 거듭 들어 있다고 했었다.

저녁밥을 먹자마자 내리치는 검은 빗줄기를 무릅쓰고 바다 한가운데로 쾌속선을 몰고 나갔다. 늦은 봄날 밤의 폭우였다.

거대한 바다 물너울은 포만감을 느끼게 하면서도 동시에 절망과 공포감을 느끼게 해주고 잘 살아갈 수 있다는 희망과 자신감을 심어 주는 시공이었다.

그에게는 어린 시절부터 물 무섬증이 있었다. 수면 위쪽에서는 수영을 잘 하면서도 심연으로 잠수해 들어가는 일이 두려워지곤 했다. 그럼에도 불구하고 투구 쓰고 하는 잠수어업을 하며 살아오고 있는 것은 모순이었다. 그가 하는 일은, 어린 키조개를 심거나 다 자란 그것을 캐내는 작업이었다. 하지 않으면 밥을 먹고살 수 없으므로 하는 일이지만 그것은 결코 유쾌한 일이 아니었다.

물을 배터지게 마신 시체로 떠오르거나 잠수투구를 쓴 채 공기 주입 호스가 꼬여 숨이 막혀 죽은 다음 동료들에 의해 건져 올려질 것 같은 공포 속에서 그는 살고 있었다. 잠수투구 쓰고 한 번 물속에 들어갔다가 나오면 하루 2십 만원을 움켜쥘 수 있으므로 돈 궁한 줄을 모르고 살아가고 있는 팔자에 순응하고 있었다. 그 잠수 업으로써 살림을 이루고 자식들을 키우고 가르쳐 시집장가 보내고 작은 아파트 한 채씩을 사주었다.

거무칙칙한 안개 너울을 덮어 쓴 채 검은 빗줄기에 두들겨 맞고 있는 밤바다는 음험한 알몸 마녀처럼 꿈틀거렸다.

자동차 엔진을 장착한 그의 배는 발정한 암소를 향해 달려가는 황소처럼 부우우하고 소리치면서 쾌속으로 검은 물너울을 갈랐다. 그의 몸속에 검은 물너울처럼 꿈틀거리는 것이 있었다. 한으로 앙금져 밑바닥에 있던 것이 수면 밖으로 올라오고 있었다.

"안개 속에서 천관산 여신이 모습을 드러냈습니다."

그는 동화를 외었다. 신나거나 외롭거나 고통스럽거나 슬퍼지면 그는 그 동화를 외곤 했다. 다섯 해 전에 맹장염 수술을 받을 때도, 그는 통증을 이겨내기 위해 눈을 힘주어 감은 채 그 동화를 주문처럼 외었었다.

"칠보 장식을 한 금관을 쓴 천관여신의 얼굴은 수밀도처럼 보얗고 토실토실했습니다. 쌍꺼풀인 눈은 호수처럼 맑고 눈썹이 여치의 더듬이처럼 길었습니다. 입술이 앵두처럼 붉고 콧날이 흰 떡으로 곱게 빚어놓은 것처럼 오똑했습니다. 그녀의 몸에서 황금색 빛살이 보리까라기처럼 사방으로 퍼졌습니다. 총각은 가슴이 두근거리고 눈앞이 어질어질했습니다."

이 대목을 외면서 허 소라의 얼굴을 떠올렸다. 허 소라는 자기의 모습을 거울에 비쳐보면서 천관여신의 모습을 묘사했을 듯싶었다.

"총각은 눈물 어린 눈으로 천관여신을 우러러 보면서 목매인 소리로 자기의 소원을 간절하게 말했습니다. '저에게는 사랑하는 처녀가 있는데 몹쓸 병에 걸려 목숨이 경각에 달려 있습니다. 좋다는 약을 다 써보았지만 허사입니다. 천관여신님 장차 저의 아내가 될 그 처녀를 살려 주십시오.' 천관여신

이 자비로운 눈길로 그 착한 총각의 두 눈을 그윽하게 바라
보며 말했습니다. '내 그대의 지극한 정성이 갸륵하여 그 약
을 일러줄 터이니 구해다가 먹이도록 하여라. 천관산 속에 사
는 사향노루 암수가 사랑을 나눌 때 번져오는 향내와 똑 같
은 향기를 풍기는 연꽃잎을 따다가 달여 먹이면 그 처녀의 병
이 거짓말처럼 나을 것이니라.' 이때부터 총각은 사향노루 암
컷과 수컷이 사랑하는 것을 보기 위해 천관산의 모든 등성이
와 골짜기와 분지 들을 누비고 다녔습니다."

영후의 배는 파도 드높은 물굽이를 헤치면서 달리느라고
요동치고 있었다. 그 스스로가 동화 속의 총각이 되기라도 한
듯 안타까워하면서 배를 쾌속으로 몰았다.

"천관산의 동쪽 동백 숲 무성한 골짜기, 서쪽의 상수리나
무숲 무성한 골짜기, 남쪽의 너덜겅들과 북편의 절벽들을 누
비고 다녔습니다. 가시덩굴을 헤치며 나아가다가 미끄러져 엎
어지기도 하고, 등성이 아래로 내려가다가 엉덩방아를 찧기도
했습니다. 소나무 가지에 얼굴을 할퀴기도 하고 가시에 발바
닥이 찔리기도 했습니다. 목이 마르면 계곡의 물을 들이켜고,
배가 고프면 솔잎을 씹어 먹고 개암이나 청미래 열매를 따먹
었습니다. 낮에는 산을 뒤지고, 밤이면 양지바른 바위틈에서

낙엽을 긁어다가 덮고 새우잠을 잤습니다. 그렇게 헤매면서 눈보라 치는 겨울을 흘러보내고, 진달래꽃 피고 마른 참나무 가지에 새순이 나오기 시작하는 봄을 맞았습니다. 꾀꼴새 우는 어느 아침, 잠에서 깨는 순간 코에 야릇한 향기가 스며들었습니다. '아하! 이 향기! 어디선가 사향노루 암수가 사랑을 하고 있는 것이 틀림없다!' 황급히 밖으로 나간 총각은 향기 날아오는 쪽으로 달려갔습니다. 과연, 멀지않은 분지에서 바야흐로 사향노루 암수가 사랑을 하고 있었습니다. 흰 바탕에 머리와 등과 꼬리에 암갈색 털이 돋아 있는 사향노루들이었습니다. 암컷은 뿔이 없는데 수컷은 왕관 같은 뿔이 나 있었습니다. 동편 산마루에서 날아온 금빛 햇살이 그 사향노루들을 비춰주고 있었고 산골짜기에는 그들 암수의 사랑 향기가 넘쳐났습니다. 총각은 가슴을 크게 열고 향기를 코로 빨아들이면서, 그 향기를 코와 가슴과 머리에 깊이 아로새겼습니다. '이제 이 향기를 풍기는 연꽃잎을 따다가 달여 먹이면 사랑하는 내 님의 병이 거짓말처럼 낫게 될 것이다!' 총각은 무지갯살 같은 환희를 가슴에 안은 채 산을 내려갔습니다. 이제부터 그는 '사향노루 암수의 사랑 향기와 똑 같은 향기를 뿜는 연꽃'을 찾아 삼천리 방방곡곡을 돌아 다녔습니다. 연꽃이 자생하는 방죽이 있다는 곳이면 어디든지 달려갔습니다. 오월 중순부터 피기 시작하는 흰 수련꽃과 자색 수련꽃들에 코를 대고 향기를 맡았습니다. 그렇지만 그 수련꽃의 향은 사향노루가 사랑할 때의 그 향기가 아니었습니다. 노랑어리연꽃 홍련꽃이 피는 철이 되자 그 꽃들이 피는 방죽들을 찾아가서 향기를 맡아보았지만 그것들의 향기도 그 향기가 아니었습니다. 백련꽃 피는 방죽에도 가보았지만 그가 찾고 있는 향기가 아니었습니다. 혹시 경상도 지방의 방죽에 피는 것에서는 그 향기가 나지 않을까 하고 그곳의 고을고을을 돌며 모든 방죽들을 샅샅이 뒤졌지만 그 향기를 맡을 수 없었습니다. 충청도 지방도 훑고 경기도 지방도 훑고 전라도 지방을 모두 훑었지만 그 향기 풍기는 꽃을 찾을 수 없었습니다. 절망한 채 고향으로 돌아왔는데, 고향 마을 옆 만여 평의 방죽에 가시연꽃이 자생하고 있었습니다. 달려가 그 꽃에 코를 대 보았지만 그 향기가 아니었습니다.

사랑하는 처녀의 몸은 병으로 인해 깡말라 있었고 반송장이 되어 있었습니다. 총각은 마을 앞 바다의 모래밭에 주저앉아 호수 같은 바다 물결과 먼 데 섬을 속절없이 바라보았습니다. 한데 어디선가 사향노루 암수가 사랑을 나누는 듯한 향기가 날아오고 있었습니다. 총각은 깜짝 놀랐습니다. 이 바다 어디에 그 향기를 뿜는 연꽃이 피어 있는데, 시방 그 향기가 날아오고 있는 것일까. 정신을 바짝 차리고 사방을 둘러 살폈습니다. 순간, 그는 '아하!'하고 소리쳤습니다. 호수 모양의 그 바다가 연꽃의 형상을 하고 있었습니다. 바다 한가운데에 씨방 같은 섬 하나가 솟아 있고, 그 바다를 둘러싸고 있는 섬들은 연꽃잎들이 되어 있었습니다. 그렇다면 이 바다 어느 곳에서 그 향기가 날아오고 있는 것일까."

사람들은 언제부터인가 율산 마을 앞의 바다를 연꽃바다라고 불렀다. 허 소라의 동화를 읽은 어느 시인이 자기의 시 속에 그 '연꽃바다'라는 말을 썼고, 또 그 시를 읽은 사람들이 모두 이 바다를 연꽃바다라고 부르고들 있었다.

동남쪽에 고흥반도와 완도의 섬들이 타원형으로 빙 둘러 서 있고, 북쪽에 벌교가 있고 서북쪽에 보성과 장흥 땅이 가로막아선 바다는 달걀 모양이었다. 금당도 소록도 금산 고흥반도의 여러 산봉우리들과 꽃섬 장구섬 우산도 장재섬 들과 장흥쪽 연안의 여러 산봉우리들은 얼핏 연꽃잎을 연상하게 했다.

완도 쪽에서 흘러들어온 밀물이 벌교 연안에까지 이르렀

다가 썰물로 인하여 다시 완도 쪽으로 되돌아나가곤 하여 갯벌이 무르고 깊으므로 프랑크톤이 많아 큰 고기들이 알을 낳으려고 이 바다를 찾아들어오고, 고막 피조개 새조개 키조개 바지락 맛조개 들이 잘 자라고 달고 올깃쫄깃 맛있었다.

연꽃바다라는 이름값을 하느라고, 그 바다에서 나는 김, 미역, 매생이, 파래들은 다 고소하고 향기로웠다. 전어 도미 농어 숭어 문절이 물메기 문어 낙지 주꾸미들은 살의 씹히는 맛이 뽀들뽀들하고 고소했다.

바다 한가운데에 연꽃 씨방처럼 불끈 솟아있는 득량섬 북쪽 모서리에 보석처럼 붉은 불들이 켜져 있었다. 그는 호수 같은 밤바다의 물너울을 갈지之자로 헤치고 다니다가 거대한 동그라미를 거듭 그리면서 백합골에 켜진 불 셋을 바라보았다. 아래쪽에서 간헐적으로 명멸하는 것이 횟집 네온사인이고, 중간에 있는 것이 그의 동생 영재의 사슴농장 외등이고, 그 옆에 있는 것 둘이 허 소라네 별장의 외등과 응접실의 유리구슬등불이었다. 그의 눈길은 줄곧 허 소라네 별장 외등과 응접실의 불로 날아가 있었다.

쾌속선의 속도를 줄이고 그의 키조개 작업용 바지선에 뱃

머리를 붙였다. 준비해 간 비닐봉지를 한 손에 들고 뛰어내렸다. 쾌속선의 밧줄을 당겨 바지선 난간에 묶었다. 비닐봉지에는 숭어 한 마리와 소주 한 병이 들어 있었다. 열 평쯤 되는 네모난 바지선은 칠흑 같은 어둠 속에서 격랑에 몸을 맡긴 채 검은 빗줄기에 두들겨 맞고 있었다. 쾌속선은 바지선에 매달린 채 졸기 시작했다. 이 자식은 언제 어느 때든지 정박을 해놓기만 하면 파도에 몸을 맡긴 채 꾸벅꾸벅 졸곤 하는 순직한 충복이다.

바지선의 갑판 한쪽 구석에 직사각형으로 지은 한 평 반 넓이의 방이 있었다. 그 안으로 들어갔다. 회중전지 불을 밝혔다. 형광빛이 방 안을 가득 채웠다. 나무 침대에 걸터앉은 채 어둠 속 저 멀리 백합골에 켜진 불들을 바라보았다.

별장에 혼자 있을 허 소라의 모습이 떠올랐고, 가슴 한복판이 오싹 타들어가는 듯싶었다. 개미떼들이 온몸의 살갗을 기어가는 듯한 전율, 그것은 일종의 병이었다. 초등학교 시절부터 있어온 병인데, 나이 쉰이 넘어서는 지금까지 이어오고 있었다. 저 여자는 지금 무얼 하고 있는데 응접실의 불을 밝혀놓고 있을까.

과부가 혼자, 백합골 중턱에 지은 이층 별장에서 민박을 치며 살고 있다니, 이해할 수 없었다. 혹시 은밀하게 정두고 사는 그 누구인가를 기다리고 있다가 만나곤 하는 것 아닐까. 그렇지 않다면, 결혼 시키지 않은 딸을 광주에 혼자 두고 고향 마을로 와서 저렇게 홀로 밤을 보내곤 할 리 없다.

이 마을 태생인 허 소라가 거기에 집을 짓는다고 소문이 났을 때부터 그의 몸은 조마조마 조금씩 타들어가면서 잡힌 데 없이 붕 떠오르곤 했다. 허방을 디디고 넘어지려 하는 몸을 가누려고 버둥거리는 순간순간이 이어져 오는 듯싶었다.

허 소라는 알 수 없는 여자였다.

알 수 없기로는 윤 영후 자신도 마찬가지였다. 시방 특별하게 할 일도 없는데 쾌속선을 몰고 바다 한가운데에 떠 있는 작업용 비지선으로 나온 것부터가 그랬다.

뇌성벽력 치면서 검은 빗줄기 쏟아 붓는 이 봄밤의 들썩거리는 먹구름처럼 그는 미쳐 있었다. 그는 무작정 그녀의 별장으로 달려가고 싶은 것을 억눌러 참고 있었다. 찾아가서 이때껏 그가 애타게 그리워하고 있었음을 고백하고, 앞으로 여생을 쥐도 새도 모르게 서로 사랑을 나누며 살아가자고 통사정하고 싶었다.

그런데 용기가 나지 않았다. 만일 그가 사랑을 고백하면 그녀가 그의 따귀를 칠 것 같았다. 언감생심, 어떻게 감히 사랑하고 살자는 말을 입에 담고 있느냐고 호통을 치면서, 당장 나가라고 등을 밀어내고, 다시는 만나주려 하지 않을 듯싶었다. 만일 그가 그녀에게 그렇게 당했다는 소문이 나기라도 한다면 이 바닥에서 어떻게 얼굴을 들고 살 것인가.

어둠 속에서 줄기차게 내리는 빗줄기로 말미암아 백합골의 불들은 심하게 까물거렸다.

그녀가 백합골에 집을 짓기 시작했을 때 그는 양식장(영어법인) 김 사장을 앞세우고 가서 그녀를 횟집으로 데리고 가 점심 대접을 했었다. 그때 그녀는 심드렁하게

"우리 그 사람 요양하게 하려고 그냥 여기다가 이렇게 지어보는 거라고."하고 나서 눈살을 가볍게 찌푸렸었다.

한데, 그녀의 남편은 그녀가 지은 그 집에 발을 한 번 붙여보지도 못한 채 죽고 말았다.

먼 바다에서 달려온 파도들은 바지선의 동편 옆구리를 철퍼덕철퍼덕 들이받았다. 판자방 안의 침대는 나무로 된 평상이었다. 그는 침대 모서리에 엉덩이를 붙이고 앉아 있었다. 침대 머리맡에 놓인 손전등 옆구리의 막대전구가 형광빛살을 퍼뜨리고 있었다. 잘 벼리어놓은 날카로운 칼날 같은 빛살로

앞쪽을 최소한 5백 미터쯤 쯤 비치기도 하고, 옆구리의 형광으로 방안을 밝히기도 하도록 제작된 손전등이었다.

안쪽 구석에는 직사각형의 탁자가 있었고 그 위에는 은색의 핸드폰과 라디오와 소주병과 물병과 도마와 칼과 된장과 회로 썰어놓은 숭어가 있었다. 손가락 두 마디 크기의 갯강구 한 마리가 낚싯대처럼 휘어진 두 개의 더듬이로 쏟아지는 형광을 더듬거리며 바람벽을 질러가더니 그가 먹다가 둔 숭어 살코기로 다가갔다. 이런 무엄한 놈, 세금 한 푼 안내고 이 판자방과 침대 틈새를 이용하는 주제에, 언감생심 주인의 숭어회를 넘보다니......

가슴이 찔끔했다. 죽어간 그 남자가 사랑하다가 남겨두고 간 허 소라를 넘보고 있는 자기가 마치 갯강구처럼 염치없고 데면데면하다 싶었다.

저 놈이 입질을 하기 전에 숭어회를 먹어버리고, 창자나 껍질을 저놈이 주인 눈치 보지 않고 먹을 수 있도록 어둑어둑한 바닥에 내려놓도록 하자. 회 한 점을 집어 들었다. 이놈아, 조급해하지 말고 내가 회에다가 소주를 다 마실 때까지만 참고 기다려라. 회를 된장에 발라 입에 넣고 씹으면서 소주를 들이켰다. 이날 밤 따라 소주는 달디 달다.

바닷가 외딴 별장에서 혼자 살고 있는 허 소라의 심사가 궁금했다. 고된 일 하지 않고 도회에서만 편히 살아온 그녀의 살은 젊은 여자들 못지않게 탄력 있고 부드러울 터이다. 그녀는 그의 아내보다 한 살 위이지만 주름살도 없고 머리칼도 검었다.

참 숭어회는 도미 살처럼 뽀들뽀들하지 않고, 광어 살처럼 부드럽고 달콤하지도 않고, 농어 살처럼 올깃쫄깃한 느낌도 없다. 이 끝에 닿자마자 바글바글 허물어져버린다. 회 가운데서는 가장 처지는 것이지만, 숭어고기에는, 바닷가에서 조개 잡고 파 뽑느라 굳어지고 거칠어진 아내처럼 오래 씹을수록 고소하고 달크므레한 맛이 살아나는 오돌토돌한 껍질이 있다.

아내는 파 뽑아 묶는 작업을 하고 와서 저녁 한 술을 먹고는 자리에 들자마자 코를 골며 자고 있을 것이다. 그는 허 소라에게 한눈을 팔며 살지만, 그녀는 오직 그의 등을 보고 살면서도 크게 불평하지 않고 아이들 낳아 키우고 가르쳤다. 쉰 살이 다 되도록 바다일 밭일을 쉴 새 없이 하고 아들딸한테 김치 담가 보내고 간척지의 차진 쌀 팔아 보내주며 살아오고 있다. 떠메어가도 모르게 깊은 잠에 떨어져 있다가도 술에 얼근해진 그가 사랑을 요구하면 불평 없이 응하고는 다시 코를 골며 잠들어버리는 아주 편리한 바지선 같은 여자.

아내는 스물한 살 나던 해까지 해수욕장 한 번도 구경 못한 경기도 양평의 산골 마을 여자였다. 군부대의 막사 뒤쪽 언덕 아래 철조망 밑을 뚫고 2분가량 내려가면 있는 마을의 가난한 집 과부의 딸이었다. 초등학교를 마치고 홀로 사는 어머니를 도와 군인들을 상대로 술을 팔았었다. 군수창고 담당이던 그는 그녀의 어머니를 수양어머니로 삼고 그녀를 에스 동생으로 삼은 채 내의와 여벌옷을 빨래하고 다림질하여 달라고 하는 대신 쌀과 고기와 담요 따위를 빼내다가 주곤 했다. 그는 그 여자를 제대 6개월쯤 앞둔 어느 날 밤에 술에 취한 채 더듬고 보듬어버렸다. 빼어난 미모는 아닌데, 옆모습이 얼핏 허 소라를 연상하게 했다.

그가 제대하고 고향으로 돌아올 때 그녀는 부대 정문 앞에서 아름드리 검정 옷가방 하나를 들고 기다리고 있었다. 아니 너 어쩐 일이야? 하고 묻자 그녀는 고개를 떨어뜨리면서 기어들어가는 소리를 했다. 나 오빠 따라 갈 거야. 그는 허공을 향해 허허허 웃으며 데리고 와서 아내로 삼아버렸다. 따지고 보면 그는 경기도 양평 여자를 보듬고 살아온 것이 아니고,

허 소라의 그림자를 보듬고 살아온 것이었다.

그런데 지금 그림자의 실체가 백합골에 나타난 것이다. 그녀의 동화를 외었다.

"총각은 천관산의 왕관 같은 주봉을 향해 무릎을 꿇고 앉아 비손을 하기 시작했습니다. '천관여신님, 이 바다 어디에 연꽃이 피어 있는데 그 향기가 풍겨 오는 것인지, 저에게 가르쳐 주십시오.'"

그는 검은 빗줄기 쏟아지는 하늘을 쳐다보며 '미친놈!'하고 중얼거렸다. 누가 키조개를 이 비 쏟아지는 밤중에 도둑질해 간다고 시방 여기에 나와 있는 것이냐.

하긴 십여 년 전까지만 해도 여수 쪽의 해적선들이 피조개를 훑어가려고 쾌속선을 타고 몰려오곤 했었다. 해적들은 칠흑 같은 밤을 좋아했다. 바지선에서 잠을 자지 않은 채 줄곧 경비를 하고 있음을 시위하기 위해 가끔 밖에 나가서 손전등 불로 양식장을 구석구석 휘둘러 비쳐보곤 해야 했다. 해적선이 나타나면 배를 달려 그들을 쫓았다. 한데 해적들의 배는 쾌속선이고 그 당시 그의 배는 느린 통통선이었다. 그들은 잡힐 듯 잡힐 듯 잡히지 않고 도망치면서 쫓는 이쪽의 통통선을 희롱하듯 유인했다. 그러는 사이에 또 다른 해적선 한 척이 피조개를 긁어갔다.

환자들의 병구완에 좋고 남녀의 정력에 좋다 하여 일본으로 수출되고 고급 호텔로 납품 되던 어린 아이의 주먹만 한 피조개. 그러나 이제는 피조개 양식이 시들해졌고, 대신 키조개 양식이 성행하고 있었다.

다른 바다 밑 갯벌에서는 키조개가 새끼를 칠 뿐 잘 자라지 않는데, 그것을 캐다가 수문 포구 앞의 득량만 바다 밑 갯벌에 옮겨 심어 놓으면 신통하게도 잘 자랐다.

푸른 번개가 백합골 뒷산 위에 얹힌 구름장들을 세로로 가르고 오래지 않아 우르릉 꽝 뇌성이 울었다. 성기고 여리어지는 듯하던 빗줄기가 다시 굵어지고 기운차졌다. 두렵고 불안한 생각 속으로 빠져 들어갔고 가슴이 우둔거렸다.

시방 그의 바지선이 떠 있는 곳, 그 주위의 키조개 양식장은 1950년 6월의 어느 밤 무섭고 슬픈 사건이 벌어진 곳이었다. 발동선 두 척이 그 바다 한복판으로 달려왔다. 한 척에 하늘색 옷 입고 머리 빡빡 깎은 청장년들 백여 명씩이 타고 있었다. 그들은 포승줄에 팔과 발목이 묶이고 다섯 사람씩이 굴비처럼 한 줄로 엮이어 있었다. 그 발동선의 이물과 고물 갑판에는 장총을 든 열 명씩이 서서 지키고 있었다. 별빛이 칠흑처럼 까만 해무를 묽게 녹이고 있었다. 두 척의 발동선은 바지선이 떠 있는 곳으로 와서 멈추어 섰고, 총 든 사람들의 작전이 개시되었다. 이물 덕판 위의 권총 든 사람이 장총 든 사람들에게 작전개시 명령을 내렸다. 장총을 든 사람들은 돼지처럼 손발이 묶인 사람들을 하나씩 분리시키고 발목에다 목침만한 돌덩이 한 개씩을 매달았다. 푸른 옷 입은 청장년들은 물로 떨어지면서 살려달라고 애원을 했다. 하느님이나 부처님을 외쳐 부르는 사람, 어머니를 애처롭게 부르는 사람. 장총 든 사람들은 아랑곳하지 않고 계속해서 그들을 물로 밀어 넣었다. 손과 발이 묶인데다 돌덩이까지 매달고 있는 청장년들은 잠시 허우적거리다가 물속으로 가라앉았다.

스무 해 전, 이 바다 밑 갯벌의 키조개들은 벽돌장들을 촘촘 대붙여 세워놓은 것처럼 늘어서 있었다. 그것을 캐러 들어간 잠수부들은 한 군데에 멈추어 앉은 채 반 평쯤의 갯벌에서 한 망태를 담아 올리곤 했다. 잠수부 몇 십 명이 그 짓을 삼년 동안이나 계속했고 이 바다의 키조개는 씨가 말라버렸다. 그것의 생리상 십년쯤을 손대지 않고 기다려야 그러한 자연산 키조개들이 다시 생겨날 터이었다.

키조개 업자들은 그것의 양식을 연구하기 시작했지만 어린 키조개 생산은 인공으로 이루어지지 않았으므로 여천의 깊은 바다나 서해안 바다에서 자연산 어린 것을 사다가 이식하여 키워내는 방법을 고안했다. 그 방법은 희한하게 성공하였다. 여천만 깊은 바다 속의 어린 키조개들은 촘촘 엉겨 있어서 영양결핍으로 인하여 제대로 성장을 하지 못하는데, 그것들을 캐다가 이 바다 밑에 심어 놓자 일 년 만에 어른 키조개가 되어버렸다. 예전 이 바다에서 캔 자연산 키조개보다 패주의 육질이 더 부드럽고 달콤하고 구수했다. 이 바다물의 유속은 느린 까닭으로 갯벌이 무르고 깊고 프랑크톤이 많은 것이었다.

허 소라의 동화를 외었다.

"총각이 간절하게 빌었지만 천관여신은 모습을 드러내지 않았습니다. 총각은 안타까워하면서 천관산을 향해 엎드려 울부짖었습니다. '천관여신님, 이 바다 어디에 그 향기를 뿜는 연꽃이 있는지 가르쳐 주십시오. 저의 사랑하는 여인의 목숨은 시방 경각에 달려 있습니다.' 밤낮으로 엎드려 울부짖던 총각은 피곤에 찌들려 잠이 들었습니다. 꿈속에서 모습을 드러낸 천관보살이 그의 머리를 쓰다듬으면서 말했습니다. '너의

정성이 하도 지극하여 말해주겠다. 이 바다 밑에 사는 키조개
와 바지락이 그 연꽃 향을 풍기고 있느니라.'"

수문 마을 앞의 득량만 바다는 예사 바다가 아니라고, 돌
아가신 어머니가 말했다. 천관여신의 아깃보(자궁)라고 했다.
어머니는 만신이었는데, 천관여신에게 지성으로 비손을 하곤
한 까닭으로 꿈에 그분의 성스러운 모습을 자주 친견하곤 한
다고 말했다.

천관산에 주석하고 있는 천관여신은 이 세상의 부피만큼
몸이 크다고 했다. 천관산은 천관여신의 머리와 얼굴이고 그
앞에 가로누워 있는 바다는 그녀의 자궁이라는 것이었다.

그런데 천관여신은 반드시 그래야 할 필요가 있을 때에는,
조화를 부려 몸을 줄여 여느 여인처럼 작달막하고 예쁘고 자
비로운 모습으로 현신한다고 했다.

천관산에 보얀 안개구름이 서려 있을 때 그 쪽을 향해 지
성으로 비손을 하면, 황금빛 보관을 쓰고 자주색 저고리에
하늘색 자락치마를 입고 잠자리 날개처럼 얄따란 너울을 휘
감은 천관여신이 자비롭게 미소를 지으며 나타나곤 한다고
했다.

살결은 하늘 복숭아의 살결 같고 눈은 검은 보석을 박아 놓은 것 같고, 눈썹은 여치의 더듬이처럼 길고 입술은 앵두색이고 손은 뻘기 같고 목은 길고 빙긋 웃는 모습이라고 했다.

곡두새벽에 일어나 바다를 지켜보고 있으면, 회색 주단을 깔아 놓은 듯싶은 바다가 금방 황금색으로 변했다가 곧 주황색으로 바뀌고 또 거짓말처럼 청남색으로 돌아서는 것은 천관보살이 조화를 부리기 때문이라는 것이었다.

그 바다의 무른 갯벌에 키조개 바지락 새조개 피조개 맛조개 고막 따위가 많이 나오고, 도미 숭어 농어 주꾸미 낙지 참게 따위가 많이 잡히는 것 또한 천관여신이 용왕에게 그리 되게 하라고 명한 까닭이라는 것이었다.

인근 마을 사람들은 어려운 일을 당하면 천관산을 향해 빌곤 했다. 지성으로 빌면서 소원을 말하면 천관여신이 그 모든 것을 다 들어준다고 믿었다. 어장에 고기가 잘 들게 해주고, 김 풍년이 들게 해주고, 불치의 병을 낫게 해주고, 사랑하는 사람의 마음을 자기에게로 돌아서게 해주고, 버리고 멀리 떠나간 님을 돌아오게 해주고, 장사가 잘 되게 해주고, 아들 딸이 공부 잘하고 성공하게 해준다고 믿었다.

천관여신이 말한, 사향노루 암수가 사랑할 때 풍기는 향기와 똑같은 향기를 뿜는다는 키조개는 키 모양의 잎사귀 두 개로 된 조개였다. 다 성장한 것은 장대한 어른의 손바닥보다 훨씬 큰데, 10미터 깊이의 바다 밑 무른 갯벌 속에 각이 진 부분을 처박은 채 살고 있었다. 어린 조개일 때 한번 머리를 박고 살기 시작하면, 이곳 여인들이 시집가서 그러하듯이 평생을 그 한 곳에서 살다가 생을 마치는 것이었다.

겉껍질은 산비둘기색의 꺼끌꺼끌한 가로 무늬가 있는데, 까보면 껍질 안쪽이 보라색 바탕에 무지개 같은 광택을 가지고 있었다. 가장자리에 여성들의 잠옷이나 브래지어 레이스처럼 주름진 얇고 부드러운 살이 있고 그 가운데에는 어린아이들의 자그마한 고추와 불알처럼 생긴 생식기가 있고 그 옆에는, 큰 장기짝만한 담황색 패주가 있었다. 패주가 부풀어 있는 모양은 성숙한 여인의 음부 같았다. 패주는 조개가 두 잎사귀를 여닫을 때 사용하는 근육이었다. 탄력이 있으면서도 보드라운 그 패주의 신선도를 보존하기 위하여 생산자들은 키조개를 까지 않고 세척만 해서 포장하여 일본으로 실어내곤 했다. 일본이나 국내나 마찬가지로 자연산의 패주보다는 양식한 것의 패주를 더 높이 쳐주는 것이었다.

그것을 얇게 썰어서 회로 먹기도 하고 삼겹살과 함께 구워 먹기도 하고 갈아서 전복처럼 죽을 쑤어 먹기도 했다. 그것은 이유기의 어린아이들이나 회복기에 있는 환자들이나 미역국 먹는 임산부들에게 아주 좋다고 알려져 있었다.

초등학교 동창회에 나온 한약사 친구가 사람의 콩팥, 간, 위, 남근, 여근 따위에 병이 들면, 자연 속에서 그것들의 형상과 비슷한 열매나 뿌리나 해산물을 약으로 먹어야 한다고 말했다. 가령, 콩팥腎臟에는 알밤이 약이고, 막힌 오줌길에는 덩굴식물의 열매인 수박이나 오이가 약이고, 기가 쇠한 사람에게는 사람의 형상을 하고 있는 인삼뿌리가 약이고, 자궁이나 비뇨기과가 허한 사람에게는 키조개나 피조개나 바지락이나 전복이나 고막이 약이라는 것이었다. 태교를 가르치는 책과 소녀경素女經에서는 여성의 음부를 보하는 음식으로 신선한 조개와 연꽃의 씨방을 처방한다고 했다.

허 소라가 광주에서 살 때 그는 그녀에게 한 달에 한 차례씩 키조개의 패주 한 상자씩을 반드시 보내주곤 했었다. 허소라는 진정으로 고마워하면서 전화를 걸어 주었다.

"힘들게 잡아서 보내주는데 그냥 달콩달콩 받아먹기만 하기 참말로 미안하다."

허 소라의 전화를 받는 순간 그는 눈앞이 어지러워지곤 했다. 얼핏 쉰 듯한 그녀의 목소리에는, 자그마한 항아리 속을 돌아 나오는 듯한 메아리가 들어 있었다. 그 울림 많은 목소리 때문에 온몸에 전율이 일어나는 것이었다. 그는 가슴속에서 솟구쳐 오르는 열기와 가슴 떨림과 어지럼증을 주체하지 못한 채 지껄여댔다.

"키조개는 말이여, 바닷물 속에서 물을 들이마셨다가 뱉었다가 하고 사는 것이라, 간이 안 좋은 환자한테 죽을 쒀주면 아주 그만이란다. 검정 깨죽이나 쌀죽을 쑬 때 그것을 믹서로 갈아서 넣으면 옥색 물이 도는데, 전복죽보다 더 약효가 좋단다. 패주 생것은 간 나쁜 사람에게는 안 좋지만, 건강한 여자한테는 아주 좋단다. 술안주로도 최고다."

그때의 생각을 하며 쓴 입맛을 다셨다.

짙푸른 바다 속이 두렵지만, 그것을 무릅쓰고 잠수부 일까지 해오고 있는 것도 어쩌면 허 소라에게 그것을 끊임없이 보낼 수 있기 때문일 터이었다.

까만 잠수복을 입고 산소가 공급되는 호스 달린, 우주인 모양새의 투구를 쓰고 납덩어리 허리띠를 두르고 들어가서 하는 작업. 그 일을 할 때는 반드시 동생 영재를 불러다가 쓰곤 했다. 산소 공급해주는 모터는 동생 아니면 맡길 수가 없었다. 솔직하게 말한다면 김 사장도 믿을 수 없었다. 내 몫까지를 다 먹어버리려고 나를 죽어가게 해버릴지도 모른다는 의심을 그는 떨쳐버리지 못했다.

잠수부들은 심지어 아내마저도 믿을 수 없다고 말하곤 했다. 아내는 물속에 들어가 있는 남편보다 더 싱싱하고 젊은 남자들의 유혹에 이미 넘어가 있는지도 모른다는 의심을 하는 것이었다.

십 센티쯤의 어린 조개를 모심듯이 직각으로 심는 일에서부터 하루 한 차례씩 들어가서 불가사리들을 잡아내는 일과 다 자란 것을 채취하는 일에 이르기까지 그가 도맡아서 해냈다.

키조개 심고 채취하여 돈 모으는 것, 그 돈 아들딸에게 써주는 것, 허 소라에게 다달이 한 상자씩 보내주는 것이 뿌듯한 즐거움이었다.

그런데 얼마 전에 칠팔월 염천의 홍어창자처럼 속이 썩는 일이 생겼다. 두 살 터울로 줄줄이 낳은 딸 다섯 뒤에 겨우 낳아서, 불면 날아갈까 놓으면 깨질까 하며 오냐오냐 하고 키

운 아들이 속을 썩였다. 그놈은, 애비가 잠수질해서 사준 2억
짜리 아파트를 담보로 잡고 은행 빚을 내다가 레스토랑을 차
리더니, 넉 달 만에 엎어버리고, 스물 한 살짜리 뻘기 같은 종
업원하고 배가 맞아서 나대다가, 딸 하나 낳은 며느리하고 이
혼을 하면서 나머지 것을 몽땅 위자료로 주어버린 다음 애비
한테 손을 벌리고 있었다.

아내는, 그 자식을 그냥 모른 체할 것이냐고, 아파트 한 채
를 다시 분양받게 해주어야 한다고 그를 들볶아댔다. 무슨 신
세가 이러한가. 다른 집 자식들은 땡전 한 푼 안 가지고 나가
도 잘 만 산다는데 우리 집 새끼들은 하나같이 손을 벌리고
돈을 뜯어간다. 이 딸이 도와달라고 보채고 저 딸이 가게 내
겠다고 들볶고, 그리하여 아주 눈 딱 감고 5천만 원씩을 손에
잡혀 주어버렸다.

이제는 아들에게 아파트 한 채를 더 사주기 위해서 바닷
물 속을 들락거려야 한다. 뱃놈은 치 오 푼5센티미터 저쪽에 저
승을 두고 산다고들 말했다. 배 밑창이 5센티의 두께인 까닭
이다.

잠수 일은 어쩌면, 탯줄공기 주입 호스을 달고 천관여신의 자
궁 속으로 들어가서 작업을 하는 것이다. 그 탯줄이 꼬이거나

115

공기를 주입해주는 기계가 멈추어서면 숨이 막혀 죽는다. 하루 몇 차례씩 죽어 물 위로 떠오르는 생각을 하곤 하면서도 그 작업을 하고 또 해야 한다. 그는 이를 물면서 심호흡을 했다. 운명인 것을 어찌할 것인가. 그 운명을 생각하면, 천관여신의 화신인 듯싶은 허 소라가 심심하여 맨발로 산책하곤 하는 갯벌밭을 기어 다니는 송장게 한 마리처럼 하염없이 작아지곤 하는 자신이었다. 그런데, 산밭으로 지나가는 국도가 안겨준 보상금 1억이라는 목돈 한 뭉텅이가 그에게 큰 힘이 되고 있었다.

백합골용곡 뒷산 위의 하늘에서 번개가 번쩍 하더니 꽈르릉 하고 뇌성이 울었다. 빗줄기가 더욱 굵어지고 있었다. 그는 백합골 서남쪽에 켜져 있는 불과 그 불에서 얼마쯤 떨어진 동남쪽의 불을 번갈아 바라보았다.

허 소라의 별장과 영재의 사슴농장은 이웃해 있었다.

노총각인 동생 영재는 바다를 싫어했다. 형이 물속에서 작업을 하는 동안 공기 공급 기계를 보아주기 위해 배를 타주고 거기 해당하는 노임을 받을 뿐 고기잡이나 잠수부가 되려하지 않았다. 바다에서 죽은 아버지의 뒤를 따르지 않겠다

는 것이었다. 걸핏하면 잘 삐치고 토라지는데다 팩 하는 급성
이고, 혼자서 외곬으로 파고들어가곤 하고 가끔 엉뚱한 짓을
저지르곤 했다. 거기다가 무당 아들이라는 콤플렉스까지 심
했다.

어머니는 단골이었고 아버지는 박수였다. 깊은 섬에서 굿
을 해주고 살던 어머니 아버지는 아들딸들에게 무업(巫業)을
물려주지 않으려고 하루아침에 그것을 내던지고 백합골로 이
사를 왔다. 아버지는 평생 해보지 않았던 고기잡이 돛배의 선
원 노릇을 하기 시작한 것이었는데 늦가을 도지(돌풍)로 인해
난파되어 죽었다.

영재는 가진 기술이나 돈이 많지 않는데다 성질이 못되었
다는 소문이 나자 가까운 곳에서 아내감이 생기지 않았고 이
러구러 4십대 중반을 넘어서게 되었다. 주변의 노총각들이 외
국에서 신부를 데려오곤 하자, 영재도 그러한 결혼을 꿈꾸기
시작했다. 주제에 얼굴 가무잡잡한 태국 베트남 필리핀 여자
는 싫다 하고, 반드시 중국의 동포 처녀를 구하고 싶어 했다.
이번에 보상금을 듬뿍 받고난 뒤부터 그놈은 그 일을 서두르
고 있었다.

황소 떼 같은 파도들은 동편의 먼 바다에서 달려오고 있었다. 천관여신이 지저분해진 자기 자궁 속을 파 일구려 할 때는 수천만의 마녀들을 보내 파도를 일으킨다. 파도들은 우르륵 쏴르륵 소리를 내면서 형광불빛을 일으켰다. 그것은 거대한 귀기어린 새까만 알몸 마녀들의 눈빛이었고, 이빨을 갈면서 쩝쩝 입맛을 다시는 소리였다. 바지선 옆구리에 부딪쳐 으깨어지는 파도들은 '철푸럭 어푸후!' 소리를 냈다. 그 파도들이 두려웠고 머리끝이 곤두섰고 등줄기에 전율이 일었다. 잠수작업을 하여 온 지 2십년이 넘지만 그는 항상 바다가 두려웠다. 막상 잠수복을 입고 물 밑으로 들어가면 차라리 편안해지지만 겉에서 맨 몸으로 파도들을 마주보면 늘 두렵고 겁났다.

허 소라의 동화를 외었다.

"총각은 죽음을 무릅쓰고 짙푸른 물속으로 뛰어 들어갔습니다. 병든 연인을 살려내겠다는 일념으로. 푸른 물속에는 미역과 다시마와 갈파래와 청각 무성한 언덕도 있고 골짜기도 있고 평평한 갯벌 밭도 있었습니다. 키조개들은 평평한 갯벌 밭에 뿌리를 묻고 있었습니다. 숨이 가쁘지만 참고 그것들을 한 아름 캤습니다."

가슴을 펴고 심호흡을 했다. 담배 한 개비를 꺼내 물고 불을 댕겼다. 그의 몸이 바지선을 따라 흔들거렸다. 얼근해진 그는 흔들림을 즐겼다. 세상 전체가 흔들리는 듯싶고 어디론가 한없이 표류해 가고 있는 듯싶었다.

문득 두렵고 불안해졌다. 어떤 일로 인해 타고 온 쾌속선의 닻줄이 벗겨지거나 끊어져 육지로 떠가버릴 듯싶고 그는 그곳에서 내내 갇혀 살게 될 듯싶었다. 그가 바지선에 갇혀 있는 동안 시간이 딱 멈춰버리고 밤은 영원히 계속되고 아침은 밝아오지 않을 듯싶고, 세상이 아득한 원시로 되돌아가 배들의 왕래가 끊어지고, 그의 유배살이 같은 바지선의 생활은 끝없이 이어질 듯싶었다. 그를 가두는 어둠은 그냥 어둠이 아니고 수억만 개의 딱딱하고 검은 장막의 무늬인 듯싶었다. 휴대전화로, 구해주시오, 하고 말을 해도 그의 말을 알아듣고 배를 타고 달려와 줄 사람이 아무도 없을 듯싶었다.

그는 자기가 처한 바지선 위의 상황과 운명과 자기 자신을 믿을 수 없어졌다. 불가사의한 어떤 힘인가가 집채 같은 파도를 갑자기 일어나게 하여 바지선을 넘어뜨리고 그를 물에 빠지게 할 것 같았다.

방광이 부풀어 올랐다. 바지선 갑판으로 나가면서 배꼽 근처의 지퍼를 내렸다. 바다를 향해 오줌을 갈기지 않고 갑판 마룻장에다 갈기며 후두두 진저리를 쳤다. 바다 속에 들어 있는 도깨비나 물귀신이나 마녀들이 그의 발목을 이끌고 물 밑으로 들어가 버릴 것만 같고 그의 몸은 녹아서 키조개의 밥이 될 것 같았다.

나는 이미 죽어, 몸과 혼령이 분리된 채 살고 있는 것 아닐 까. 내 등신은 시방 늙은 아내 옆에 잠들어 있는데 혼령이 바 지선 위에 있는 것인지 모른다. 아니, 내 혼령은 허 소라의 별 장 마당에서 장대비를 맞은 채 서 있고 등신만 시방 바지선에 있는지 모른다.

고개를 저었다. 전혀 사리에 맞지 않는 생각들을 하고 있 는 스스로를 꾸짖었다. 봄인데 웬 폭우가 이렇게 쏟아질까, 하고 현실적인 생각을 하기 시작했다.

폭우의 기미는 하루 전부터 있었다. 물 머금은 달은 황금색 달무리를 화환처럼 두르고 있었고, 바다에는 우중충한 안개가 끼었고 폭 넓은 너울이 밀려왔고 검은 구름장들이 동쪽 하늘에서 흘러들어왔고, 그의 몸은 나른해졌다. 가슴이 까닭 없이 두근거리고 팔다리에 힘이 없고 무력증이 일었다. 그것이 비 몸살일 거라고 영후는 스스로 진단했다.

비 몸살은 잠수를 하기 시작한 이래 생긴 것이었다. 공기 중에 사는 동물이 물속에서 적응하다가 보니까 무리가 생긴 것일 터이었다. 그렇지만 기껏 10미터 안팎의 수중엘 드나드는데 잠수병이 들었겠는가. 비 몸살은 신기神氣 있는 어머니와 할머니가 다 겪던 것일 터이다. 그는 비 몸살을 두려워하지 않았다. 비 몸살기가 있다 싶으면 소주를 몇 잔 들이켜 버리곤 했다.

그는 바지선으로 들어올 때마다 술 마실 준비를 완벽하게 해가지고 오곤 했다. 술처럼 좋은 것은 없었다. 고된 물밑 작업을 하고 나와서도 술을 얼근하게 마셔버리면 언제 그랬냐 싶게 가뿐해졌다. 얼근해지면 여자하고의 사랑도 잘 되었다.

백합골 민박집 허 소라하고 한번 사랑해보았으면 좋겠다고 그는 생각했다. 그 생각을 하자 가슴이 두근거리고 얼굴이 뜨거워지고 온몸에 전율이 일어났다. 허 소라와 단 한 번만이라도 사랑을 나누어 보는 것이 소망이었다. 그녀와 하룻밤 사랑을 나누고는 이튿날 죽어도 억울하지 않을 듯싶었다. 그 여자가 백합골에 집을 짓기 시작할 때부터 그 꿈을 꾸기 시작했다. 이제는 그 여자가 혼자 된 몸이므로 그가 다가가면 받아들일지도 모른다. 한데 동생 영재가 그 여자를 삐치게 했고 형인 그를 난처하게 만들고 말았다.

그 여자는 이 근동의 땅 부자인데다 수문포 주조장을 하던 허무호의 큰딸이었다. 그녀는 그녀의 동생 허 소연과 쌍둥이였는데 자매가 다 초등학교 때부터 소문난 미색이었다. 죽은 큰어머니에게서 난 오빠가 하나 있었는데, 중학교에 다니면서 쌈질을 하다가 칼에 찔려 죽었다.

영후는 허 소라 자매보다 나이가 두 살이나 위였지만 그들과 한 교실에서 공부를 했다. 홍역을 심하게 앓은 까닭으로 입학이 늦어진 것이었다.

그들 자매는 얼굴 예쁘고 공부를 잘 하는데다 부자인 아버지가 등 뒤에 있었으므로 학교 선생님들의 사랑과 귀여움을 독차지했다. 허무호는 학교의 육성회장이었고, 학교에 손 크게 기부를 하곤 했고, 가끔 전교 선생님들을 포구의 요릿집으로 불러다가 입술이 짓물러터지고 코가 비틀어지게 먹이곤 했다.

때문에 오만해진 그들 자매는 괴죄죄한 옷을 입고 다니는 동무들을 하인 대하듯 했다. 형제가 반장을 번갈아가며 했고, 그들은 청소시간에 먼지떨이를 거꾸로 들고 청소 감독을 했다. 마룻바닥에 초를 칠하고 마른 걸레로 윤을 내는 동무들의 어깨나 머리를 때리면서 더 팍팍 문지르라고 독려하곤 했다. 말을 잘 듣는 동무들에게는 쌀강정이나 사탕 한 개씩을 상으로 던져주곤 했다. 마루에 윤을 잘 냈다는 이유로 그

도 사탕 한 개를 상으로 얻어먹은 적이 있었다. 그 달콤한 맛
이 입안에 감돌았다. 사탕을 던져주고 돌아서는 소라의 팬티
스타킹 안쪽이 눈에 들어왔다. 소라 자매는 똑같이 허벅다리
에서 자락 끝이 찰랑거리는 민들레꽃색의 원피스를 입고 있
었다. 물론 속살은 팬티스타킹에 가려져 있었다. 그렇지만 눈
길이 팬티스타킹에 가려진 두 짝의 엉덩이 사이의 약간 오목
한 곳에 이르는 순간 얼굴이 화끈 달아올랐다. 그녀를 떠올
리기만 하면 온몸에 개미떼들이 일시에 기어가는 듯싶은 전
율이 일어나기 시작 한 것이 그때부터였다. 이후로 그는 허 소
라의 얼굴을 정면으로 바라보지 못했다. 까만 유리구슬처럼
빛나는 두 눈과 마주치는 순간 그는 가슴이 타들어가는 열기
에 몸을 떨어야 했다. 밤새워 허 소라에게 줄 연애편지를 썼
다. 공책 종이를 찢어서 쓰다가 구겨버리고 또 쓰다가 다시 구
겨버리고…… 열 몇 번째 쓴 것을 호주머니에 넣고 다녔다. 마
땅히 건네줄 기회를 만들지 못한 채 아쉽고 슬프고 쓸쓸한
나날을 보냈다. 그런 어느 날 호주머니 검사를 한 덧니 난 담
임 선생님에게 들켜 종아리를 맞았다.

"이 자식, 아버지가 거친 바다에서 목숨 걸고 돈 벌어서 학
교에 보내주니까 공부는 하지 않고,…… 못된 송아지 엉덩이에

뽈나고 개살구 모로 터진다더니..... 귀때기에 피도 안 말라진 것이...... 이것 니 손으로 찢어 없애. 그리고 종아리 스무 대 맞는다. 엎드려뻗치고...... 자, 이제부터 니 입으로 세어라. 하나아 두울 세엣 네엣......" 매의 수를 스물까지 세는 동안이 십년보다 더 긴 세월인 듯싶었다.

허 소라 허 소연 자매는 광주로 가서 중학교 고등학교엘 다녔다. 여고에 다니던 동생 허 소연이 남학생들하고 캠핑을 갔다가 자퇴를 하고 다른 학교로 전학을 갔고 거기서 적응하지 못한 채 또 다른 학교로 가서 간신히 졸업을 했지만 공부는 뒷전이었다.

주조장 술이 맥주와 소주에 밀린 까닭으로 경영이 어려워진 허 무호는 장흥 읍내 강진 읍내의 건달들하고 어울려 도박을 일삼다가 부도를 내고 화병으로 죽어갔고, 거덜이 난 어머니는 광주로 이사를 가서 다른 남자와 재혼을 했고 큰딸 허 소라는 선배인 선 우철과 결혼을 했다.

선 우철은 가난했지만 천재라고 소문이 났었다. 은행에 다니다가 융자를 얻어서 출판사를 차렸는데 다섯 권째 낸 책 한 권이 베스트셀러가 되자 일약 명문 출판사 사장이 되었다.

증권에 한창 불이 붙을 때 투자하여 떼돈을 벌었다. 건물 두 채를 사고, 얼굴 곱상하고 키 작달막한 여자 하나를 꿰차고 골프를 치러 다니곤 하더니 어느 날 중병이 들었다는 소문이 돌았다.

허 소연은 사법 고시에 늘 일차만 합격하고 이차에 낙방하곤 하는 청년과 결혼을 했다가 이혼을 하고는 혼자서 고향으로 내려와 농장을 했다.

허 무호의 살림살이는 모두 빚대에 넘어갔지만, 백합골 안팎의 산과 그 건너 봇골 전체의 산만은 남아 있었다. 허 소연은 모자란 외사촌 오빠를 데리고 봇골에다가 철쭉과 금송과 동백과 배롱나무 묘목을 재배하기도 하고 분재를 하기도 했다. 외사촌 오빠는 힘이 세고 식탐이 셀 뿐 딴 생각이 전혀 없는 짐승 같은 위인이었다. 밥과 고기만 많이 주고 무엇이든지 잘한다고 칭찬을 해주면 몸을 아끼지 않고 일을 했다. 그 외사촌 오빠와 함께 가꾸어놓은 30만 그루 철쭉나무가 한꺼번에 동나버린 88올림픽 직전에 십년 연하의 서울 꽃장수 사장 박남철과 재혼을 한 다음 농장을 함께 했고 딸 하나를 낳았다.

그런데 허소연 그녀는 딸이 다섯 살 나던 해에 암으로 인해 유방 하나를 도려내고 나서 죽어갔다.

　허 소라는 처음 사슴농장을 하는 영재에게 그녀의 별장 관리를 맡겼었다. 사실은 관리가 아니고, 낚시꾼이나 해수욕장에 온 사람들이 침입하지 않도록 돌보고 지켜 달라는 것이었다. 영재가 영후의 아우란 점을 신뢰하여 그리 한 것이었다. 한데 지난 한여름의 어느 날 허 소라에게서 전화가 걸려왔다.

　"아니 영후야, 느그 동생 어쩌면 사람이 그러냐? 나한테 말 한 마디도 않고 내 별장에다가 민박을 치고 있단 말이야."

　그녀는 화가 단단히 나 있었다. 그는 영재에게 전화를 걸어 당장에 그만 두라고 호통을 쳤다. 한데 영재는 볼멘소리를 했다.

"아니, 비워놓고 있느니 민박 좀 치면 어째서요?"

"말도 안 되는 소리 하지 말고 당장에 그만 두고 허 여사한 테 잘못했다고 사과해라! 그 별장, 허여사가 가끔씩 딸 데리고 와서 쉬어가려고 팔지 않고 놔두고 있는 것이여."

영재는 물러서지 않았다.

"딸 데리고 오면 어련히 쉬어갈 수 있도록 집 비워줄까."

결국 허 소라는 영재에게서 열쇠를 빼앗고, 영재가 하던 민박을 이어 했다. 영재는 그 꼴을 보고 가만 앉아 있지 않았다.

"광주에 건물이 두 채나 있는 과부년이 내가 여기저기 선전해 갖고 하는 민박을 빼앗아서 하길래, 아무래도 수상하다, 수상하다 했더니 글쎄 민박하러 온 젊은 꽃미남 손님들 보듬고 자더라."하고 떠벌리고 다녔다.

그의 형인 영후로서는 허 소라에게 사죄의 말을 뱉어내기 마저 민망해졌다. 전화로 먼저, 그놈 대신 사죄를 하고 '나이 한 살이라도 더 먹은 네가 어리석은 동생이라고 생각하고 이해해 버려라'하고 말을 하고 싶지만, 전화 한 통화로 될 일이 아니었다. 직접 찾아가서 사죄를 하고난 다음 영재를 끌고 가서 그녀 앞에 무릎 꿇고 빌게 해야 한다.

콩밭 매는 아가씨야, 하고 그의 휴대전화기가 노래했다. 폴더를 여니 김 사장의 목소리가 들려왔다. 어쩐 일이냐고 하자, 김 사장이 빈정거렸다.

"소라한테 갔다가 뺨 맞고 있지 않는지 걱정이 돼서 전화 걸었네. 애초부터 소라한테 신경 줄 싹 끊어버리소. 소라 마음은 진즉에 딴 데로 가 있네. 옆에 얼씬도 못할 바에는 멀찍이 물러 나 있소. 내가 한번이나 쫓아가서 된장 발라 꿀꺽해 버릴란께."

"털 손 함부로 놀렸다가는...... 바로 그 날이 자네 제삿날 되네."

꽥 소리쳐주고 폴더를 덮었다. 푸른 번개가 백합골 뒷산 위의 검은 구름장을 가르고 꽈르릉 벽력 소리가 들려왔다. 검은 바다 안개와 창대 같은 빗줄기 사이에서 백합골 뒷산 언덕배기의 불빛 세 개가 떨고 있었다.

횟집으로 들어가는 어구인 듯한 지점에서 자동차의 헤드라이트가 빗길을 더듬으며 허 소라의 별장 쪽으로 나아갔다.

아핫 어떤 놈일까. 그는 두렵고 불안하고 조마조마해 견딜 수
없었다. 혹시 김 사장 아닐까. 저놈의 정체를 밝혀야 한다. 정
박해놓은 쾌속선으로 올라갔다. 엔진을 돌리면서 그녀의 동
화를 외었다.

"의식이 가물가물해질 때까지 숨을 참으면서 캔 키조개를
보듬고 물 밖으로 나오자마자 사경을 헤매고 있는 사랑하는
여인의 집으로 줄달음질쳐 갔습니다."

강단지고 콧대 높다고 소문난 허 소라인데 어느 놈이 와서
꼬인다고 해서 하룻밤 사이에 허물어지고 어쩌고 할 리 없다.
자기 보호할 방책 없이 저기에 저렇게 살고 있을까. 아니다.
모른다. 알 수 없는 것이 사람의 일이다. 엔진의 속도를 높
였다.

자동차의 헤드라이트가 허 소라의 별장 쪽으로 뻗어나가
는 순간 외등과 응접실의 불이 동시에 꺼져버렸다. 횟집 간판
과 사슴농장 불이 살아 있는 것을 보면 정전이 된 것은 아니
다. 소라가 자기별장으로 오는 사람을 맞아들이지 않으려고
일부러 꺼버린 것이다.

기다란 스테인레스의 작대기 같은 헤드라이트가 각을 꺾어 허 소라의 별장 쪽으로 올라가더니 주차장에서 멈추어 섰다. 그 헤드라이트가 허 소라의 별장을 비추었다. 허 소라는 자기를 찾아오고 있는 사람이 누구라는 것을 알고 불을 끈 채 문을 열어주지 않는 것이다. 그것은 저 사람이 오래 전부터 허 소라를 괴롭혀 오고 있다는 것이다. 주차장에 차를 대고 있는 놈이 누구일까.

헤드라이트는 아직도 허 소라의 집을 쏘아대고 있었고 허 소라의 집 불은 켜지지 않고 있었다.

영후는 조바심이 일어났다. 가슴이 바작바작 타들어가고 있었다. 만일 저 놈이 문을 부수고 들어간다면 어찌 되는가. 억수로 비가 쏟아지고 있으므로, 허 소라가 도둑이 들어왔다고 외치더라도 사슴농장의 영재가 듣지 못할 것이다. 내가 얼른 달려가서 저놈을 내쫓아야 한다.

포구를 향해 5분쯤 달렸을 때 별장을 비추고 있던 헤드라이트가 움직였다. 그것이 주변의 숲을 휘저으며 아까 올라갔던 길을 다시 내려오고 있었다.

허 소라의 집 불은 여전히 켜지지 않고 있었다. 헤드라이트가 어디로 가는가 보자. 횟집 뒷길을 빠져나온 헤드라이트는 봇골로 들어가고 있었다. 그렇다면 저놈은 허 소라의 제랑 박 남철이다. 허 소라는 자기의 제랑이 찾아왔는데 왜 문을 열어주지 않았을까. 그것은, 박 남철이 딴 생각을 품고 이때껏 제 처형인 허 소라를 괴롭혀 오고 있었다는 것이다.

헤드라이트가 봇골 앞에서 멈추어 섰다. 저기에 검문소가 있다. 의경들이 차를 검문하고 있는 것이다. 경우회 회원인 박 남철은 의경들을 무서워하지 않는다는 소문이 돌았다. 의경들은 박 남철이 술에 취해 있으므로 보내주지 않을 수도 있다. 헤드라이트가 꺼지고 오래지 않아 다른 헤드라이트가 검문소 앞으로 달려왔다. 그 헤드라이트가 봇골 쪽으로 달려갔다. 의경들이 아마 자기들의 차로 박 남철을 그의 농장으로 태워다주는 모양이다.

별장의 응접실 불이 켜졌다. 잠시 뒤에 다시 꺼졌다. 이제 허 소라가 잠을 자려는 모양이다. 백합골 뒷산 머리에서 번개가 번쩍하자마자 우르릉 꽝 하고 뇌성이 울었다. 나하고 박 남철하고는 다르다. 내가 찾아가면 문을 열어줄 것이다.

배를 선착장에 정박시키고 부두로 내려섰다. 트럭 문을 열고 들어가 시동을 걸었다. 이제 허 소라와 나 사이를 가로막고 있는 운명의 장벽을 향해 비켜서라고 악을 써야 한다.

내가 문을 두들기면서 나임을 밝힌다면 허 소라가 문을 열어줄까. 가슴이 후들후들 떨렸고 팔다리에 힘이 빠졌다. 조금 전 박 남철에게 했듯이 문을 열어주지 않으면 어찌할까.

헤드라이트를 켰다. 샛노란 불빛을 받은 물방울들이 보석처럼 반짝거렸다. 빗줄기는 거듭 차창을 두들겼다. 빗물 지우개를 작동시키면서 동화를 외었다.

"총각은 키조개 패주를 솥에 넣고 끓였습니다. 솥 안에 옥색 국물이 보얗게 울어났습니다. 그는 바리데기가 서역에서 가져온 생명수를 먹이듯이 그 국물을 사랑하는 여인에게 먹였습니다."

부두를 빠져 큰길로 들어섰다. 허 소라의 별장을 향해 차를 몰았다. 허 소라의 집은 깜깜한 어둠에 잠겨 있었다.

허 소라는 침실로 들어가서 자고 있을까. 응접실의 어둠 속에서 밖을 내다보고 있을까. 온몸에 뜨거운 전율이 일어났다. 어쩌면 허 소라는 시방 나를 기다리고 있을지도 모른다.

내가 쾌속선을 몰고 바다로 나가 맴을 돈 것, 바지선에 들어가 있다가 나와서 트럭을 타고 가고 있는 것을 다 자기 손금 들여다보듯 보고 있는지도 모른다. 아니, 허 소라는 나를 마음에 두지 않고 있는데 나 혼자 미쳐서 시방 이러는 것 아닌가. 차를 돌리자. 아니다. 부딪쳐 보는 것이다. 밑져야 본전이다. 장롱에 넣어둔 통장에 찍힌 작대기 한 개와 동그라미 여덟 개100,000,000가 떠올랐다. 그는 이를 악물었다.

허 소라의 별장으로 들어가는 길은 검은 빗줄기 속에서 T자로 꼬부라져 있었다. 그의 차는 그 꼬부라진 길을 주춤거리며 돌아서 느긋하게 기어 올라갔다. 별장의 주차장에 차를 세우고 밖으로 나왔다. 빗줄기가 달덩이 같은 하얀 외등 표면을 두들겨댔다. 외등을 등지고 마당을 건너갔다. 응접실 유리창이 횟집 외등불빛을 받아 멀뚱하게 빛났다. 이층 베란다 난간에는 검정색으로 '쾌적한 민박'이라 쓰인 프랭카드가 걸려 있었다.

그는 현관문 앞에 서자마자 문을 두들기고 문틈에 입을 대고 떨리는 목소리로 말했다.

"소라야, 나 영훈인데 너 보고 싶어 미치겠어서 이렇게 왔다. 나 술 한 잔 했는데..... 잠시만 우리 그 동안 살아온 이야기 조끔 하자."

안에서는 반응이 없었다. 그는 다시 현관문을 두들기고 같은 말을 지껄이고 나서 반응을 기다렸다.

그때 콩밭 매는 아가씨야, 하고 그의 휴대전화기가 노래했다. 폴더를 여니 허 소라의 목소리가 들려왔다.

"발칵 뒤집힌 밤바다에서 키조개 지키느라고 고생 많이 한다. 현관문 유리에 종이 한 장 붙어 있을 거니까 그것 읽어보고,..... 그래도 이 밤중에 나 만나고 싶으면 들어오너라. 자신 있으면,...... 너하고 나, 우리 사이에 문 열어주는 것쯤이야 아무것도 아니다."

유리 표면에 자그마한 종이 한 장이 붙어 있었다. 그것을 떼어 가지고 트럭 안으로 갔다. 헤드라이트를 밝히고 그 종이에 쓰인 글씨들을 뜯어 읽었다. 빗줄기를 뚫고 날아온 금빛 너울이 어룽어룽 흰 종이를 비추었다.

'나 시방 그 사람하고 함께 있다. 나하고 그 사람 틈새로 들어설 자신이 있으면 들어오너라.'

트럭이 쏘는 헤드라이트불빛에 포획된 별장의 응접실 유리창에 기대서 있는 그녀의 모습이 얼핏 드러났다. 하얀 치마저고리를 입은 그녀를 보는 순간 가슴과 머리에 서늘한 바람너울이 일어났다. 그는 부르르 몸을 떨었다. 뒷산머리의 구름장에서 파란 번개가 번쩍 일어났고 우르릉 꽝 뇌성이 울었다.

"뼈에 비닐종이를 입혀 놓은 것처럼 깡말라 있던 처녀는 총각이 떠먹여주는 옥색의 키조개 곰국을 목 너머로 넘기자마자 병이 거짓말처럼 나았습니다. 총각은 백련 꽃송이처럼 싱싱해진 그 처녀와 저녁노을이 불처럼 타오르는 때에 화촉을 밝혔고, 아들 딸 낳아 키우고 가르치며 알콩달콩 행복하게 잘 살았습니다."

허 소라의 동화 끝부분이 그 번개와 뇌성처럼 가슴을 흔들었다.

키조개 여신 2

소설가 허 소라

사슴농장 관리사의 창가에 선 채 영재는 외등불빛이 빗겨 날아드는 어둠 속에서 쏟아지는 빗줄기를 내다보고 있었다. 시방 아랫집 과부 허 소라는 무얼 하고 있을까. 뒷산에서 치는 번개와 뇌성벽력으로 천지가 흔들리는데 고이 잠들었을까.

비가 오면 혼자 사는 여자들은 비몸살과 고독을 주체하지 못한다는데. 세상의 어떤 여자이든지 밤을 고독하게 혼자 지내도록 놔두면 안 된다고 했는데, 누군가가, 여자들이 고독하게 밤을 보내는 세상은 슬픈 세상이라고 했는데.....

박쥐우산을 쓰고 집을 나섰다. 가파른 언덕길을 걸어 내려갔다. 횟집과 허 소라 별장의 외등이 길을 밝혀주었다. 별장 응접실이 바라다보였다. 응접실에는 유리구슬 등이 빛나고 있었다. 소파에 흰 옷을 입은 허 소라가 혼자 앉아 있었다. 그는 향나무 그늘에 몸을 숨긴 채 그녀를 바라보았다.

빗줄기가 우산을 뚫을 듯 내리치고 있었다. 에끼 미욱한 놈, 하고 중얼거리며 눈살을 찌푸렸다.

'그 여자가 축사에 와서 그에게, 별장 마당에 노는 닭들을 몰아가라고 했을 때 곰살갑게 예, 하고 들어주었으면 사이가 이렇게 나빠지지는 않았을 터이다. 한데 순간을 참지 못하고 원수를 만들었다. 형 영후의 말마따나 나는 빨리 뜨거워졌다가 금방 식어버리는 냄비 근성을 가진 모자란 놈이다. 밑바닥 오종종한 채취선처럼 무거운 짐을 싣지 못하고 기우뚱거리는 옹졸함 때문에 이 나이 되도록 노총각 신세를 면하지 못하고 있는 것이다.'

그녀의 새 별장에다가 허락도 없이 민박을 친 것부터가 잘못이었다. 만일 그러저러한 잘못을 저지르지 않았다면 이런 밤에 가서 술 한 잔을 나누면서 서로의 외로움을 달랠 수도 있었을 것 아닌가.

돈이란 것은 아무것도 아니다. 있다가도 없고 없다가도 있는

141

것이다. 나도 횡재를 하지 않았는가. 새로 뚫리는 국도가 내 사슴농장 한복판으로 지나간 까닭으로 1억 5천만원의 보상금을 받지 않았는가. 형 영후가 땅 보상 받은 것 1억 원 가운데 반을 떼어 받는다면 모두 2억 원이 된다.

걸리적거리는 군식구가 있는 것도 아니고, 혼자 몸뚱이인 나는 팔자가 늘어진 것이다. 산 속에 있는 땅 싸디싼 것 한 떼기 사서 축사와 관리사 옮겨 짓는 데에는 1억 원쯤이면 넉넉할 터이다. 나머지 돈으로 새 집 한 채 짓고 근사한 여자를 맞아들여 알콩달콩 살림을 차려야 한다.

보름 전 금곡 마을 이장이 자기 이종동생 송 기석을 데리고 왔었다. 작달막한 키에 얼굴이 동글납작한 송 기석은 명함 한 장을 내어놓고 금테 안경 속의 까만 눈동자로 영재의 두 눈을 건너다보며 말했다.

"행복상담원 영업국장 송기석입니다. 아마 제가 안양중학교 몇 년 후배일 것입니다. 말씀 낮추십시오."

명함을 들여다보니, 원앙새 암수가 정답게 주둥이를 맞대고 있는 금빛 마크와 상호가 찍혀 있었다. 송기석이 말을 이었다.

"우리 상담원에서는, 주로 해외의 깨끗하고 싱싱하고 착하고 예쁜 규수들을 골라 들여다가, 우리나라 농어촌에서 사업하느라고 기회를 놓치고 외롭게 사시는 나이 들어버린 분들하고 짝 지어드리는 사업을 해오고 있습니다. 설립한 지 5년째인데 그동안 깜짝 쇼 같이 너무너무 좋은 결과를 아주 많이 만들어드리고 있습니다. 얼마 전부터는 중국 연변과 심양에 지사를 내고 한 달에 한 차례씩 제가 직접 드나드는데, 심양에 기막힌 규수 한 사람이 나타났습니다. 그 규수를 꼭 우리 고향 쪽의 누군가 하고 짝지어주고 싶다는 이야기를 금곡 이장 형님한테 했더니, 그렇다면 아주 '딱'인 자리가 하나 있다고 해서 이렇게 찾아왔습니다."

송 기석은 심양 규수의 출신 성분에 대하여 설명했다.

"나이는 스무 살인데, 학교 공부를 많이 하지 못했다는 흠결이 있습니다. 선뜻 이해할 수 없는 부분인데, 그 이면에는 정말 어처구니없는 슬픈 사정이 있어요. 그렇지만 머리가 영리하고 착하고 순하고 부지런하고 성실한 까닭으로 중국어와 조선말을 자유롭게 구사하고 어려운 셈도 아주 척척 잘합니다. 그 규수가 학교 공부를 하지 못한 것은 호적이 없기 때문입니다. 만일 그 규수한테 호적이 있고, 그래서 학교 공부를 제대로 했다면 우리가 데려올 엄두도 낼 수 없는 재원이지요."

영재는 그 규수가 궁금해 견딜 수 없었다. 담배 한 개비를 꺼내 물고 라이터를 집어 들었다.

송기석이 말을 이었다.

"그 규슈가 태어날 무렵, 중국에서는 산아제한을 하고 있었기 때문에 어떤 부부든지 아들과 딸을 구분하지 않고 하나만 낳게 되어 있었어요. 중국인들은 아들을 선호하는 까닭으로 딸을 낳으면 호적에 올리지를 않고 아들을 낳아야 올립니다. 호적에 올리지 않은 딸은 국가가 주는 그 어떤 혜택도 받지 못한 채 자라야 합니다. 학교에 다니지 못하는 것은 물론이고, 공무원으로서 복무하지를 못하게 됩니다. 장사를 하든지, 기껏 잔심부름을 하면서 소리 소문 없이 종노릇하듯이 살아야 합니다. 공민권이란 것이 없으니까 어디 가서 죽어도 사망신고를 할 필요가 없습니다. 어떤 남자와 결혼을 할지라도 혼인신고를 할 수 없으므로 아기를 낳으면 무 호적 아기가 됩니다. 때문에 연애를 할 수는 있지만 떳떳하게 남의 아내로 들어가서 살 수가 없어요. 살아 있지만 산목숨이 아닌 셈이지요. 물론 그 규슈는 여권을 만들 수 없으므로 외국 나들이를 할 수도 없습니다. 한국 남자와 결혼을 하기 위해서는 몸이 우리 땅으로 건너와야 하는데, 여권을 만들 수 없으므로 불가능하다 이겁니다. 우리 회사에서는 바로 그 점을 착안했습니다. 이 세상에는 하려고 하면 되지 않는 것이 없습니다. 첫째는 밀항을 하여 비밀리에 우리나라로 들어오게 하는 방법이 있고 둘째는 돈을 써서 떳떳하게 나오는 방법이 있습니다. 첫째 방법에는 위험이 따릅니다. 처녀의 몸으로 한국으로 출항하는 배의 창고나 짐짝 속에 숨어 있을 수가 없습니다. 돈으로 선원들을 매수하는 방법이 있겠지만, 한국으로 나와서 호적을 만들어야 하는 어려운 일에 또 부닥치게 됩니다. 둘째 방법이 가장 무난한데 돈이 훨씬 많이 듭니다. 스무 해 동안 출생신고하지 않고 숨기고 살아온 만큼의 벌금을 물고 호적을 만든 다음 여권을 갖추게 하여 데리고 와야 합니다."

"대관절 어느 정도가 필요하다요?"

영재는 자신만만하게 물었다. 보상금으로 만든 돈이 힘이 되고 있었다. 송 기석이 마른 입술에 침을 발랐다. 송 기석은 그가 받은 토지 보상금 소문을 듣고 찾아온 것이었다.

"벌금에다가 여권 만드는 경비하고 비행기 삯까지 합치면, 한 2천정도 잡으면 됩니다. 거기다가, 우리 회사에 낼 것 3백하고, 우리와 거래하는 저쪽 회사에 내야 할 것 3백 정도를 얹어 생각해 놓으면 넉넉할 것입니다."

금곡 이장이 말했다.

"전부 해서 2천 육백이구만. 까짓것, 이참에 보상금 짭짤하게 받았것다,…… 특별히 아깝고 좋은 규수라고 한께 눈 딱 감고 싸오도록 하소. 옛날에도 부자들은 가난한 집에 욕심난 규수가 있으면 그 집에다가 몇 십 석씩 주고 몸을 싸갔어. 다른 데다 놓치지 말고 하루라도 빨리 착수하도록 하소. 떳떳한 규수보다는 그런 하자가 있는 규수라야, 죽으라면 죽는 시늉까지 하고 살 것 아닌가?"

허공을 쳐다보면서 계산을 했다. 2천에다가 6백을 더하고, 내가 연변 가는 경비 2백 정도에다가 혼수 비용 2천 정도를 보태면 모두 얼마인가. 모두 5천만 원을 쓰면 이 혼사는 이루어진다. 어찌할까. 농장 이전 보상비로 받은 1억 5천 가운데서 눈 딱 감고 5천을 써버릴까. 무호적일 뿐 영리하고 예쁜 스무 살짜리 규수라지 않는가.

그의 마음이 움직이고 있다고 느낀 금곡 이장이

"아따, 얼굴 거무튀튀한 베트남이나 태국이나 필리핀 여자들에 비하겠는가? 심양 규수는 아직 삘기 같고 말이 잘 통하는 같은 민족 아닌가?"하고 밑을 받쳤다.

송기석이 사진 한 장을 꺼내 내밀었다.

까만 단발머리에 얼굴이 갸름하고 눈이 까맣고 초롱초롱하고 쌍꺼풀이고 코가 오똑하고 굳게 다문 입술이 얇고 목이 길었다. 이런 미모라면 어디에 내놓아도 손색이 없을 터이다. 평생 부려먹을 종을 하나 사온다는 생각으로 거금을 써볼까. 혼자 결정하기 두렵고 불안했다. 누구인가하고 의논을 하고 싶었다. 영후 형을 만나서 의논을 할까. 영후 형은 틀림없이, 행복상담원이라는 결혼상담소와 그 규수가 정말 믿을 만한지 어쩐지도 모르는 상태에서 너무 큰돈을 들이고 있는 것 아니냐고 혀를 내두를 것이다. 영후는 나한테 5천만 원을 내놓지 않으려 하고 있다. 네가 받은 1억 5천으로 만족하라고 밀어붙이려 하고 있다. 그렇지만 개는 개대로 치고 새우는 새우대로 잡아야 한다. 형 영후의 명의로 되어 있는 땅이지만 그것은 아버지에게서 물려받은 것이므로 당연히 작은 아들인 나한테도 보상금 가운데 반이 건너와야 한다. 형은 장가들어 아들 딸 낳아 결혼 시키고 분가까지 시켰다. 시방도 키조개 캐러 잠수해 들어가기만 하면 하루 이십만 원 씩 벌고 있으므로, 1억 가운데서 5천만 원을 가엾은 노총각 동생한테 떼어 주면서 '이것으로 장가들어서 살아라' 해야 도리가 옳다.

그는 금곡 이장을 건너다보며 떠듬거렸다.

"아주 좋은 것 같기는 한데 조금 헷갈리네요. 잠시 생각할 말미를 주시요이."

"아이고, 말미 받아 생각하고 자시고 할 것이 멋이여? 우물 쭈물하다가 놓치지 말고 그냥 확 결정해불소. 그런 규수가 쌔고 쌨는 것도 아닌디, 그 자리 놓치면 자네 혀 깨물고 후회할 것 이네."

금곡 이장이 말했다.

"마음 결정은 이미 한 상태요. 좌우간에 내일 일찍이 전화를 합시다."

팔자를 바꿀 수 있는 좋은 기회이다. 혼수비로 5천만 원쯤은 당장이라도 빼내 쓸 수 있다. 축사 한 채 지어 사슴 옮기고, 관리사를 겸한 집 한 채를 짓고, 신부와 함께 잘 널찍한 더블침대와 가구와 큼직한 텔레비전과 세탁기와 냉장고들을 들이고, 분홍색 커튼도 치고, 명주 잠옷도 사고, 고달프게 일도 하지 않고, 큰 맘 먹고 싸 들어온 신부와 더불어 깨 쏟아지게 삶을 즐길 수 있다.

그는 '흥!'하고, 그를 스쳐간 여자들을 비웃었다. 이렇게 차이고 저렇게 버림받아 면사포도 못쓴 채 서른을 훌쩍 넘겨버렸거나 새끼 한둘 낳고 이혼을 당한 주제에, 옷집이나 밥집이나 액세서리 가게나 까페를 운영했다든지, 다방이나 술집으로 전전

했다든지 한 여자들. 그들은 먼저 그가 사슴농장에서 일 년에 얼마쯤의 수입을 올리는지 따져보고 통장에 돈이 얼마나 들어 있는지 알아보려고 들었다. 하룻밤 잠자리 함께 하고나서 아주 함께 살아버리자고 하면, 그들은 대개 슬그머니 빚 몇 천만 원이 있으니 정리해 달라고 하곤 했다.

"심양 규수는 아주 특별한 경우이니까 여러 가지로 성공을 거둔 윤 영재 씨에게 권하는 것입니다. 내일 열시까지 전화해주십시오. 저도 심양 쪽에다가 내일 열두시까지 누구인가를 결정해서 연락을 해주어야 합니다."

그리고 송 기석은 아주 기분 나쁜 토를 달았다.

"이번에 여기 내려와서 알아보니까, 뜻밖에, 제법 성공한 농어촌 총각들이 결혼을 못한 채 살고 있는 경우가 아주 많더라고요. 특용 작물 재배, 전복양식장, 도미 약식장, 장어 약식장, 축산업 따위를 해서 수출 길을 트거나 내수 시장을 주름잡은 의지의 청년들이 상당히 많아요."

송 기석이 금곡 이장과 함께 관리사를 나서자마자 비가 쏟아지기 시작했다. 웬 비가 이렇게 줄곧 쏟아질까. 늙은 총각이 장가를 가려고 하니 하늘이 막더라는 옛말이 떠올랐다. 하늘이 지금 그 혼사를 하지 말라고 말하는 것일까. 그는 허 소라의 별장을 바라보며 생각했다.

멀리서 구할 일이 아니고 가까운데 있는 허 소라를 꾀어볼 것을 그랬다. 돈 많은 과부이고, 아직 팽팽하고 늘씬한 몸 아닌가. 나하고 기껏 일곱 살 차이, 이제 쉰 살 아닌가. 앞으로 십 몇 년 동안은 넉넉하게 여자 노릇을 해줄 수 있을 터이다. 귀신도 모르게 정을 나누면서 살자고 할까.

그는 힘껏 도리질을 했다. 당치도 않는 생각이다. 허 소라가 나를 받아들일 리 없다. 허 소라를 찾아가서, 심양 규수를 싸 들여오는 것이 과연 타당한지 한 번 물어보기나 하자. 그러면서 그녀의 속을 한 번 떠보자. 심양 규수를 들여오기 이전에 잠간 아쉬움이나 달래보자.

그는 어깨를 으쓱 치켜 올렸다. 내 농장은 보상을 받지만 허 소라의 별장은 아무런 보상도 받을 수 없다. 별장 뒤쪽에 산처럼 드높아진 도로가 나고 쌩쌩 자동차들이 지나다니게 되면 조용해야 할 별장은 맛을 잃는다. 음식점으로나 팔려 나가야 할 터이다. 좌우간 찾아가서, 심양의 규수를 돈으로 싸오는 문제에 대하여 어떻게 생각하는지 물어보기로 하자. 만일, 허 소라가 심양의 규수라면 2억 보상을 받은 데다 사슴농장을 하고 있는 나에게 와서 살려 하겠는가.

가슴을 활짝 폈다. 소주 한 잔을 들이켠 때문에 그는 얼근하게 취해 있었다. 찾아가서 사과를 하면 그녀가 누그러질 것이다. 모든 여자들은 남자가 사랑의 눈빛으로 바라보면서 접근하면 들뜨게 된다.

텅 비어 있는 그녀의 웅덩이에는 해맑은 물이 고여 있고, 그 수면에는 찬바람만 들락거리고 있으므로 아무나 먼저 달려가 헤엄을 치는 사람이 그 방죽의 임자가 되는 것이다. 문득 떨어진 돈벼락으로 말미암아 팔자가 펴진 내가 접근하면 그녀의 태도가 온후해질지도 모른다. 여자는 알 수 없는 동물이다. 봄날의 폭우가 변수로 작용하여 마음과 몸을 열어주게 될지도 모른다. 스스로 열어주지 않으면 내 쪽에서 억지로라도 열어젖혀야한다. 그는 많은 여자들의 몸을 강제로 열어본 경험이 있었다. 다방에 온 여자들, 젊어 이혼하고 혼자 사는 여자들은 처음에 싫다고 앙탈을 하다가도, 막상 끌어안으면 그렇게 해주기를 기다렸다는 듯이 몸을 열어주곤 했었다.

포구에서 쾌속선이 바다 한가운데로 나가고 있었다. 저 배에 형 영후가 타고 있을 터이다. 영후는 소졸한 데가 있다. 허 소라를 평생 은애하면서도 가까이 접근하지 못하고 두려워한다. 가까이 다가가서 사랑 고백을 했다가는 뺨을 얻어맞을지도 모른다고 생각하는 것일 터이다. 그래가지고는 평생 동안 저 여자의 손목 한 번도 잡아보지 못한 채 널 속에 들어가게 될 것이다.

우산대 잡은 손아귀에 힘을 주었다. 빗방울들이 우산에서 튕겨 날리고 있었다.

비록 노총각으로 살고 있을지언정 그는 포구 다방에 들어오는 얼굴 희끗 번뜻한 것들은 어느 누구보다 먼저 어루만져버리곤 했다. 그들과 살림도 두 번이나 차렸었다. 여자는 지네하고 똑 같다. 유리병에 가두어놓고 침 뱉어주고 오줌을 갈려버리면 무력해진 채 몸부림친다. 모든 여자는 돈에 약하고 뜨거운 사랑에 약하다. 반항하면 힘으로 눌러버려야 한다. 그 힘이란 것은 뜨거운 몸 사랑이고 돈이고 허영이다.

형이 하지 못한 것은 아우가 해내야 한다. 횟집 네온사인이 명멸하고 있었다. 별장의 외등 빛 속으로 들어선 빗줄기가 은색으로 반짝거렸다.

현관문 앞으로 가는 그의 머리끝이 곤두섰다. 응접실 소파에 허 소라가 하얀 소복 차림으로 앉아 창밖을 내다보고 있었다. 창대 같은 빗줄기 내리치는 한밤에 젊은 과부가 흰옷차림을 하고 있는 것은 결코 예사로운 풍경이 아니다. 저 여자는 죽은 남편의 혼령과 함께 살고 있는지도 모른다. 저 여자는 죽은 남편의 요양을 위해 저 별장을 지었는데, 그 남편을 단 한 번도 여기에 모셔보지도 못한 것이다. 그것이 한스러워 저렇게 혼자 살고 있는지도 모른다. 등줄기에 전율이 일었다.

응접실 천장에서 유리구슬 등이 영롱하게 반짝거리고 있었다. 그 등에서 발그레한 불빛 가루들이 바닥으로 천천히 내려앉고 있었다. 그녀의 검은 머리와 흰 소복 위로도 내려앉았다. 그녀는 미동도 하지 않았다. 저 여자는 시방 누구인가를 기다리고 있다. 누구일까. 그 누구인가는 정해진 사람이 아니다. 먼저 문을 두들기고, 밀고 들어가 사랑해주는 사람이 임자가 되는 것이다. 그는 현관문을 두들겼다. 아무런 반응이 없었다. 다시 두들기면서 말했다.

"소라 누나, 나 사슴농장 영재요이. 잠시 드릴 말씀이 있어서 왔구만이라우."

그는 허 소라를 누나라고 부르기는 하지만, 그녀를 결코 손위의 여자로 대하고 싶지 않았다. 그가 '누나'라고 부른 것은 사랑을 나눌 수 있는 손위 여자를 부르는 하나의 호칭일 뿐이었다. 십대 후반일 때, 많은 연상의 여자를 누나라고 부르고 그들과 사랑을 나누곤 한 친구를 알고 있었다. 그 친구는 '누나'의 첫 글자인 '누'자는 '누워준다'와 '눌러준다'는 낱말의 앞 글자일 뿐이라고 말했다.

"누나, 나 사슴농장 영재요이."

다시 이렇게 말하고 문틈으로 안을 들여다보았다. 허 소라는 그의 말이 들리는지 들리지 않는지 창밖의 어둠만 내다보았다. 그녀 앞의 탁자에는 찻잔이 놓여 있었다. 음악이 흐르고 있었다. 가사는 없고 잡음 같은 여러 가닥의 어지러운 곡조만 있을 뿐인 음악이었다. 달콤한 사랑의 가사도 실려 있지 않은 저런 맛대가리 없는 음악을 무슨 재미로 듣는 것인가. 그 시끄러운 음악 때문에 그녀 쪽에서 그가 온 것을 알지 못한 것이라 여기고, 다시 세차게 문을 두들기면서 더 큰 소리로 "누나, 나 사슴농장 영재요이."하고 나서, 문틈으로 안의 동정을 살폈다.

이윽고 그녀가 몸을 일으켰다. 전축의 볼륨을 전보다 더 크게 올려놓았다. 현관문이 떨릴 정도로 음악이 드높아졌고 저음들이 쿵쾅거렸다. 그녀는 음악으로 인해 몸이 가뿐해진 듯 춤사위를 밟듯이 천천히 현관문 쪽으로 왔다. 기다란 치맛자락이 발끝에서 출렁거렸다.

그녀가 문을 열어주려 한다고 생각하자 얼굴이 화끈 뜨거워졌고 가슴이 설레었다. 그런데, 그녀는 현관 옆 바람벽의 스위치를 딸각 젖혀버렸다. 응접실 안의 모든 것들이 칠흑 같은 어둠 속으로 가라앉았다. 은색의 외등불빛이 심연 같은 어둠 속으로 파고들었고, 흰 치마저고리에 얹혀 있는 그녀의 얼굴이 공동묘지에 나타난다는 한 많은 여자귀신처럼 보였다.

그는 진저리를 쳤다. '쉰이 넘어버린 주제에 내 놓을 것이 무엇이관데, 나 같은 놈이 이 밤중에 찾아와 외롭지 않게 해주려 하는 것을 고맙게 여기지 않고 불을 꺼버리다니……' 그는 심호흡을 하며 응접실을 등지고 돌아서서 검은 빗줄기 쏟아지는 하늘을 쳐다보았다.

저 여자하고 나하고는 인연을 맺을 수 없는 운명인가보다. 나는 중국 심양의 규수나 싸와야 하는가보다. 아무런 티끌도 묻어 있지 않은 스무 살의 처녀라고 하지 않던가. 그 처녀를 데려다가 보란 듯이 혼례를 치르고, 수락 안산의 양지바른 곳에 새 축사를 짓고 사슴을 키우고 사는 것이다.

소파에 앉은 그녀의 모습을 외등불빛이 감싸주고 있었다. 그녀를 향해 투덜거렸다. 이년 어디 두고 봐라. 그러나 그냥 돌아가려니 발이 떨어지지 않았다. 전에 저지른 과오를 사과하러 왔다고 하며, 문을 열어달라고 하고, 화해를 하고 좋게 살자고 한

번 더 통사정해볼까. 그래도 문을 열어주지 않으면 문을 부수고 들어가서 안아버리는 것이다. 이 빗줄기 쏟아지는 밤에 저 여자가 사람 살리라고 악쓰고 소리친들 달려올 사람이 있겠는가. 예로부터 모든 여자는 언제 어느 때든지 남자를 받아들일 수 있는 준비가 되어 있는 것이라고 했다. 몸 섞는 일이 일단 성사되고 나면 저 여자가 그 말을 감히 어디에다 까발리겠는가. 이후 나하고 맨살을 트고 살지 않으려면 이 별장을 내놓고 봇짐 싸고 광주로 돌아갈 것이다. 그러면 내가 이 별장을 헐값에 사서 중국에서 사온 처녀하고 민박을 치고 식당이나 찻집을 하고 살면 되는 것이다.

그는 현관문을 향해 몸을 돌렸다. 주먹으로 유리창을 두들기며 소리쳐 말했다.

"소라 누나, 이상하게 생각하지 말고 문 열어주시오이. 나 누나한테 사과 할라고 왔소. 우리 화해하고 이웃에서 좋게 삽시다이. 오늘 밤에 꼭 의논해야 할 일이 생겼소. 나 심양 처녀한테 장가를 가기로 했는디, 그 여자 데려오면 누나가 우리 풍습도 좀 가르쳐 주고…… 길을 잘 좀 들여주시오. 소라 누나, 이상스럽게 생각하지 마시고 문 좀 열어주시오이."

그때 읍내 쪽에서 헤드라이트 불빛이 달려오고 있었다. 저

차 혹시 민박을 하려고 오고 있는 것 아닐까. 그녀의 별장은, 글 쓰는 과부가 혼자 살면서 운영하는 바닷가의 경관 좋은 민박집이라고 소문이 나 있으므로 조용히 머물면서 글을 쓰겠다는 손님들이 찾아오곤 했다.

그는 조급해졌다.

"소라 누나하고 급히 상의할 일이 있어서 왔소이. 아주 중요한, 내 운명을 결정지을......"

그가 문을 두들기면서 소리쳐 말했지만 그녀는 꼼짝도 하지 않았다. 헤드라이트 불빛은 어둠을 가르면서 달려왔다. 허 소라의 제랑弟郎인지도 모른다. 그는 서둘러 우산을 받쳐 들었다. 자기 농장의 관리사로 올라가려다가 중간에 멈추어 섰다. 앵두나무 뒤로 몸을 숨겼다.

허 소라는 허방을 생각했다. 길바닥 한가운데 만들어놓은 허방.

길바닥에 구덩이 하나를 파고 그 구덩이 시울에 막대기들을 촘촘 걸친 다음 흙이나 풀을 덮어놓으면 허방이 된다. 지나가는 사람들은 그 허방을 디디고 거꾸러져 넘어지곤 한다.

그녀는 그녀의 삶 속에 그러한 허방을 파놓고 살곤 했다. 그녀는 늘, 그것이 허방이라는 것을 알면서 그것을 디딘 채 넘어지고, 넘어진 김에 아주 두 발 뻗고 드러누워 기지개를 켜곤 했다. 그것을 통해, 이때껏 잘 못 가고 있는 길을 교정하는 것이었다. 쉴 만큼 쉬고 나서 그 허방을 등지고 나아갈 때는 전혀 새

길을 잡아 가곤 했다.

이상한 것은 무수한 사람들이 그녀의 허방에 와서 빠지곤 했다. 그녀의 별장도 하나의 허방이었다.

기다란 스테인리스 작대기 같은 헤드라이트 불빛이 백합골의 남쪽 연안 모래밭 언덕의 빗물 젖은 찻길을 타고 허 소라의 별장을 향해 달려오고 있었다. 허 소라는 그것이 제랑 박 남철의 트럭이라고 생각했다. 헤드라이트가 요동을 치는 것으로 미루어 술이 취한 채 운전하는 듯싶었다. 죽어간 소연이가 지은 업장이다. 저러다가 벼랑 아래로 곤두박질쳐 떨어지거나 전주를 들이받지 않을까. 박남철은 죽음을 두려워하지 않고 자꾸 음주운전을 하곤 한다. 이리로 오는 길목에 검문소가 있는데 경찰이 왜 붙잡지 않았을까. 떠나간 소연이가 저 사람을 미친 코끼리처럼 들썽거리게 만들었다. 사랑이 떠난 마음은 지하 천만 길의 텅 빈 동굴처럼 끝 간 데 없이 어둡고 아득하다. 그 자리를 매울 수 있는 것은 사랑뿐이다. 저 사람은 처형인 나에게서 그것을 구하려고 든다. 여기 오면 울면서 문을 열어달라고 현관문을 두들길 것이다. 문을 열어주면 안 된다.

그녀는 두 어깨를 들어 올리고 몸을 움츠렸다. 나에게도 업은 많다. 평생토록 짝사랑한 남자를 외면한 채 병들어 죽어간 그 사람을 증오하고 미워하면서 살아온 업장.

빗소리와 처마의 홈통을 타고 철철 흐르는 물소리가 소라의 몸과 영혼을 흔들어댔다. 이런 날밤 고이 잠들 수 없는 광기가 그녀에게 있었다.

비오기 이틀 전부터 그녀는 앓았다. 가슴이 설레면서, 어디가 아프다고 꼬집어 말할 수 없지만 좌우간에 어디인가가 아팠다. 끄윽 트림을 하고 싶은데 트림이 나와 주지 않고 가슴이 답답하고 숨이 가쁘고 불안했다. 내장 전체가 비꼬이고 부풀어터질 것같이 헛배가 불렀다. 근육 여기저기가 쑤시고 온몸에 무력증이 일어나고 잠이 오질 않고 가슴이 수런거렸다. 가슴 한복판에 날개가 들어 있고 그것이 푸드덕거리는 듯하고 가끔씩 한 차례 박동이 멈추어 서곤 했다. 부정맥이었다. 그 증세가 일어나면 잠이 멀리 달아났다.

파란 치마에 흰 저고리를 입은 약 한 알을 먹고 응접실을 헤매고 마당에 나가 서성거렸다. 약은 신통하게 부정맥을 없애주지만 불안 증세를 씻어주지는 못했다.

바다를 건너온 검은 구름장들이 산 너머로 '어차! 어차!' 소리치며 달려가고 있었다. 언덕 아래로 난 자드락길을 따라 바닷가로 나가 바람난 암캐처럼 모래밭을 걸어 다녔다. 먼 바다에서 달려온 파도들이 모래톱과 부두를 철썩철썩 들이받았다. 가슴이 그 파도소리를 내고 있었다. 썰물 밀물과 소용돌이치는 해류가 그녀의 속에도 있었다.

이렇다 하게 아픈 곳이 없는데도 불구하고 몸이 밑으로 처진 날밤 잠이 들면 꿈을 꾸곤 했다. 고소하게 구운 고기를 먹다가 깨는 꿈, 자동차를 타고 고개를 넘어가다가 시동이 꺼지고 뒷걸음질 쳐서 골짜기 아래에 처박히는 꿈, 계단을 올라가다가 발을 헛디디고 추락하는 꿈, 비행기를 타고 가다가 추락하는 꿈, 시꺼먼 덩지 큰 도깨비 같은 사람에게 강간을 당하는 꿈, 구두 한 짝을 잃어버리고 그것을 찾아 헤매는 꿈, 신용카드를 잃어버리고 신고하기 위해 전화 다이얼을 돌리고 또 돌리다가 깨는 꿈. 그 꿈을 깬 다음, 그것들 모두가 성적인 불만족으로 인한 꿈이라고 스스로 해몽을 했다.

가끔씩, 그녀의 능력으로는 해몽이 되지 않는 꿈도 꾸었다.

붉은 이슬을 자축하느라고 마신 붉은 포도주로 인해 불콰해진 얼굴로 흰 눈이 옛날이야기처럼 조용하게 깔려 있는 늙은 시인의 집 마당으로 들어서는데, 저승꽃 지천으로 널려 있고 국화꽃처럼 흰 머리를 산발한 늙은 시인이 싸리 빗자루를 짚고 서 있다가 물었다. "진실이 무엇인지 아나?" 그녀가 멀뚱하게 건너다보기만 하자, "조금 전에 저 언덕 너머로 꼭 나처럼 생긴 늙은이 하나가 떨어졌는데 말이야, 지금 그 늙은이 떨어져 죽은 이야기를 하고 있는 내가 진실이야."

꿈에서 깨어난 순간, 그녀는 그 꿈 이야기를 흰 종이에 갈겨썼는데 사람들이 그것을 보고 "햐야! 어떻게 이런 시를!"하고 탄성을 질렀다. 그녀의 속에서는 늘 난해한 시 같은 꿈과 병 아닌 병을 앓는 현실이 뒤범벅되곤 했다.

날씨가 우중충해지고 구름장들이 몰려들어 비나 눈을 굽고 있을 때 깊은 잠을 자지 못하고 허둥대는 그녀를 어머니는 안타까워했었다. '이 사람아, 닮을 것이 그렇게도 없어서 하필 그것을 쏙 빼 닮았냐? 젊어서 에미는 기상통보관보다 날씨 변화를 더 잘 알아맞혔다. 피 뜨거웠을 적에는 더 심했니라. 비 오리라는 것, 눈 오리라는 것, 바람 부리라는 것, 안개끼리라는 것까지 다 알아맞혔다.'

그녀도 그랬다. 동북풍이 불고 구름이 끼고 날씨가 어두컴컴해지면 문득 전율하면서 까닭 없이 몸이 천 길 만 길 지맥 속으로 가라앉곤 하는 것을 그녀는 자기가 비몸살을 앓고 있는 것이라고 생각했다. 몸이 비를 반응하는 그것은 혼자가 된 뒤부터 생긴 것이 아니었다. 남편이 살아 있을 때에도 그랬다. 그 사람은, 하늘이 구름장들을 끌어들여 비를 빚고 익힐 때 그녀가 들썽거리는 것을 '남자 밝힘증'이라고 말하곤 했다.

그녀의 몸은 기상이변이나 달의 운행 리듬에 따르곤 하는 바다의 썰물밀물과 맞닿아 있었다. 바람이 불면 그녀의 몸에도 바람이 불고, 비가 오면 그녀의 몸에도 비가 오고, 안개가 끼면 그녀의 몸에도 안개가 끼고, 번개치고 뇌성을 하면 그녀의 몸도 똑같이 그랬다. 파도가 들썽거리면 그녀의 몸에도 똑같이 파도가 들썽거렸고 썰물이지면 그녀의 몸에도 썰물이 지고 밀물이 지면 그녀의 몸에도 밀물이 졌다. 밀물은 번역하자면 충일이었다.

그녀는 아직 폐경하지 않고 있었다. 한 달에 한 번씩 몸에 일어나곤 하는 배란의 기미를 반기고 즐겼다. 젖꼭지가 발기하고, 모든 감각이 예민해지고, 가슴이 수런거리고, 남자 냄새를 맡고 싶고, 꽉 낀 청바지에 가슴 불룩 나오는 브라우스를 입고 외출을 하고 싶고, 젊은 남자를 불러내서 술을 마시고, 머리채를 뒤로 휙 젖히며 가슴을 내밀고 흔들어 보이고 싶고, 노래방에 가서 얼싸안고 춤을 추고 싶었다. 그렇지만 그녀는 그것을 참고,

혼자 바닷가 산책을 하고, 응접실에 비치한 노래방 기구를 이용해 소리쳐 노래하거나 냉장고나 전축을 상대로 막춤을 추곤 했다.

생리통이 짜증스럽기는 하지만, 막상 그것이 터지는 붉은 이슬을 대면하면 아기를 낳고 싶었다. 나이 쉰인 주제에…… 정신 나간 년이, 하고 생각하면서도 그녀는 아직 활화산인 자기 자궁을 축하해주고 싶어 포도주를 마시고 어릿어릿한 취기를 즐기며 음악을 들었다.

현관문을 두들겨대던 사슴농장의 미친놈이 돌아가고 있었다. 얼빠진 놈, 빗줄기 쏟아지는 이 밤에 무얼 하려고 찾아온단 말인가. 횟집에서 날아온 빛살이 암갈색의 점퍼에 검정 바지를 입은 그의 실루엣을 그려주고 있었다. 살쾡이 같은 놈. 그녀는 진저리를 쳤다.

영재의 멀뚱한 검은 안경알이 생각났다. 이십대 중반에 새로 온 다방 종업원 하나를 수캐들끼리 서로 낚아채려고 싸우다가, 상대가 집어 던진 과일칼에 찔려 실명했다는 영재를 생각하기만 하면 온몸에 소름이 돋았다.

아들이 군대엘 간 다음 그녀는 옆의 사슴농장 영재에게 이 집을 지켜달라고 부탁했었다. 형 영후를 닮았다면 그가 착하고 순하기 이를 데 없으리라는 생각에서.

"누가 침입하지 않는지 좀 지켜주소."

그가 가지게 될 부담감을 보상해준다는 생각으로 그녀는 광주에서 내려올 때마다 빵 수박 포도 귤 맥주 복분자주 한 상자씩을 사다가 주었었다.

그 해 여름, 친하게 지내는 이웃집 식구들과 딸을 데리고 와 보니 베란다 앞 철망에 '쾌적한 민박'이라는 프랑 카드가 걸려 있었다. 깨끗하고 조용한 바다를 즐기려고 온 손님들 두 팀이 일이층의 방들을 다 차지하고 있었으므로 그녀의 일행은 발도 들여놓을 수 없었다.

집주인의 허락도 없이 어떻게 이럴 수가 있느냐고 추궁하자, 영재는 어색하게 웃으면서 "깨끗하고 비싼 집 비워놓고 있기가 아까워서 착한 사람들한테 좋은 일이나 좀 하자고……"하고 말 끝을 흐렸다.

그녀는 당장 민박을 그만두라고 퉁명스럽게 말했다. 영재는 그녀의 명을 고분고분 따르지 않고 도리질을 하면서 안 된다고 했다. 이미 이 대학 저 대학, 이 직장 저 직장에 줄을 대서 광고를 한 터이고, 그 까닭으로 앞으로 예약 손님들이 다섯 팀이나 더 있다는 것이었다.

토실토실 살찌게 키워 놓은 주인의 개를 넙죽넙죽 잡아먹으면서도 얼굴 하나 붉히지 않는 체면도 염치도 없는 늑대와 다름없는 남자. 그녀는 어처구니없고 기막힌 속을 간신히 억누르고 "더는 예약 받지 말소."하고 돌아갔다.

가을철로 접어들면서 민박 손님이 끊겼졌을 때 그녀가 직접 관리를 하겠다고 나섰다.

손님들이 사용한 이불과 요에는 정액으로 인한 것인지, 여인의 이슬로 인한 것인지, 초콜릿이나 코피나 콜라나 맥주나 수박 참외 즙으로 인한 것인지 알 수 없는 얼룩들이 묻어 있었다. 그것들을 모두 버리고 새 것들을 구입했다.

화장실에 쌓여 있는 휴지를 소각하고, 지렁이 시체처럼 널려 있는 머리카락들을 쓸어내고 물청소하고, 거실과 방의 먼지를 털어 뽑아내고, 구석구석 물걸레 청소하고 담배 연기에 절은 실내를 환기시키고, 정원의 잡풀들을 뽑았다. 그 일들을 닷새 동안 하고 나서 이틀 간 몸살을 했다.

겨울이 되면서부터 가끔 민박을 하겠다고 오는 손님들이 있어 그들을 이층에 재우고 밥을 지어주면서 세월을 보냈다. 그러다보니 바닷가에 사는 재미가 붙었다. 아들딸을 결혼시켜 독립시키고는 아예 여기에 내려와 혼자 글을 쓰고 살리라 마음먹었다.

조용히 와서 얼마 동안 머물며 글을 쓰겠다는 후배들이 있으면 밥을 지어주고 차도 끓여주었다. 지인의 소개를 받고 오는 문인이나 화가들에게도 방을 주었다.

머물다가 돌아간 문인들은 시집이나 소설집을 보내주었고, 화가들은 엽서 크기의 소품이나 손수 그린 예쁜 그림카드를 보내주었다. 그것을 받아드는 가슴에 무지개가 섰고 훈훈한 바람이 일었다.

마당에 잡풀을 매는데, 영재의 사슴농장에서 놓아기르는 닭들 다섯 마리가 그녀의 별장 정원까지 먹이를 찾아왔다. 비둘기 색깔의 털에 벼슬이 검붉은 수탉 한 마리와 된장 색깔의 암탉 두 마리와 까만 털에서 무지갯빛이 나는 암탉 두 마리. 그놈들은 영재가 민박 손님들에게 잡아 팔기 위해 구해다 놓은 놈들 가운데 살아남은 것들이었다.

그놈들은 정원의 철쭉나무의 잔가지를 부러뜨리고 바야흐로 머금은 꽃망울을 따먹고 산에서 캐다가 심은 산난초를 밟아 뭉개었다. 현관문 앞의 흙에서 해바라기를 하다가 발판이나 계단에 똥을 싸놓곤 했고, 금송과 치자나무와 단풍나무와 귀족 호두나무 묘목 밑에 놓은 낙엽과 퇴비를 허비고 헤쳐 놓았다.

불쾌함을 견딜 수 없어 영재의 사슴농장으로 찾아갔다. 때마침 영재는 꽃사슴들에게 건초를 주고 있었다. 황갈색 바탕에 흰 반점이 듬성듬성 찍힌 꽃사슴들이 건초를 먹고 있었다. 마른 떡갈나무 잎사귀들이었다.

"사슴이 아주 예쁘네."

그녀가 인사를 겸해서 말을 건넸지만 영재는 듣는 척도 하지 않았다. 그녀는 꽃사슴들이 건초 먹는 모습을 한 동안 바라보다가 그의 굳어져 있는 거무튀튀한 얼굴과 바쁜 손놀림을 살피면서 부드럽게 말했다.

"닭들을 좀 가두든지 어쩌든지 하지…… 우리 정원으로 와서 꽃나무 가지 부러뜨리고 꽃망울 따먹고 난초 짓뭉개고 현관문 앞에 똥 싸놓고 귀찮아 못살겠어."

영재는 그녀를 돌아보려 하지도 않고 "알았소!"하고 퉁명스럽게 말했다. 모르는 처지도 아닌 상대의 얼굴을 한 번 돌아보지도 않고 말을 타기하듯이 뱉어내다니, 가슴에 쓴 물이 번졌다.

그날 해가 저물도록 영재는 닭을 몰아가지 않았다. 닭들 스스로가 날이 저물자 사슴농장에 마련된 홰에 오르기 위해 돌아가더니, 이튿날 아침 일찍 다시 왔다. 그녀는 돌멩이를 들어 던지면서 "우우!"하고 닭들을 쫓았다. 닭들이 사슴농장 쪽으로 달아나는 체했다가 다시 왔다.

그녀는 마른 입술에 침을 바르면서 사슴농장으로 갔다. 소나무 숲 사이로 날아온 치자색 햇살이 사슴우리 안에 가득 들어 있었다. 영재는 동편 우리 안에서 사슴의 배설물을 치우고 있었다. 사슴우리는 모두 넷이었다. 꽃사슴우리가 둘이고 엘크우리가 둘. 한 우리를 청소할 때는 이미 청소를 해놓은 다른 우리로 사슴들을 몰아넣었다. 꽃사슴이 십여 마리이고 엘크가 여덟 마리였다.

영재는 그녀가 온 것을 알면서도 알은 체하지 않았다. 그녀는 짜증어린 소리로 말했다.

"아니, 영재 동생, 닭 좀 가두라고 하니까…… 내 말이 말 같지 않은가? 나를 골탕 먹이려고 일부러 풀어놓는 거야, 뭐야? 자네 우리 집에 좀 가보소. 그것들이 어찌하고 있는지, 자네 눈으로 똑똑히 한번 보라고! 여기저기 똥 싸놓고, 허벼 헤쳐 놓고, 꽃나무 가지 꺾어놓고 꽃망울 다 따먹고……"

영재는 대꾸하지 않고 자기 일만 했다. 얼마든지 짖어봐라,

내가 꿈쩍이나 하는가, 하는 듯싶었다.

"내 말 안 들리는가?"하고 소리치려다가 묵묵히 그가 반응할 때까지 기다리고 서 있었다. 그는 눈을 내리깐 채 자기 일만했다. 속으로 콧방귀를 뀌면서, 거기 서 있으려면 얼마든지 서있어봐라, 하는 듯싶었다.

그녀는 속이 뒤틀렸고, 구역질이 나오려고 했다. 신경질적인 목소리로 말했다.

"영재 동생 자네 시방 내 말 듣고 있기나 하는 거여?"

영재는 마찬가지로 자기 일만 계속했다. 그의 얼굴은 납덩이처럼 굳어져 있었다. 그녀는 가슴이 답답해졌다. 어깨를 들어올리고 심호흡을 했다.

영재가 이윽고 우리 밖으로 투덕투덕 걸어 나갔다. 배설물이 묻은 장화를 신은 채였다. 그의 거무튀튀한 얼굴이 햇살을 되쏘았다.

그는 그녀의 별장을 향해 갔다. 그의 뒤통수를 향해 흥 하고 콧방귀를 뀌었다. 네놈이 닭을 몰아가지 않고 견디겠느냐? 나도 너에게 당하고만 있을 무른 여자가 아니다.

그런데, 그는 두 팔을 십자로 벌린 채 닭들을 자기네 농장 쪽으로 몰고 가려 하지 않았다. 한 마리씩을 붙잡아갈 태세로 쫓고 있었다. 닭들은 잡히지 않으려고 꼬꼬댁 꼬꼬댁 소리치고 날개를 푸드덕거리며 뒤뚱뒤뚱 달아났다.

그녀는 현관문 앞에 선 채, 잡으려 하는 그와 사력을 다해 달아나는 닭들을 번갈아 바라보았다. 닭은 빨랐고 그는 굼떴으므로 번번이 닭을 놓쳤다. 잠시 우뚝 선 채 얼굴을 험악하게 일그러뜨리고 숨을 가쁘게 쉬면서 달아나는 닭들을 바라보던 그는 문득 전보다 더 기민한 동작으로 된장색의 암탉 한 마리를 점찍고 쫓기 시작했다. 점 찍힌 된장색 암탉은 사력을 다해 달아났다. 향나무들 사이를 빠져 나간 다음 두 날개를 퍼덕거리며 철쭉꽃나무 위를 후르르 날더니 금송나무들 사이를 빠져 나갔다. 얼굴이 험상궂게 일그러진 그의 행동은 재빨랐고 눈에는 살기가 돌았다. 그 닭은 살의를 감지한 듯 비명을 지르고 두 날개를 퍼덕거리며 필사적으로 달아났다. 주차장을 지나 별장 모퉁이를 돌아 뒤란으로 줄달음질치는 그 닭의 앞을 수직의 드높은 벽이 가로 막고 있었다. 당황한 그 닭은 급회전을 해서 뒤쫓는 그의 옆을 피해 달아났다. 뒤쫓던 그가 옆으로 비틀 쓰러지면서 손을 뻗어 날개 죽지를 훔쳐 잡았다. 그 닭이 날개를 푸드덕거리고 두 발을 버둥거리며 꼬꼬댁 꼬꼬댁 소리쳤다. 그는

171

그 닭의 날개 죽지 둘을 한 손으로 움켜잡고, 다른 한 손으로 모가지를 비틀어 U자로 꺾은 다음 날개 죽지 밑으로 집어넣고 우악스러운 힘으로 억눌렀다. 그 닭은 날개를 푸드덕거리며 두 발을 버둥거리고 비틀린 목을 바로 하려고 들었지만 그의 뚝심을 당하지 못했다. 목이 비틀린 닭은 숨이 막혀 버둥거리다가 곧 단말마의 경련을 일으키며 뻐드러졌다.

그는 그 닭의 숨이 완전히 끊어진 것을 확인한 다음 시체를 현관문 앞 계단에 서 있는 그녀의 발아래로 내던졌다. 그녀는 흠칫 놀라 뒷걸음질을 치면서 소리쳤다.

"이게 무슨 짓이야!"

그녀는 가슴이 막히고, 온몸이 부들부들 떨리면서 눈앞이 어지러워졌다.

영재는 그녀를 아랑곳하지 않고, 다른 닭을 향해 쫓아갔다. 그녀는 그의 뒤통수를 향해 소리쳐 말했다.

"영재! 꼭 그렇게 해야 되겠어?"

영재는 이를 앙다문 채 씨근거리며 돌진했다. 그가 이번에 점 찍은 것은 검은 색의 암탉이었다. 한 마리를 죽음의 세상으로 보내고 난 그는 지옥에서 온 사자처럼 험악한 얼굴을 한 채 날 뛰었다.

"죽이려면 영재 농장으로 가지고 가서 죽일 일이지 왜 남의 집에서 그래?"

그녀는 더 지켜보고 있을 수가 없어서 현관문을 열고 안으로 들어가 버렸다. 마음을 가라앉힐 수가 없었다. 어찌할 바를 모르고 안절부절 했다. 그의 행동을 외면하려 하는데, 눈길이 닭들이 비명 질러대는 응접실 창밖으로 날아갔다.

그는 아직도 검은 색 암탉을 쫓고 있었다. 이날 안으로 닭들을 모두 잡아 죽이고 말 기세였다. 그런 다음에는 응접실 안으로 돌진하여 그녀의 목까지 비틀어 죽이려고 들 듯싶었다. 짐승 같은 그의 성질을 건드린 것이 잘 못이다 싶었다. 뛰어나가서 잘 못했다고 빌어야 하지 않을까. 그럴 수는 없었다. 그녀는 이를 악물었다.

검은색 암탉은 사슴농장으로 달아났다가 축사의 철망 앞에서 그의 손에 붙잡혀 "꼬옥, 꼬옥!"하고 비명을 질러댔다. 그는 한 손으로 그 닭의 날개 죽지 둘을 한 데 모아 잡고 다른 한 손으로 목을 비틀어 꺾어 그 날개 죽지 속에 집어넣었다. 단말마의 경련을 일으키고 죽은 그놈을 철망 앞에 던져놓고 또 다른 한 마리를 쫓기 시작했다.

이번 것은 된장 색 바탕에 검정 털들이 두엇 섞여 있는 암탉이었다. 그놈은 그녀의 별장 쪽으로 도망치다가 개울 속에 떨어진 다음 붙잡혀 죽었다. 빨간 벼슬이 관처럼 드높고 청동색의 털들이 무지개빛을 내는 수탉은 그녀의 별장 뒤란에서 잡혀 죽었고, 마지막으로 남은 검은 색 암탉은 억새풀밭을 질러 도망쳐서 사슴농장으로 되돌아가 축사의 동쪽 벽 앞에서 잡혀 죽었다.

닭들이 비명을 지르며 죽어갈 때마다 그녀는 몸서리를 쳤다. 공포감으로 인해 우둔거리는 가슴을 주체할 수 없었다. 응접실 안을 서성거리던 그녀는 현관문을 잠갔다. 찬물 한 컵을 마셨다. 시디플레이어를 작동시켰다. 비발디의 사계가 흘러나왔다.

응접실 창밖에 무언가 어른거리는 듯싶어 돌아보니 영재가 닭들의 시체 넷을 들고 마당으로 들어서고 있었다. 들고 온 것들을 현관문 앞 계단에 늘어져 있는 된장 색 암탉 시신 옆에다 내던져놓고 몸을 돌렸다.

그녀는 온몸의 피가 모두 머리로 치올라오고 있었다. 급박한 심장 박동으로 인해서 가슴이 터질 것 같았다. 현관문을 열치고 나가면서 그의 뒤통수를 향해 소리쳤다.

"자네 사람이 아니고 악마였어?"

그녀의 말은 목울음 섞인 악다구니가 되어 있었다.

그는 뒤를 돌아보지도 않고 사슴 농장으로 돌아갔다. 그녀는 현관문 앞에 팽개쳐진 닭들의 시체를 보고 있을 수 없어 문을 닫고 들어와 소파에 앉았다. 그녀의 별장은 죽음의 세상으로 변했다. 바이올린의 소리를 타고 닭들의 억울한 혼령이 떠다니고 있었다.

그의 형 영후의 핸드폰 번호를 눌렀다. 영후가 받으면 "지금 당장 달려와서, 지옥사자 같은 네 동생이 내 별장 마당에다가 해놓은 꼬락서니 좀 봐라."하고 악을 써줄 참인데 수화기 속에서 "지금은 전화를 받을 수 없습니다."하는 여자 목소리가 흘러나왔다.

영후의 쾌속선은 바다에 떠 있었다. 바야흐로 키조개 채취 작업을 하고 있는 것이었다. 114를 눌러 그의 집 전화번호를 알아냈다. 그 번호를 돌리자 신호만 갈 뿐 전화를 받지 않았다. 아, 그렇지, 그의 아내는 그의 배에 타고 공기 주입기를 봐주고 있을 터이다.

가슴 속에 울분이 끓어올랐다. 천장을 쳐다보았다. 다섯 개의 꽃등 갓 가장자리에 주렁주렁 장식된 유리구슬들이 그녀를 내려다보고 있었다. 누구에게 말하여 저 놈을 혼내주라고 할까. 남편이 밀어주곤 한 시의원에게, 검찰지청이나 경찰서에 아는 사람이 있는가 물어, 저 악마 같은 놈을 혼내주라고 하자. 아니다, 아니다, 하며 고개를 저었다.

회청색 바다를 내다보았다. 영후가 잠수 일을 끝내고 뭍으로 들어올 때까지 기다리기로 했다. 시간은 왜 이렇듯 더디 흐르는 것일까. 시디 한 장이 다 돌아가고 또 한 장을 돌렸는데도 바다에 뜬 배들은 그 자리에 떠 있기만 했다.

해가 뉘엿뉘엿 기울고 바다 한가운데서 키조개 캐는 배들이 하나둘 씩 들어오기 시작했을 때 영후에게 다시 전화를 걸었다. 지금은 전화를 받을 수 없다는 응답만 흘러나왔다.

서쪽 산 위로 핏빛 노을이 불타올랐고 그 빛살이 눈과 머리를 어지럽게 휘저어댔다. 영재의 전화번호를 눌렀다. 좋은 말로 할 때 닭의 시체를 수거해 가라고 할 참인데 영재는 전화를 받지 않았다. 들고 있던 수화기를 던져 놓고, 포도주 한 병을 꺼내 마개를 땄다. 두 잔을 거듭 마시고 양주를 꺼냈다. 어릿어릿 취해서 깊이 잠들어버리고 싶었다.

화내는 것은 모자란 짓이다. 화가 피를 말린다. 화를 끄자. 닭을 그대로 놔두고 자버리자. 시디플레이어에 베토벤을 넣었다. 운명이 문을 두들기고 있었다. '그래, 잘 두들긴다.' 닭 다섯 마리의 시체를 현관문 앞에 던져놓는 것을 문제 삼을 일이 아니다. 양주 한 잔을 물에 희석해서 마셨다. 술김에 시래기 국물에 밥을 말아 먹었다.

이빨에는 이빨 눈에는 눈, 광기에는 광기가 약이다. 창밖에 어둠이 내렸다. 여자가수 '셰어'의 시디를 플레이어에 넣어놓고 볼륨을 높이고 불을 꺼버리고 미친 듯이 춤을 추었다. 어디 해볼대로 해보자. 내일 네놈의 형 영후한테 분풀이를 할 것이다. '야 이 자식아! 동생 놈을 어떻게 가르쳤냐?'

취해서 이불을 뒤집어쓰고 자다가 한밤중쯤에 일어나서 찬물을 한 컵 마시며 마음을 바꾸었다. 별장을 팔고 떠나가지 않을 바에는, 이웃에서 농장을 하는 영재의 마음을 상하게 해서 득볼 것이 없지 않느냐고 생각했다. 저놈을 달래놓지 않으면, 내가 무슨 일로인가 별장을 비웠을 때 불을 질러버릴지도 모른다. 닭 다섯 마리를 목 비틀어 죽이고 난 그의 가슴도 파김치처럼 짓뭉개져 있으리라. 찾아가서 그의 울화를 풀어주어야 한다.

이튿날 아침 영재가 건초 주는 기미가 보이자 그녀는 농장으로 갔다. 영재는 구릿한 소주냄새를 풍기면서 건초를 주고 있었다. 그의 옆으로 다가가면서 말했다.

"영재동생, 어제, 좁은 소견으로, 그것들이 밟아 부러뜨리는 꽃나무만 아깝게 생각하고 영재동생 속을 너무 많이 상하게 했어. 마음 널리 먹고 화 풀어버리소. 나도 간밤에 잠 한 숨도 못 잤어. 밤새 많은 생각을 했어."

영재는 뒤돌아보려 하지 않고 무뚝뚝하게 말했다.

"야, 이년아! 나는 니년 같은 누님 둔 적이 없는디 어디다 대고 반말이냐?"

그 말이 철퇴처럼 그녀의 정수리를 내리치고 있었다. 그녀는 온몸이 얼음처럼 굳어졌다. 이를 악물었다. 부들부들 떨면서 돌아와 닭의 시체들을 양손에 나누어 들고 사슴농장으로 갔다. 닭의 시체들을 우리 문 앞에 놓아두고 말했다.

"아이고 오늘 보니, 영재동생 아주 못 됐네! 어머니 아버지 때려죽인 원수도 아닌데 이러면 안 되지!"

그녀의 목소리는 떨고 있었다. 영재가 자기가 쓴 약발이 제대로 닿았다고 생각한 듯 통쾌해 하며 막말을 했다.

"이 왕비 같은 년아, 나는 짐승보다 못한 놈이고, 늑대 귀신이 썬 놈이여. 내 앞에서 색 쓰지 말어."

그녀는 속에서 불덩이가 곤두섰지만, 이 악물며 참고 몸을 돌리면서 말했다.

"좌우간 미안하게 됐어. 맘 풀어. 나 앞으로 죽을 때 까지, 별 일이 있더라도 절대로 저 집 안 팔고, 들며나며 자네하고 얼굴 마주대하고 살 것인데..... 우리 서로 원수 같이 얼굴 붉히지 말세."

영재는 그녀의 화해를 받아들이지 않고 코웃음 치며 빈정거렸다.

"되되한 왕비년이 시방 어쩐다고, 이 사슴 똥 구린내 풀풀 나는 나한테 요렇게 색을 쓰고 있는지 알다가도 모를 일이네이! .....아마, 어디서 야무지게 듣긴 들은 모양잉만잉. 외딴 곳에다가 별장 짓고 사는 사람들이, 이웃 마을 사람들한테 인심을 못 얻으면 하루아침에 잿더미로 변해버릴 수도 있다는 말!"

온몸에 맥이 풀렸고 눈앞이 아득해졌다. 사람에 대한 신뢰가 사라지고 땅거미 같은 절망이 눈앞을 가렸다. 이 수모를 당하면서 저 짐승 같은 놈 옆에서 살아야 할까. 팔아버리고 떠나야 하지 않을까. 하늘을 쳐다보았다. '아니다!'하고 스스로에게 소리쳤다. '앞길이 천만 리인 나이에 서방 잡아먹은 너 이년아, 짙푸른 고향 바다 끌어안고 살자고 작정하지 않았느냐. 이제부터 갯벌 밭에서 바지락 키조개 고막도 잡아다 먹고, 아침 포구에서 도미나 농어나 숭어도 사다가 회쳐 먹으면서 살아가려고 작정하지 않았느냐.'

그녀는 심호흡을 거듭하며 기운을 차렸다. 떨리는 목소리로

"앞길 창창한 사람이 그렇게 막말을 하면 못쓰네. 마음 돌리고 나 여기 사는 것 좀 도와주소."하고 몸을 돌렸다.

별장 응접실로 돌아온 그녀는 영후에게 핸드폰으로 전화를 걸었다. 전날과 마찬가지로 전원이 꺼져 있었다. 집 전화번호를 찍어 눌렀다. 영후가 전화를 받았다. 그녀는 다짜고짜로 무뚝뚝하게 말했다.

"영후, 어제는 왜 종일토록 핸드폰 통화가 안 됐니? 좌우간 시방 많이 바쁘지 않으면 우리 집으로 좀 와주라."

영후는 한 달음에 달려왔고, 그녀는 전날 영재와의 사이에 있었던 일을 그에게 이야기했다. 영후는 단박에 "이런 개 같은 놈!"하고나서 그녀에게 사과부터 했다. "그 자식이, 성질이 그렇게 옹졸하고 못돼놔서 시방 각시도 없이 외돌토리로 살아간다. 내가 가서 앞으로는 절대로 그런 못된 짓 안하게 단단히 단속해 놓을 텐께 걱정마라."

영후는 차를 주차장에 두고 사슴농장으로 올라갔다. 오래지 않아 사슴농장에서는 형제의 고성이 들려왔다.

"시방, 속이, 오뉴월 장바닥에 나자빠져 있는 홍어 창시 돼 있는 것은 난디, 그년이 대관절 무엇이관디, 내 이야기는 들어보지도 않고 나를 시방 이렇게 닥달하는 것이요? 그년이 형님 첩이요 뭣이요?"

"닭 잡아 죽여 현관문 앞에다가 내던져놓은 것은 또 그랬다 치자. 앞으로 여차하면 별장을 불질러버린다고 했다면서야? 너 그것이 사람이 할 소리냐?"

"아이고, 그 시건방진 왕비 같은 년 손목 한 번도 제대로 못 잡아본 양반이...... 괜히 헛물만 키지 말고 내 돈 5천만 원이나 내놓으시오."

"뭣이여? 니 돈 5천만 원? 이 자식 오늘 본께 정말로 미쳤네!?"

"아따, 누가 할 소리를 하고 있는지 몰겄소. 우리 아부지가 물려준 땅에 길이 나서 받은 돈 일억 원인께 두 형제가 당연히 똑같이 나눠야지라우."

"니놈은 내 명의로 된 땅에다가 사슴농장을 한 덕택에 1억 5천이나 받지 안했냐?"

"아부지 어무니가 고구마 심어 묵던 이 땅, 십년 전 특별조치법 시행될 때, 나한테 말 한 마디도 않고 당신 멋대로 당신 명의로 등기해버린 것 아니요?"

"혼자 목구멍에, 이 농장 옮겨 짓는 댓가로 1억 5천 받았으면 말지, 그래 내가 받은 보상금 1억 가운데서 5천까지 뺏어 갈라고 그라냐? 너 참말로 무서운 놈이다잉!"

"그래 나 시방 돈 땀시 눈깔이 아주 확 뒤집혀 부렀소. 형님이, 쉰이 낼 모래인 불쌍한 동생을 진짜로 걱정해준 적 있소? 맨날 말로만, 혼자 살아서 어쩔거나, 어쩔거나, 하고, 걱정하는 체할 뿐이었잖아요? 그럼스롱 당신네 자식들만 고등학교 대학교 보내고 시집 장가보내고 아파트 사주고...... 그래서 나 시방 혼자 서럽게 중국에서 신부 하나를 돈으로 사가지고 와서 한번 살아보려고 하다 본께 눈에 보이는 것이 돈밖에는 없소, 어쩔라요?"

영후는 동생 영재를 제대로 닦달해 놓지도 못한 채 "허허! 허허!"하고 헛웃음을 치면서 그녀의 별장으로 와서, 탄식 어린 소리로

"아니, 천사 같은 우리 어머니 아부지 배 속에서 나온 형제인디도 저렇게 씨가 다를까 모르겠네. 저 자식, 이제 보니 지옥에도 못갈 놈이구만. 소라 자네가 이해하고, 저 새끼 사슴농장은 없다 셈 쳐불고 살아가소. 이 별장 자리 참말로 명당자리네. 여기서 살면 건강하고 글도 잘 써질 것인께. 저 새끼 혼자 외롭게 살다가 본께 독심만 생겨서 저러는 것인께 소라 자네가 너그럽게 이해를 하소. 혹시 지놈 말대로 중국에서 여자 얻어다가 살

182

게 되면 독심이 풀릴라는지 어쩔라는지 알겠다고? 세상만사 모든 것은 세월이 약 아니더라고? 지놈도 양심이 있을 텐께 며칠 지나면 잘못을 뉘우치게 될 것이네."하고 면목 없어하면서 돌아갔다.

칠흑 같은 정원과 사슴농장에 빗줄기가 쏟아지고 있었다. 영재가 돌아가는 체하고 어둠 속으로 들어섰다가 정원 쪽으로 몸을 돌리지 않을까. 내가 방심하는 사이에 현관문 앞으로 다가와서 응접실 안을 엿보지 않을까. 저기압인데다가 비가 오고 있으므로 여자 굶주림으로 인하여 광기 같은 숫기가 일어나 있는지도 모른다.

진저리를 치며 창밖의 검은 빗줄기 쏟아지는 정원을 살폈다. 영재가 접근하고 있을지도 모른다 싶으니 온몸에 두드러기 같은 소름이 돋았다. 그 어둠에서 귀기가 느껴졌다. 저 어둠하고 그 사람의 광기하고는 같은 색깔일 터이다.

외등과 응접실의 불을 밝히고 싶었지만 참았다. 영재가 들어 있는 귀기 어린 어둠과 맞서고 싶었다. 그녀도 한 개의 또 다른 어둠 인자가 되기로 작정했다.

불을 밝히지 않고 있는 것은 잘 한 일이라고 스스로를 타일

183

렀다.

한밤에 응접실 불을 밝히면 창유리 전체가 하나의 거대한 검은 색 거울이 되고, 그 검은 색의 거울 속에는 또 하나의 세상이 나타나고 그 세상 속에 하얀 치마저고리 입은 낯선 여자가 나타나곤 했다. 어둠 세상의 허공중에 유령처럼 나타나는 그 귀기 어린 여자의 분위기가 싫었다. 그 여자는 키가 호리호리하지만 몸이 강단지고 얼굴이 갸름하고, 가슴이 풍만하고 엉덩이가 실팍하고 얼굴의 구멍새들은 수려하고 시원스러웠다. 눈두덩은 보송보송한 외꺼풀이고, 입술은 도톰하고 코는 오똑했다. 거울 속의 그 여자를 향해 그녀는 늘 '니년은 천상 과부상이다. 아직 과부로 살기에는 아까운데.....' 하고 중얼거리고 쯧쯧혀를 차면서 쓴 웃음을 짓곤 했다. 내가 죽으면 내 혼령이 꼭 저런 흰 소복차림을 하고 제사 음식을 운감하러 찾아가곤 할 것이고, 스스로도 알 수 없는 멀고 먼 길을 헤맬 것이다.

먼데 섬의 불들이 눈물 머금은 별들처럼 반짝거렸다. 영후의 바지선에서 강한 전지불이 사방을 비치곤 했다. 요즘에는 해적들이 조개를 훑어가지 않는다던데 저 사람은 시방 저기에 나가서 무얼 하고 있을까.

횟집 마당의 외등들은 모두 꺼져 있었다. 자연산 전문 횟집이라는 간판불이 혼자서 진입로 가장자리에 외롭게 서서 비바람을 맞고 어둠을 밝히고 있었다.

문득 응접실 안에 진을 친 어둠이 무서워졌다. 외등 스위치를 올렸다. 주차장의 외등과 정원 가장자리의 달덩이 같은 외등이 하얗게 빛을 뿜었다. 빗줄기가 외등 주위를 내리치고 있었다. 주차장에는 그의 앙증맞은 승용차가 엎드린 채 비를 맞고 있었다. 처마의 대롱을 타고 내려온 빗물이 폭포수처럼 소리치고 있었다. 잔디에는 유리구슬 같은 물방울들이 맺혀 있었다.

광주로 가버릴 것을 그랬다고 후회했다. 봉선동의 아파트에는 딸이 혼자서 잠들어 있을 터이다.

그녀를 광주로 가지 못하게 붙잡곤 하는 것은 베란다 난간에 걸쳐놓은 '쾌적한 민박'이란 프랑카드였다. 부질없는 욕심, 허위 가득 찬 오지랖 넓음이었다. 그런 줄 알면서도 그것을 떼어내지 못한 것은 고독을 겁내고 있는 마음이었다. 그 마음이 시나 소설을 쓰거나 그림을 그리는, 향기로운 삶을 사는 사람들과 계산하지 않는 정의 거래를 하며 살고 싶어 했다. 아는 몇몇 후배나 친지들에게 그녀의 바닷가 별장의 이층 빈 방을 이용하라고 전화를 해둔 터였다.

그러한 삶에 문득 회의가 생기곤 했다. '이년아, 고독은 글 쓰는 사람에게 있어서 최고의 영양식인데, 왜 그걸 모르고 고독을 겁내면서 질질 끌려가는 저질의 삶을 사느냐. 글 속의 주인공들하고 함께 사는 것이 니년의 절대고독을 즐기며 살아가는 방법이다.' 수시로 바다를 내다보고 바닷가를 거닐면서 그 회의를 되씹었다. 바다 한가운데로 멀리 뻗어나간 부두 끝으로 걸어가면서 출렁거리는 바다에게 자기 혼란스러움을 털어놓았다. 바다가 그녀에게 말했다. '니년 속에는, 나처럼 알몸을 드러내고 출렁거리고 싶어 하는 여편네의 혼령 하나가 들어 있다. 너는 그 여편네가 시키는 대로 움직이고 있다.'

풍덩 뛰어들어 헤엄을 치고 싶었다. 그 생각은 늘, 헤엄치다가 죽어 둥둥 떠오른 한 여인의 시체를 머리에 그려지게 했다. 실오라기 하나도 걸치지 않은 살아 있는 듯한 익사체. 그것은 문득 한 개의 거대한 알로 변하여 떠다니다가 부화하여 시조새 같은 새가 되어 구만리장천을 날아다니고 싶은 허영이었다.

그녀는 바다를 외면하고는 살 수 없었다. 돈 많은 남편의 군림을 견디게 해준 것과 건조하고 각박한 세상 속에서 고사하지 않게 해준 것이 이 바다였다. 이 바다하고 살면 앞으로 무슨 좋은 일인가가 꼭 일어날 듯싶었다. 해물처럼 싱싱하고 해조음처럼 아련하고 신비스러운 시나 소설이나 동화나 수필들을 쓰며 살고 싶었다. 이제부터 새로이 제 2기의 문학수업, 자기 몸과 바다와 달과 별, 우주의 모든 현상이 한 몸인 것을 증명하고 싶었다.

외등불빛이 응접실 안으로 밀려 들어왔다. 대학공책 만한 남편의 컬러 사진이 웃고 있었다. 하얀 억새꽃 지천으로 널려 있는 산등성이에서 빨간 등산복에 검정 둥근 테 달린 모자를 쓴 채였다. 등 뒤로 검은 구룡바위가 보였다. 남편은 자기가 천관산의 정기를 받고 태어났다고 말하곤 했었다. 그 명산 정기 받고 태어났다는 사람이 그렇게도 옹졸했더란 말인가. 차오른 복수腹水 때문에 괴로워하는 남편에게 그녀가 말했었다.

"여보, 우리 모든 것 다 버리고 천관산 바라다 보이는 바닷가로 갑시다. 당신에게는 키조개 국 바지락국물이 좋답니다. 공기 맑고 해물 풍성한 바닷가 별장에서 요양을 하면 당신 거짓말처럼 좋아질 거예요. 고향 바닷가 별장에서 사는 것, 얼마나 좋겠어요?"

하룻밤을 내내 앓던 그가 그녀 말대로 하자고 했다. 그러나 그의 간암의 진행은 빨랐고, 서둘러 지은 이 별장에 발을 붙여 보지도 못하고 표표히 떠나갔다.

허소라에게 이 별장은 하나의 허방 같은 음모였다.

남편이 별장에 발을 들여놓지도 못하고 떠나갈지 모른다는 것을 진즉에 감지하고 있었고, 과부가 되면 그녀가 혼자 여기에 와서 살게 될 거라는 것을 생각하고 이 별장 짓기를 강행했었다. 그녀는 스스로를 허방 속에 가두고 싶었다.

허방은 편리한 장치였다. 남편이 살아 있을 적부터 그 허방을 파곤 했다.

남편이 벌어다준 돈을 잘 쓰고 살면서도 그에게서 놓여나고 싶어 했고, 재산이 불어남에 따라 그의 으스댐과 군림이 도를 더해 가는 것을 고깝게 생각했다. 그가 골프를 치러 간다고 나서면, 내가 저 사람의 아내인가 가정부일 뿐이지, 하고 투덜거리면서도 속으로는 홀가분해 하였다. 깊이 잠들어 있는데 느닷없이 술 취한 그가 그녀를 끌어안고 성행위를 시작하고 있을 때 그를 따라 들썽거리고 오르가즘에 이르면서도, 처음 그 일을 시작할 때 그녀에게 허락 받지 않은 그를 야비한 동물로 여기고 자존심 상해하면서도 그것을 운명으로 받아들였다. 여자의 여근 자체가 하나의 운명적인 허방이라고 그녀는 생각했다. 그것을 이용하여 성을 즐기곤 하는 남녀 모두, 그것이 환혹의 허방인 줄 알면서 빠져 허우적거리면서 자기의 새 길을 찾기도 하고 오던 길을 잃기도 한다.

누구나 길을 가다가 길을 잃고 헤매다가 다시 제 길을 찾곤 한다.

남편은 그녀가 시나 동화나 소설이나 수필을 쓴다는 사실을 탐탁하지 않게 여겼다. 자기의 손이 미치지 않은 그 어떤 세계 속으로 빠져 들어가 있는 아내, 자기의 품 밖으로 벗어나 있는 그녀의 사유나 행위를 애써 무시하려 들었다. 깨끗하고 고상한 쪽으로 나아가려 하는 그녀를 질척거리는 땅바닥에 놓고 밟거나 뒹굴려주려 들었다. 신성 쪽으로, 형이상학적으로 나아가는 그녀를 한사코 형이하학적으로 동물적으로 더럽혀주려고 들었다. 그것이 그가 치르곤 한 야비한 공격적인 성행위였다.

시집과 산문집이 동시에 출간되었을 때 그는 그녀를 위해 출판기념회를 열어주었다. 많은 문인과 출판인들이 모인 자리에서 그는 어처구니없는 말을 지껄였다. 남편으로서 내빈들에게 잠깐 감사의 말을 하겠다고 단에 오른 그는 말도 안 되는 거짓말을 지껄였다.

"다른 부부들은 어쩌는지 모르겠는데, 제 아내는 글을 쓰다가 잘 풀리지 않으면 저에게 자문을 구하곤 합니다. 그때마다 저는, 이러이러한 방향으로 구성을 해서 이렇게 끝을 맺는다면 어떻겠어? 하고 방향 제시를 해줍니다. 애초에 제가 이러이러한 것들을 한 번 써봐, 하고 말해서 쓴 것들도 많습니다. 이런 말을 하면 저보고 팔불출이라고 할지 모르겠는데, 이 자리는 어차피 제 집사람을 위한 자리이니까 터놓고 말을 하겠습니다. 저는 문장 제주가 없는데 제 아내는 그게 아주 능한 듯싶습니다. 표현을 아주 잘해요. 좌우간에 바깥사람인 저는 총체적으로 멀리 보면서 방향 제시를 하고, 이 사람은 거기에 섬세하면서도 화려한 옷을 입히고, 그것을 제가 책을 찍어 팔아먹고..... 이렇게 우리 부부는 살아가고 있습니다. 오늘 우리 부부 많이 축하해주십시오."

그가 그 말들을 씨부렁거리는 동안 그녀는 천장을 쳐다보고만 있었다. '아, 저 어리미친 무식쟁이! 자기 얼굴에 침을 뱉는 줄도 모르고 철없는 무동이 되어 아내의 뒷목에 가랑이를 걸친 채 너울너울 춤추고 있다.'

그 출판 기념회 이후 어떤 모임에 나갔다가 들어온 그가 말했다.

"사람들이 그러더라. 내 출판사가 잘 되는 까닭을, 당신 출판

기념회 때 내가 한 말을 듣고서 알아차렸다고 말이야. 당신, 고마워. 당신 하고 싶은 공부 얼마든지 더 해. 대학원도 하고..... 아주 박사 학위까지 해버리고 혹시 대학에서 출강해달라고 하면 출강하고..... 멋진 옷도 얼마든지 사 걸치고..... 끼고 싶은 반지도 끼고 여행도 하고...... 내 눈치 보지 말고."

그녀가 대학원 공부를 시작하자 그는 골프를 치러 다니기도 하고 출장이나 여행을 다녀오기도 했다. 그때마다 젊고 예쁜 여자가 옆에 있었고, 그 여자는 늘 바뀌었다.

처음 그가 옷에 젊은 여자의 냄새를 묻혀 왔을 때 그녀는 노골적으로 불쾌해 하였다.

"바람피우는 것은 좋은데, 내가 눈치 채지 못하게 좀 할 수 없어요?"

그는 거침없이 그녀에게 무참을 주었다.

"그냥 모른 체하고 지나가버릴 수 없어? 바깥출입하는 남자가 친구들하고 어울리다보면 술집에서 여자 놓고 술을 마실 수도 있는 것이지 뭐. 그런 것 이해 못해주겠으면, 나가서 자동차에 치여 죽어버리든지 쥐약을 먹고 죽어버리든지, 속 썩이는 나 버리고, 당신을 애완견처럼 사랑해줄 다른 착한 놈 따라가든지 그래."

그녀는 그렇게 말을 하는 그에게 정나미가 떨어졌고, 그의 거침없는 사생활에 대하여 신경을 쓰지 않기로 작정해버렸는데, 그는 자기 삶을 오래 즐기지 못하고 죽어가면서 말했다.

"이 돈 다 놔두고 나 혼자 죽어가기 정말 슬프고 억울하고 분해 못 견디겠어."

그의 말에 그녀는 절망과 분노를 느꼈다. '나도 자기와 함께 죽어 자기의 시체 옆에 묻히副葬라는 것인가.'

검은 빗줄기는 정원의 산수유나무 향나무 영산홍나무 모과나무를 두들겨댔다. 정원 옆 주차장에 엎드려 빗줄기를 맞고 있는 그녀의 승용차가 가엾었다. 운명의 슬픈 빗줄기에 시달리고 있는 스스로의 신세를 보는 듯싶었다. 외등을 끌까 하는데 얼핏 자동차 엔진 소리가 들렸다. 강렬한 불빛이 진입로를 비쳤다. 진입로 주위의 비 젖은 억새풀줄기들이 번들거렸다.

혼자서 딸 하나를 데리고 살며 꽃나무 농장을 하고 있는 제랑 박남철. 두 해 전에 동생 소연이 유방암으로 죽었다. 올림픽 때 철쭉나무 삼십만 그루 팔고 나서 매실나무 모종 이십만 그루 조성해 놓은 것이, 허준 드라마 방영으로 일어난 매실 붐을 타고 팔려 나가 통장이 터질 만큼 돈이 쌓였는데, 그것을 써보지도 못하고 소연은 죽어갔다. 박 남철은 소주에 취한 채 와서 끄윽끄윽 울곤 했다.

"아이고, 바보 멍청이! 그 돈 누구보고 다 쓰라고!"

자기 아내가 보고 싶어 미칠 것 같으면 처형을 보러 온다고 박 남철은 말하곤 했다. 취하면 처형 냄새 한번 맡아보자고 하면서 코를 소라의 머리칼이나 어깨에 대고 킁킁거렸다. 몸을 외틀며 피하지 않으면 가슴으로 파고들 태세였다.

"처형, 우리 그냥 둘이서 살아버릴까요? 일본 사람들은 언니가 죽으면 동생이 형부하고 살아버린다지 않아요? 옛날 신라 사람들도 그랬대요. 시방 우리는 둘이 다 외짝이지 않아요? 우리 같이 살아버리면 세상 사람들이, 저런 때려죽일 개 같은 것들, 그럴까요? 아무러면 어때요? 아니, 아무도 모르게 사랑하면서 살지 어째요? 우리 그렇게 살면 저승에 간 동서나 우리 소연이가 잘한다고 기뻐할 거예요. 처형은 내 정신적인 애인이라고, 우리 소연이 살아 있을 적부터 나 그런 농담 했잖아요?"

박 남철은 그녀를 이리저리 흔들어 혼을 빼놓으려 들었다. 그녀가 어지러워 쓰러지기를 기대하고 있었다. 만일 그녀가 술 한 잔 하며 이야기하다가 가라고 붙잡으면 가지 않고, 그녀를 침대로 이끌고 들어갈 사람이었다. 그녀는 그가 올 때마다 아슬아

슬한 위기감에 빠져들곤 했다. 가슴이 두근거리고 얼굴이 붉어지고 눈앞이 어질어질해졌다.

지금 박 남철은 또 술을 마셨을 터이다. 들어오자마자 울어댈 것이다. 만일 그가 여기서 자겠다고 억지를 쓰면 내가 그를 밀어낼 수 있을까. 나를 만일 강제로 침대로 끌고 들어가면 거부할 수 있을까. 그와 침대 속으로 들어가는 스스로의 모습이 그려졌다. 남자란 어차피 똑같은 동물들이다. 동물일 바에는 영후가 차라리 좋을 터이다. 영후의 눈은 소의 눈처럼 순하다. 눈살을 찌푸리며 스스로에게 소리쳤다. '이년, 너, 지금 남자 냄새에 허기져 있다!'

남자들은 모두 그녀가 아직도 넉넉하게 여자 노릇을 할 수 있음을 귀신같이 냄새 맡고 있었다. 이계두 변호사, 영후, 제랑 박 남철, 영재의 눈길이 모두 백합골 별장에 혼자 사는 그녀에게 쏠려 있었다. 그녀는 하나의 방죽이고 그들은 그 방죽에 뛰어들 기회를 엿보는 개구리들이었다.

'흠, 나는 그들을 포용할 방죽이 아니다. 천상의 비취빛 나는 일급수의 싱그러운 하늘 호수이다. 고독한 햄릿이나, 첫사랑 여인 앞에서 즉흥곡을 연주해준 청년 쇼팽 같은 사람이 몸을 담가야 하는 하늘풀장이다. 천관여신의 향기로운 연꽃 씨방이다.

삶을 거듭나게 하는 허방이다.'

헤드라이트 불빛이 금빛 파장을 일으키며 왼쪽으로 굽이돌았다. 그 불빛은 길 가장자리의 철쭉나무들과 비에 젖은 시멘트 포장길을 쓸어대면서 그녀의 별장으로 올라왔다. 박 남철의 일 톤 트럭이었다. 헤드라이트가 꺼졌다. 그가 차문을 열고 뛰어내렸다.

가슴이 쿵쿵거렸다. 속에서 뜨거운 열기가 솟구쳤다. 벼랑 앞에 선 듯 눈앞이 아슬아슬했다. 밖에는 빗줄기가 쏟아지고 있었다. 바다 쪽에서 파도소리가 들려왔다. 외등 스위치를 내렸다. 응접실 안과 창밖 모두 암흑의 세상이 되었다. 살아 꿈틀거리는 것은 검은 빗줄기와 파도소리뿐이었다. 검은 빗줄기를 조종하는 새까맣고 거대한 어떤 존재인가가 저 높은 세상 어디인가에 있다.

검은 빗줄기를 뚫고 날아온 형광색 횟집 간판 불빛에 현관문 앞으로 걸어오는 검정 작업복 차림의 키 헌칠한 박 남철의 실루엣이 드러났다.

안방 문을 열고 들어갔다. 취침용 붉은 꼬마 등을 켰다. 현관문 두들기는 소리와 함께 박 남철의 목소리가 들려왔다.

"처형 저 제랑이요. 잠시 할 이야기가 있어서 왔어요. 잠깐이면 돼요."

붉은 취침용 불빛에 비친 침대, 화장대, 화장품들, 티크농 들이 이 밤따라 다 낯설었다. 문득 요의(尿意)가 느껴졌다. 뒤란 쪽에 있는 화장실 불을 밝히고 들어갔다. 엉덩이를 까고 변기를 타고 앉았다. 오줌의 양은 많지 않았다. 어차피 잠을 자려면 방광을 속속들이 비워놓아야 한다.

손을 씻고 들어와 침대에 누웠다. 시트와 몸을 덮는 실크 이불이 피부를 갉작거렸다. 잠들어 있던 살갗 세포들이 눈을 뜨고 깨어나 스멀거리고 있었다. 그들을 잠재우면서 조용히 숨을 들이켰다. 죽음처럼 깊은 잠을 자버리고 싶었다.

그녀는 매일 밤, 눈을 감자마자 깊이 잠들었다가 깨어나면 환한 아침이 되어 있기를 기대하면서 이불 속으로 들어가곤 했다. 하지만 엎치락뒤치락하다가 방광이 부풀어 올라서 화장실엘 다시 다녀오곤 했다. 그리고는 고통스러운 잠 못 드는 시간을 보내곤 했다. 풀벌레울음 같은 귀 울음 속에서 맛보는 적막이 외롭고 쓸쓸하고 두렵고 슬펐다. 책을 읽어도 술을 마셔도 음악을 들어도 외로움과 쓸쓸함은 해소되지 않았다. 가뜩이나 오늘밤은 창대같은 비까지 쏟아지고 있다. 이런 밤엔 꼬냑을 한 잔 마시고 푹 자버려야 하는데.

현관문 두들기는 소리와 박 남철의 목소리가 계속 들려왔다.

"처형! 잠시만 있다가 갈게요. 비도 오고 쓸쓸하고 슬퍼서 도저히 그냥 잘 수 없어 한 잔 했어요. 이 술 깰 때까지, 꼭 삼십 분만 있다가 갈게요."

절대로 박 남철을 안으로 들여 놓으면 안 된다고 스스로에게 다짐을 주었다. 들여놓으면 손수 맥주를 내다가 마시며 이 이야기 저 이야기 하다가, 양주를 꺼내다 마시고 나에게 술을 권할 것이다. 취하고 나면 노래하려고 들고, 노래하면서는 나를 끌어 안고 춤추려 할 것이다. 그리고 막판에 무슨 일을 저지를지 모른다.

그녀는 침대에 엎드리고 얼굴을 묻으며 눈을 감았다. 비행기 엔진 소리 같은 빗소리와 더불어 현관문 흔들어대는 소리가 들려왔다. 현관문 밖에 서 있는 박 남철의 존재는 무시해버리자. 비행기를 타고 여행을 한다는 생각을 하면서 잠을 자버리자.

남편과 호주로 골프여행을 가던 일을 떠올렸다. 그는 병이 든 뒤부터 그녀와 여행을 함께 하려 했었다. 부정맥이 있는데다 쉽게 지치곤 하는 그에게 여덟 시간의 밤 비행은 무리였다. 그는 기내에서 가슴이 답답하고 부정맥이 일어나고 숨이 가쁘다고 하며 찬물을 마시고 싶다고 했다. 스튜디어스가 가져온 찬물을 마시고 난 그는 입을 벌린 채 숨을 가쁘게 쉬었다. 그녀는 그의 손과 팔과 다리를 주물러주었다. 호주에 내린 날부터 나흘 동안 그는 호텔에 누워 있었고, 그녀는 그의 옆에서 간병을 했다.

현관문 두들기는 소리, 박 남철의 외치는 소리가 아직도 들려왔다. 제랑 박남철이 가엾어졌다. 문을 열어줄까. 취해 운전하고 갈 수 없어 자고 가겠다고 하면 이층 방에서 자라고 하면 된다. 아니다. 안으로 들이면 절대로 안 된다. 모른 체하자.

스스로를 잠 속에 빠져들게 하는 최면을 걸었다. 드넓게 펼쳐진 짙푸른 평원을 떠올렸고, 그 곳을 혼자서 걸어가는 자기 모습을 생각했다. 하나 둘 셋...... 하고 헤아렸다. 열 스물...... 백 이백...... 그 최면이 먹혀들지 않고 의식만 초롱초롱 맑아졌다.

현관문 두들기는 소리와 박 남철의 목소리가 들려오지 않았다. 비행기 소리 같은 빗줄기소리만 들려왔다. 막상, 박 남철이 돌아갔다고 생각되자 가슴이 허전해졌다. 몸을 일으켰다. 울고 싶었다. 그가 돌아가는 것을 확인하고 베토벤을 꽝꽝 틀어놓고 꼬냑을 한 잔 하고 싶었다. 노래방 기기를 틀어놓고 노래를 부르기도 하고 춤도 추고 싶었다.

응접실로 나가면서, 스스로가 시방 들썽거리고 있다고, 그것

은 봄비몸살 때문이라고, 이런 때일수록 자제해야 한다고 생각
했다. 혹시 멀지 않아 붉은 이슬행사가 시작되려고 이러는 것
아닐까. 그러고 보니 유두 끝이 곤두서 있고, 그게 잠옷자락에
스칠 때마다 겨드랑이에 전율이 일고 살갗에 소름이 돋았다.

응접실 유리창 저쪽으로 돌아가고 있는 트럭의 헤드라이트
와 후미의 빨간불이 보였다. 유리창에 얼굴을 댔다. 유리창의
차가움이 달아 있는 얼굴 살갗을 식혀주었다. 박 남철을 안으
로 들이지 않고 보내기를 잘했다고 스스로에게 말했다. 텅 빈
가슴에 어둠이 들어차고 있었다. 가슴 한복판에 썰물로 드러난
갯벌 밭이 펼쳐 지고 있었다.

박 남철의 트럭은 머리를 내젓기도 하고 엉덩이를 흔들기도 하고 껑충껑충 뛰기도 하면서 비틀비틀 나아가고 있었다. 백합 포구에서 읍내로 가는 삼거리에 검문소가 있었지만 박 남철은 겁 없이 코를 식식 불면서 거칠게 차를 몰았다. 현관문을 열어 주지 않은 처형 허 소라가 원망스러웠다.

검문소 앞의 갓길에서 빨간 수신호가 움직거렸다. 박 남철은 수신호 하는 그들을 두려워하지 않았다. 장흥 안에서 그를 모르는 경찰들이 없었다. 그는 읍내 나갔다가 오는 길에는 귤이나 호떡을 듬뿍 사다주면서 '나 자네들 왕 선배야.'하고 너스레를 떨곤 했다.

경찰 둘이 수신호로 그의 차를 세웠다. 그들은 흰 비닐 비옷을 입고 있었다. 박 남철은 브레키를 밟으면서

"사랑하는 후배님들, 자네들 왕 선배 한 잔 했는데,...... 읍내로 들어가지 않고 그냥 내 농장으로 들어가 버릴랑께 그냥 보내주소. 도랑에 처박지 않고 넉넉하게 들어갈 것잉께 걱정 말고......"

하고 빗줄기 속에 서 있는 앳된 경찰에게 혀 꼬부라진 소리로 말했다. 앳된 경찰은 사무적인 어투로

"죄송합니다만 그렇게 해드릴 수 없다."하면서 수신호로, 차세울 수 있는 갓길을 가리켰다.

"눈 감고도 들어갈 수 있는, 내가 포클레인으로 낸 익숙한 길인데...... 오늘 밤만 좀 눈감아주라."

옆의 키 큰 경찰이 억지 부리는 그를 끌어내리고 운전석으로 올라가더니 트럭을 길 가장자리에 세우고 내렸다. 검문소 안에 앉은 경찰이 박 남철을 아랑곳하지 않고 택시 회사로 전화를 걸었다. 그는 박 남철에게 음주측정을 하게 하지 않았다.

오래지 않아 택시가 달려왔고 키 큰 경찰이 그를 택시 안으로 밀어 넣었다. 택시 뒷좌석에 앉으면서 박 남철은 빌어먹을, 하고 투덜거렸다. 눈을 감았다. 빌어먹을, 더 확실하게 억지를

쓸 것을...... 현관문을 부숴버리고, 안으로 들어가 술을 한 잔 더하고 노래도 부르고 그녀를 얼싸안고 춤도 추고 그러다가 그녀와 함께 자버릴 것을 잘 못했다.

그를 태운 택시가 농장으로 뚫린 비포장도로 들어섰다. 비는 작달작달 쏟아졌고, 택시는 헤드라이트로 산모퉁이를 휘감은 비포장 길을 이리저리 잣대질하면서, 차창에 얼룩지는 황금색 물방울들을 빗물지우개로 쓸어내며 뜀박질을 했다. 그는 중얼거렸다. 옥문이 나를 두 여자들 종노릇을 하게 만든다.

백합골짜기를 등 뒤에 두고 뻗어간 협곡이 남으로 3키로 미터쯤 안쪽으로 들어가 분지를 형성하고 있는데, 그 협곡 안쪽을 사람들은 '옥문'이라고 했다. 그 옥문 안에는 군데군데 허물어진 돌담들과 거멓게 그은 구들장들이 남아 있었다.

그 옥문의 분지와 기슭들을 그가 개간하여 농장으로 만들었다. 옥문에서 동북쪽의 나지막한 산모퉁이를 돌아 큰 마을로 들어가는 농로도 만들었다. 중고 불도저를 구입하여 운전 기술을 배워서 그가 혼자 한 일들이었다.

그는 핸드폰을 꺼내 허 소라의 번호를 하나하나 눌러갔다. 신호가 가고 있었다. 약간 저음이면서 콧소리가 많은 그녀의 목소리는 흘러나오지 않았다. 내 번호를 확인하고 받지 않는 것이다. 바보 멍청이, 하고 그는 투덜거렸다. 의식이 깨어 있다는 여자가, 누더기 같은 도덕 윤리라는 계륵鷄肋을 박차버리지 못하고……

폴더를 닫는데 핸드폰이 삐이 삐이 삐이 하고 배터리가 바닥났음을 알려주었다. 그래 알았다. 방안에 들어가서 배 빵빵하게 충전시켜주마, 하며 호주머니에 집어넣었다.

택시가 농장 입구에 섰다. 껑 꺼엉, 컹 커엉, 두 마리의 개 짖는 소리가 들려왔다. 네놈들 말고 누가 나를 반기겠느냐. 만 원짜리 두 장을 건네주고 내렸다.

그의 농장 관리사에는 불이 꺼져 있었다. 딸은 읍내 고등학교에 들어간 뒤부터 기숙사 생활을 하고 있었다. 고용살이 하는 처남은 진즉 제 집으로 돌아가고 없었다.

검은 빗줄기에 두들겨 맞고 있는 관리사와 농장이 으스스 무서워졌다. 아내 소연이가 죽은 이후부터 생긴 무섬증이다. 진돗개와 풍산개가 그를 알아보고 껑껑 짖기도 하고 낑낑거리기도 했다. 진돗개 소리는 가늘면서 쇳소리가 났고 풍산개 소리는 약간 굵으면서 낮고 음험했다.

'빌어먹을, 같이 살아버리자니까……'하고 투덜거리며 관리사 처마 밑으로 들어섰다. 관리사 속에 들어차 있는 음습한 어둠이 두렵고 외로워 견딜 수 없었다. 그렇지만 그 두려움과 외로움을 견디어야 한다. 죽어간 소연과 한 약속이 있다. 딸을 건실하게 잘 키우고 가르쳐 결혼시키고 잘 살도록 도와주겠다는 약속.

그는 서울에 있는 본처와 그녀와의 사이에 낳은 아들 하나 딸 하나를 버렸다. 그가 가지고 있던 모든 재산을 그들에게 다 주어버리고 맨 몸으로 소연에게로 왔다. 소연은 그가 그렇게 해도 될 만큼 빼어난 미모였고, 많은 것을 가지고 있었다. 광활한 농장이 있었고, 수십만 그루의 어린 꽃나무와 이런 저런 묘목들이 있었다.

진돗개와 풍산개는 주인의 사랑을 독차지하려고 경쟁을 했다. 주인이 자기에게 먼저 다가오게 하려고 앞발을 들어 올리고 두 발로 서기도 하고 주둥이를 낮추고 몸을 외틀면서 낑낑거리기도 했다. 만일 그의 눈길이 상대 쪽으로 가면 '꺼엥! 끄이잉!'하고 싫은 감정 표현을 했다.

그는 관리사의 현관문 설주에 붙은 스위치를 올렸다. 처마 양쪽의 외등이 켜졌다. 진돗개 풍산개 모두 수컷이었다. 죽어간 아내가 암컷을 싫어했으므로 남들에게 주어버리고 수컷 둘 만을 키우고 있었다.

암캐들은 어려서부터 여성인 소연보다 남성인 박 남철을 더 좋아했다. 그가 다가가면 귀를 뒤 쪽으로 젖혀 붙이면서 몸을 이리저리 꼬고 꼬리를 치고 누워 뒹굴었다. 그가 얼굴이나 등을 쓰다듬어 주면 벌렁 드러누운 채 진저리를 치면서 오줌을 질금질금 쌌다. 그것을 본 소연이 "저런, 저런 못된 년들이!"하며 당장에 없애버리라고 했던 것이다.

왼쪽 모퉁이 차양 아래 있는 진돗개에게로 먼저 갔다. 진돗개는 풍산개에게 보아란듯이 뒷발로 선 채 두 앞발을 벌렸다. 가까이 다가가자 그놈은 꼬리를 말아 올리고 앞발 둘을 그의 겨드랑이에 넣고 껴안으며 가슴에 얼굴과 머리를 비볐다.

맞은편 차양 아래 있는 풍산개는 진돗개를 먼저 안아주는 주인을 향해 껑충껑충 뛰면서 '컹컹 크앙크앙 크이앙'하고 불만스러워 했다. 진돗개보다 체구가 약간 큰 풍산개의 쇠줄 끝을 붙잡고 있는 쇠못이 삐그덕거렸다. 풍산개는 힘이 세고 질투심이 많았다.

그는 얼른 진돗개의 상체를 안아주고 머리를 쓰다듬고 등을 툭툭 쳐준 다음 몸을 돌려 풍산개에게로 갔다. 진돗개는 그가 풍산개에게로 가는 것이 싫어 뒷발로 서면서 앞발을 버둥거리고 '꺼엉 끄이앙'하고 소리쳤다.

풍산개는 꼬리를 흔들어대면서 머리를 낮추고 두 귀를 뒤쪽으로 눕히고 눈을 거슴츠레하게 뜨며 다가온 그의 손과 얼굴을 핥았다. 늘 당당한 이놈은 주인에게만은 몸을 낮추고 복종한다.

진돗개와 풍산개는 둘이 다 자존심이 강하다. 상대에게 지려 하지 않는다. 만일 어느 한 놈의 쇠고랑줄이 풀린다면 둘이 한데 엉켜 사생결단을 하려 한다.

지난 해 7월 하순 철쭉나무 새 가지를 잘라 삽목을 하고 있는데 둘이 엉켜 싸우고 있었다. 풍산개가 쇠줄을 끊고 진돗개에게 달려든 것이었다. 풍산개는 주인의 편애를 받는 진돗개에게 앙심이 있었다. 진돗개는 목에 줄이 걸려 있는 까닭도 까닭이지만 힘에서 밀려 풍산개의 밑으로 들어갔다. 풍산개는 위에서 진돗개를 공격했고 진돗개는 누운 채 방어를 했다. 모든 싸움에서 그러하듯이, 개들의 싸움에서도 공격은 최상의 방어이고 방어는 또한 공격 그것이었다. 그가 "그만 해!"하고 소리치며 싸움을 말리려 들었지만 그의 소리가 사력을 다하고 있는 그들의 귀에 들릴 리 없었다. 둘 사이로 뛰어들어 풍산개의 목도리를 잡으려 하는데 그들이 엎치락뒤치락 하며 뒹굴었다. 개싸움은 물이 약이다. 양동이를 집어 들고 계곡으로 달려가는데 개 한 마리가 '깨갱'하고 비명을 질렀다. 아마 밑에 깔려 있는 진돗개가 항복을 하는 모양이라고 생각했다. 황급히 물을 길어가지고 와서 보니, 위에 올라타고 있는 풍산개가 비명을 지르고 있었다. 까닭은 밑에 깔린 진돗개가 풍산개의 불알을 물고 있었다. 사람이나 동물이나 불알은 급소이다. 그는 그들에게 물을 끼얹고, "여기 놔!"하고 소리쳐 꾸짖으면서 진돗개와 풍산개를 분리시킴과 동시에 풍산개의 목줄을 잡아챘다. 그리고 더 튼실한 쇠고랑 줄을 풍산개의 목에 걸어 기둥의 못에 걸었다. 진돗개는 승리감과 다시 붙어도 확실하게 풍산개를 제압해놓을 수 있다는 자신감을 시위하며 으르렁거리기도 하고 껑껑 짖어대기도 했고, 풍산개는 비굴하게 급소를 문 진돗개에게 복수를 하고 말겠다는 듯 으르렁거리며 맴을 돌았다.

풍산개는 용맹하고 힘이 좋아 진돗개를 제압하기는 하지만 진돗개의 영리함 때문에 당한 것이었다. 인간들이 격투기를 할 때 불알 보호대를 차고 경기를 할 뿐 아니라, 그곳을 치거나 차는 것이 금기로 되어 있는 것과 달리, 개들에게 있어서의 상대 급소 공격은 영리함이지 야비함이나 비겁함이 아니다.

그들의 목걸이에 부착된 돌이쇠와 쇠고랑 줄 여기저기와 기둥에 박힌 쇠못에 걸려 있는 고리를 살폈다. 진돗개보다 더 뻗

대고 나내는 풍산이의 목걸이 돌이쇠 한쪽 면이 하얗게 닳고 얇아져 있었다. 이런? 내일 읍내에 나가 쇠줄을 구해다가 갈아주어야겠다, 하고 생각하며, "이 자식아, 웬만큼 좀 나대라."하고 머리를 쓰다듬고 등을 툭 쳐주었다.

밥통에 담긴 사료들을 확인했다. 그들은 영리하다. 밥을 아무리 많이 주어도 과식을 하지 않는다. 똥은 반드시 자기들의 집 뒤편의 맨땅에 누고 발로 긁어다가 덮는다.

진돗개와 풍산개 사이에 선 채 둘을 번갈아 살폈다. 이놈들은 홀아비신세가 되면서 더욱 주인의 사랑을 독차지하려고 들었다. 상대가 주인의 품에 안기는 꼴을 가장 싫어했다. 그들은 이미 오래 전부터 원수 사이가 되어 있었다. 기회가 닿기만 한다면 반드시 상대를 죽이고 혼자서만 살아남을 놈들이다.

다시 한 번, 기둥에 박혀 있는 못에 걸려 있는 쇠고랑 줄과 가죽으로 된 목도리 여기저기를 살폈다. 쇠고랑 줄 마디마디와 기둥의 못에 걸린 고리 가장자리가 얇게 닳아져 하얗게 반짝거렸다. 힘껏 잡아채면 어느 한 곳이 끊어질지도 모른다.

"이 자식들아, 제발 오늘 밤만 좀 점잖게 보내라. 다 같이 홀아비로 살아가는 처지에 서로를 감싸주고 위로해주어야지, 전생에 무슨 철천지원수였다고……"

이놈들의 세계에서는 두 제왕이 있을 수 없다. 사람보다 영리하다느니, 의리가 있다느니, 어쩌느니 저쩌느니 할지라도 개는 개일 뿐이다. 호주머니 속에 들어 있는 핸드폰이 딩동댕 소리를 냈다. 허기로 인해서 더 이상 깨어 있을 수 없어 입 코 귀 눈을 모두 닫아버리지 않을 수 없다는 말이었다.

그래, 방에 들어가자마자 배 빵빵하도록 밥 먹여주마. 안으로 들어가려고 호주머니를 뒤지는데 열쇠가 없었다. '아하, 이 일을 어찌해야 하나!' 관리사의 열쇠가 트럭의 열쇠고리에 함께 걸려 있는 것이었다.

관리사 출입문은 특수 열쇠로 잠겨 있었다. 모든 창문에는 철망 설치를 해놓았다. 소연이가 원해서 설치한 것이었다. 그가 꽃나무를 싣고 서울엘 갈 경우, 그녀 혼자 있다는 것을 안 누구인가가 밤에 침입할지도 모른다고.

'아이고, 이 영거리 없는 놈!'하고 중얼거리면서 호주머니 속의 핸드폰을 꺼내 움켜쥐었다. 검문소로 달려가서 트럭에 꽂혀 있는 열쇠를 가지고 와야 하는데, 그를 내려주고 간 택시를 되돌아오게 해야 하는데 핸드폰은 무용지물이 되어 있었다. 안타까움이 가슴을 쓰라리게 했다.

창고에서 장도리를 가지고 와서 철망을 뜯어내고 유리창을 깨고 들어갈까. 앞 유리창 뒤 유리창 모두 살펴보았지만 뜯어낼 수 있도록 허술한 부분이 한 곳도 없었다. 화장실 창문은 너무 작고 높아, 유리창을 깬다 할지라도 기어들어갈 수 없었다. 하릴없이 빗줄기를 뚫고 검문소에까지 달려가서 열쇠를 가지고 와야 한다.

검은 빗줄기를 헤치고 날아온 찬바람이 취기 가신 몸을 싸고돌았다. 얼른 방으로 들어가 몸을 녹여야 한다. 보일러를 가동하여 온수로 샤워를 해야 한다.

빗줄기를 헤치고 나아가려면 우산이 있어야 하는데, 그것은 현관 안의 신장 옆에 놓여 있다. 마침 태우지 않고 둔 전축 포장재를 뜯어 머리에 쓰고 나섰다. 어둠 속에서 보얗게 드러난 길바닥을 부지런히 걸었다. 빗줄기가 머리에 쓴 포장재를 후려쳤다. 작업화 밑바닥에 밟히는 비포장도의 돌멩이들이 뒹굴었다. 길 가장자리의 억새풀숲이 빗줄기에 두들겨 맞으면서 우루루 수루루 하고 외쳐댔다. 누군가가 따라오는 듯싶었다. 죽은 소연의 치맛자락이 떠올랐다. 그녀는 바지를 입지 않고 늘 치마를 입곤 했다. 꽃나무 묘목을 손댈 때나 가위로 가지치기를 할 때는 치맛자락을 걷어 올려 허리띠에 찌르곤 했다.

소연을 처음 만난 것은 십육 년 전의 한겨울이었다. 백합골 짜기의 농장 과부 여사장 허 소연이가 복슬복슬하게 잘 키워놓은 화분용 흰 철쭉 십만여 그루를 가지고 있는데 이빨이 잘 들어가지 않는다는 정보를 입수하고 달려왔다. 그녀와 첫 대면을 하는 순간 그는 가슴이 꽉 막혀버렸다.

호리호리한 몸매, 볕에 그을어 가무잡잡한 살갗, 서글서글한 눈매, 오뚝하면서도 거세게 느껴지지 않은 콧날과 발그레한 입술, 알큰한 체취가 그의 넋을 움켜쥐고 흔들어댔다. 그는 수런거리는 가슴을 주체하지 못한 채, 그녀가 한 그루당 제시하는 금액을 한 푼의 에누리도 하지 않고 현금결재를 하겠다고 하면서 한 가지 조건을 달았다.

"대신 오늘 밤에 근사한 데서 한 잔 사십시오."

"제가 바라던 바입니다."

허 소연은 활짝 웃으면서 귀여운 목인형처럼 고개를 까딱해주었다.

그날 해저물녘에 그들은 읍내 농협에서 계좌 이체로 결재를 한 다음 여다지 횟집에서 저녁을 먹고, 택시를 타고 광주로 나가 단란주점에서 술을 마시며 노래하고 춤을 추었다. 그는 막춤을 출 뿐 사교춤을 추지 못했다. 그녀의 청에 따라 부르스를 서투르게 추면서 그는 그녀의 허리를 부둥켜안고 귀엣말을 했다.

"고등학교 때 '마농'이라는 소설을 읽고 나서, 이런 생각을 했어요. 만일 나의 영혼을 황홀하게 사로잡는 '마농 레스꼬' 같은 여인이 나타난다면 신세를 망쳐도 좋으니 일생을 바쳐 그 여자를 사랑하고 싶다고. 그랬는데, 불행인지 다행인지 나를 홀딱 반하게 하는 그러한 여인을 만나보지 못했기 때문에 이렇게 꽃 장사를 하면서 살고 있소. 그런데 지금 내 품에 안겨 있는 허 소연, 당신이 바로 그 여자네요. 만일 당신이 나를 받아들이기만 한다면 내 모든 것을 버리고 그대 한 사람만 사랑하며 나머지 삶을 살고 싶소."

허 소연은 별 반응하지 않고 춤을 추기만 했다.

"당신하고 살아간다면 하루하루가 극락의 삶일 듯싶소. 정말이요. 대관절 어떠한 마음으로 그런 말을 하느냐고 묻는다면 그 마음을 보여주겠소. 혈서를 쓰라면 쓰고, 내 온 몸뚱이 살갗에다가 그 마음을 한 자 한 자 문신으로 새기라고 하면 새기겠소. 정말, 정말, 제 가슴 지금 바짝바짝, 저릿저릿 닳아지고 있습니다. 이런 감정 처음입니다. 이런 것을 아마 '사랑'이라고 하는지 모르겠습니다."

그의 목소리에 울음이 섞여 있었다.

그녀는 춤을 멈추고 탁자에 앉은 채 술잔을 들어 벌컥벌컥 들이켜고 나서 차갑게 말했다.

"나하고 춤을 추고 난 남자들은 모두 그런 거짓말을 했어요. 제가 그 말을 들을 때마다 혹 하고 넘어갔다면 남자들이 아마 일 개 중대는 될 겁니다. 저는 그런 말에 절대로 속지 않아요. 제가 칠팔월 뙤약볕 아래서 흰 철쭉꽃나무 삽목 한 그루 한 그루를 어떤 마음으로 하는지 아십니까? 뭉텅이 돈 보듬고 싶은 탐욕이 저를 그렇게 하는지 아셔요? 복수를 하고 있는 거예요. 저를 속인 자들에게요. 아니, 저를 구제하려는 것입니다. 더러운 세계 속에서 살던 나를 천사 나라 세상 속에서 살게 하려는 거예요. 그렇지만 박 남철 씨, 당신이 진정 사랑하는 마음으로 저를 가지고 싶어 한다면, 오늘밤에 허락할 게요. 그리고는 끝이어요. 그런데 어쩌지요?...... 제 몸은 무지하게 비쌉니다."

"얼마면 되나요?"

"무값이요."

"돈으로는 계산할 수 없다는 뜻인가요?"

그녀가 말없이 몸을 일으키고 노래방기기의 단추를 눌렀다. '꽃피는 동백섬에'가 흘러나왔고 그녀가 그에게 한 손을 내밀었다. 다시 춤을 추자는 것이었다. 그는 그녀의 한쪽 손을 잡자마자 다른 한 손으로 그녀의 허리를 끌어안았고 그녀를 따라 발을 옮기면서 말했다.

"그 무값에 제 몸뚱이를 담보하겠어요. 평생 당신 노예노릇을 하기로. 제가 가지고 있는 것 모두를 내 유전자 들어 있는 아들딸 낳아준 그 여자한테 주고 나면 제 몸뚱이도 무값이 될 거 아니겠어요?"

그날 밤 둘은 가까운 호텔에 들어가서 옷을 벗어 던졌다. 이튿날 그는 인부를 동원하여 구입한 철쭉꽃나무들을 서울로 싣고 가서 넘기고, 아내에게 무릎 꿇고 통사정을 했다. 서울 강남 아파트, 오르고 또 올라 금싸라기가 되어버린 경기도 광주의 농장 만 평, 아들 딸, 통장 셋에 들어 있는 돈, 주식, 승용차 들을 모두 넘겨주고 맨 몸으로 떠날 테니 이혼을 해달라고 했다.

"당신, 미쳤네." 아내는 어처구니없어 했다. "참말로 미쳐 환장을 했구만. 대관절 어떤 백여우 같은 재벌딸년한테 홀렸는데 그렇게 맨 몸으로 떠나겠다는 것이여?"

아내는 허락해주지 않았지만, 그는 친구인 변호사에게 찾아가 모든 것을 공증하고 나서 겨우 차비만 지갑에 넣고 장흥 안양 백합골 허 소연에게로 내려왔고, 그날부터 그녀의 노예로 살

앗다. 허 소연의 팔푼이 사촌 오랍을 데리고, 철쭉꽃나무 묘목을 생산하고, 그것을 길러내어 출하하고, 중고 불도저를 사서 5천 평의 산을 개간한 다음 매실나무를 심어 가꾸고 큰 길로 나가는 새 농로를 냈다. 그 동안 허 소연은 딸을 낳았고, 세 식구는 원시인처럼 살았다.

서울의 아내가 찾아 와서 한 바탕 소동을 벌였다. 그는 아내 앞에 무릎을 꿇고 돌아가 달라고 빌었다. 아내가 허소연에게 덤벼드는 것을 막아섰다. 아내는 그의 뺨을 때리기도 하고 머리를 쥐어뜯기도 하다가 울부짖으며 돌아갔다.

빗줄기는 그칠 기미를 보이지 않았다. 백합골 뒷산 위의 검은 구름장에서 번쩍 푸른 번개가 일어났다. 비에 젖은 포장재가 철판처럼 무거워졌다. 골짜기의 분지를 건너자 산모퉁이가 나왔다. 길은 오른쪽에 바다를 낀 채 산모퉁이를 안고 뻗어갔다. 해무에 덮인 먼 바다에서 파도가 달려왔다. 파도들은 갯바위와 모래톱을 들이받기도 하고 재주를 넘기도 했다. 파도에 그녀의 넋이 실려 있었다. 내 넋은 안개처럼 흩어져 바람이 되고 구름이 되고 비가 되어 대지와 바다와 산과 강에 뿌려지고, 물로 스며들어 사람들과 꽃나무 속으로 들어갈 것이라고 허 소연이 말했었다.

허 소연은 떠나갔지만 사라진 것이 아니었다. 그녀와 그와 함께 살고 있었다. 그는 그녀 혼령의 노예노릇을 하고 있었다. 중대한 결정을 해야 할 때, 그는 화장대 위에 사진으로 놓여 있는 그녀와, 허공에 떠 있는 그녀와, 꽃으로 피어 웃고 있는 그녀와, 물속에 들어 있는 그녀와, 나뭇잎에 앉아 한들거리는 그녀를 향해, 보고하고 허락을 받아서 시행하곤 했다.

"이 꽃나무들 얼마씩에 팔았으면 좋겠어?"

"나 당신 언니 허 소라를 당신이라 여기고 사랑하고 살면 안 되겠어? 당신 언니도 외로운 사람이잖아? 그 언니를 당신이라고 생각하고 산다면 나는 당신을 떠나보내지 않은 셈이잖아? 허락해줄 거지?"

그녀는 눈웃음치면서 말없는 말로 대답했다. 당신 맘 내키는 대로 해. 당신이 좋다고 생각하는 것은 나도 다 좋아.

그는 실성한 사람처럼 살고 있었다. 이른 봄에는 트럭에 꽃나무들과 감나무 매실나무 산수유나무 묘목들을 싣고 시장으로 나갔다. 시장 어귀에 그것들을 늘어놓고 팔았다. 〈허소연 식물원〉이라고 쓴 판자 간판을 하나 세워놓고, 소주 한 병으로 얼근해진 채 타령조로 외쳐댔다. 그의 주위를 떠도는 허 소연의 숨결과 말들을 담배 연기처럼 가슴 깊이 들이켰다가 줄줄이 말로 뿜어내고 있었다.

"예쁘고 아름다운 우리 소연이가 키워 놓은 묘목이요오. 단감 묘목 봉홍 묘목 매실, 산수유, 배, 앵두, 호두나무, 복숭아나무...... 말만 잘 하면 거저 주께 들여가십시오오!"

철쭉화 분, 금잔화 분, 차나무 분도 팔고, 꼬마장미 분, 모란나무 조팝나무 백일홍나무도 팔았다.

"나의 살던 고향은 꽃피는 산골, 복숭화 꽃 살구꽃 아기 진달래 울긋불긋 꽃 대궐 나의 옛 동네 그 속에서 놀던 때가 그립습니다...... 자아, 예쁘고 아름다운 우리 미녀 허소연이 혼 들어 있는 꽃나무들이요. 말만 잘하면 거저 줍니다아!"

장돌뱅이들과 장 구경 나온 사람들은 어리 미친 듯 어깨춤 엉덩이춤을 추며 꽃나무를 파는 그를 안타까워하고 짠하게 생각했고, 꽃나무와 묘목 두어 그루씩, 여남은 그루씩을 사갔다.

비안개 속에서 검문소의 수은등불이 눈을 부릅뜨고 있었다. 그는 빗줄기의 공격을 받으면서 발걸음을 빨리했다. 머리와 얼굴만 젖지 않았을 뿐 위아래 옷이 모두 흠뻑 젖었다. 몸의 체온이 떨어졌고, 술이 말갛게 깨어 있었다. 개자식들, 하고 그는 검문소 경찰들을 욕했다. 많이 취하지도 않았는데, 그 정도면 넉넉하게 농장까지 차를 몰고 들어갈 수 있는데, 나를 이렇게 참담한 지경에 이르게 하다니,...... 그의 가슴에 분노가 들끓었다.

추위와 분노를 가시게 하기 위해 소연을 떠올렸다. 소연은 죽지 않으려고 몸부림쳤다. 토악질을 하고 또 하면서도 항암제 주사를 거듭 맞았다. 암에 좋다는 약이라고 생긴 것은 다 먹었다. 노랑 민들레 흰 민들레를 캐다가 삶아 먹고, 씀바귀풀잎을 뜯어다가 고아 마셨다. 가시오가피와 가시뽕나무 뿌리와 두릅나무 뿌리를 고아 먹고, 어린 표고버섯 국물을 내 먹었다. 항암제로 인해 머리털이 모두 빠져 버린 까닭으로 챙 있는 모자를 덮어 쓰고 건너편 정각암엘 다니면서 부처님께 빌었다.

암에 가장 좋은 약은 한사코 유쾌하게 많이 웃어대는 것이라고 하니까, 바닷가 모래밭에 앉아 재주넘는 파도와 물고기 사냥을 하는 갈매기를 보며 "하하하하......"하고 미친 여자처럼 웃어댔다. 구름을 보고도 웃고, 기어가는 송장게와 도둑게를 보고도 웃고, 한쪽 다리로 서 있는 검은 댕기 두루미를 보고도 웃고, 물보라를 일으키며 달려가는 쾌속의 고깃배를 보고도 웃었다. 하루 내내 웃어대다가 들어온 그녀는, 웃음이 엔돌핀을 나오게 하고, 암세포를 무력하게 할 거라고, 자기는 죽지 않을 거라고 했다. 그러면서 그에게 많은 주문을 했다.

"매실나무들 우습게보지 말고 꾸준히 조성해. 땅은 얼마든지 있지 않아? 잘하면 4년 뒤부터는 매실을 수확할 것이고, 5천 평에서 나온 매실이면 우리 아쉽지 않게 살 수 있을 거야. 땅은 거짓말하지 않는다고."

소연은 미래를 예견하는 안목이 있었다. 그녀의 말대로 산을 개간하고 거기에 매실나무 묘목을 심었다. 그녀는 현기증과 통증을 이 악물고 참으면서 작업하는 그를 위해 두부 넣은 돼지고기 볶음을 해주고, 개소주를 만들어다가 놓고 간식으로 주었다.

대박은 그녀가 죽어간 다음 엉뚱한 곳에서 터졌다. 수락마을 쪽 사래 긴 산밭 3천 평을 사서 철쭉 묘목을 심어놓았는데, 그 밭 한복판으로 새 국도가 지나가게 되어 보상금 2억 원을 받았다. 그 돈을 받아들고 나오면서 그는 소리치며 울었다.

"이 멍청아, 이 돈 누구보고 다 쓰라고 가버렸어! 누구보고 다 쓰라고! 이 멍청아, 바보 멍청아!"

경찰들의 모습은 보이지 않았다. 검문소 옆에 주차해놓은 그의 트럭이 혼자서 날아온 가로등 불빛을 받으며 미련한 짐승같이 잠들어 있었다. 문고리를 잡아 당겼다. 잠겨 있었다.

빗줄기 쏟아지는 하늘을 쳐다보며 한숨을 쉬었다. 닫힌 차 문 열어주러 다니는 카 서비스센터 사람들을 이 시간에 불러낼 수 없다. 굵은 철사가 있어야 문을 열 수 있다. 철사를 어디서 구한단 말인가.

우두커니 선 채 철사 구할 방도를 궁리했다. 백여 미터쯤 떨어진 곳에 신축중인 건물이 까만 어둠을 담고 있었다. 일층 스라브 판넬 받쳐 놓은 지주들이 촘촘히 서 있었다. 달려가서 촘촘한 철 지주들 밑을 더듬었다. 철 지주 고정용 철사 하나가 떨어져 있었다. 그것으로 갈고리를 만들어서 차의 유리문 틈으로 밀어 넣었다. 용을 쓰며 자물쇠를 풀려고 했지만 철사 끝은 번번이 허공만 더듬고 있었다.

순간, 머리를 스치는 생각이 있었다. 되지 않으면 깨부숴라. 깨부수면 새 길이 열릴 수도 있다. 벽돌만한 돌멩이를 집어 들어 운전대의 바른쪽 유리창을 찍었다. 유리창이 와장창 깨졌고, 날아온 가로등불빛이 길바닥에 쏟아진 유리 파편들 위에서 송사리들처럼 파닥거렸다. 차 문을 열고 들어가 시동을 걸고 룸라이트와 헤드라이트를 밝히고 의자에 떨어진 유리파편들을 주어 내던졌다.

빗줄기는 한결 같았다. 헤드라이트불빛에 투과된 빗방울들이 은색의 보석 가루들처럼 반짝거렸다. 유리창 없는 문을 통해 빗줄기와 찬바람이 날아들었다. 부들부들 몸이 떨렸다.

바다를 왼쪽에 끼고 산모퉁이를 돌아 달렸다. 협곡을 타고 옥문 분지의 농장으로 들어갔다. 그의 차 소리를 들은 개가 껑껑껑 하고 짖었다. 진돗개였다. 풍산개가 덩달아 짖어야 하는데 그놈의 소리는 들려오지 않았다. 웬일일까. 이상한 예감이 들었다. 혹시 저놈들이 나 없는 새에 무슨 결판을 내고 만 것 아닐까.

주차장 한가운데에 차를 세우자마자 열쇠를 뽑아들고 뛰어내렸다. 관리사의 처마에 붙은 외등이 형광을 쏟고 있었다. 풍산개가 짖지 않는 것이 수상스러웠다. 머리끝이 곤두섰다. 아하, 무슨 일인가가 이미 벌어져 있다. 외등불빛이 쏟아지고 있는 관리사 마당으로 달려가는 그의 온몸에 전율이 일어났다.

진돗개의 집 앞에 풍산개가 쓰러져 있었다. 진돗개는 죽은 풍산개를 등진 채 그를 향해 꼬리를 흔들어대고 있었다. 가까이 다가가 보니 풍산개의 불알과 목줄에서 선혈이 흐르고 있었다. 진돗개의 입과 눈자위에도 핏자국이 선연했다. 그는 꼬리를 쳐대는 진돗개와 죽어 늘어져 있는 풍산개의 시체를 향해 소리쳤다.

"이게 무슨 짓이야, 이 나쁜 자식들아!"

진돗개는 망연자실한 그를 쳐다보며 고개를 양옆으로 흔들기도 하고 몸을 이리저리 외틀기도 하면서 끼잉 끼이용 하고 꼬리를 흔들어댔다. 그는 절망어린 목소리로 다시 진돗개를 향해 소리쳐 말했다.

"이 잔인한 놈아, 이게 무슨 짓이야!"

진돗개는 땅바닥에 배를 대고 주둥이를 비비면서, 그놈을 죽이는 길 말고 다른 방법이 없었음을 이야기하고 있었다.

진돗개는 영악했다. 밥을 주는 주인에게는 한없이 충직하지만 쥐나 고양이나 고란이나 노루나 다른 개들에게는 잔혹했다. 풍산개는 자기의 힘과 용맹만 믿고 진돗개를 깔보고 공격했다가 급소를 물리고 쓰러진 채 멱을 물려 숨을 거둔 것일 터이다.

풍산개를 내려다보는 그의 가슴에 통증이 일었다. 진돗개와 풍산개 가운데 어느 한 놈을 백합골 처형 집에 가져다줄 것을 잘못했다고 후회했다.

사실은 혼자 외롭게 사는 처형을 위해 진즉 그러고 싶었는데, 그렇게 하지 않은 까닭이 있었다. 풍산개와 진도개 둘이 다 수컷이라는 이유였다. 처형이 영리하고 튼실한 수캐한테 폭 빠져버리면 어찌할 것인가.

풍산개 시신을 한쪽 옆구리에 끼고 삽을 집어 들었다. 관리사 모퉁이의 언덕 밑을 파기 시작했다. 빗줄기가 그의 머리와 목덜미를 후려쳤다. 젖은 땅은 삽날에 듬뿍듬뿍 패였다. 무릎이 잠길 정도로 깊이 판 다음 풍산개의 시신을 넣었다. 흙을 덮었다. 동그스름한 무덤을 만들었다.

"이 자식아, 풍산이 없어졌으니 인제는 모든 것이 니 세상이다. 속이 시원하겠다!"

삽을 내던지고 진돗개를 향해 퉁명스럽게 말했다. 수돗물로 흙 묻은 신을 씻고 손발을 씻은 다음 현관문을 열고 들어갔다. 보일러의 목욕기능을 눌렀다. 부릉 하고 보일러가 타기 시작했다. 그는 부엌으로 들어가 물을 한 컵 마셨다. 응접실로 나와 우두커니 섰다. 진돗개는 어둠을 향해 껑껑 짖었다. 저 자식, 어둠 속에서 으르렁거리는 풍산개의 넋을 향해 짖고 있다. 거실 유리 창문은 검푸른 색깔의 거울이 되어 있었다. 그 거울을 보는 순간 깜짝 놀랐다. 그 거울에 비에 흠뻑 젖어 있는 남자 유령 하나가 서 있었다. 유령이 얼굴을 험악하게 일그러뜨린 채 그를 노려보고 있었다.

유령을 외면하고 몸을 돌렸다. 욕실로 들어갔다. 욕조에 온수를 받았다. 욕조에서 소용돌이치는 물을 보다가 침실로 갔다. 서편 바람벽에 기대앉은 화장대 위의 소연을 보았다. 내 모습 처참하지 않니? 나 처형한테 갔다가 현관문 앞에서 되돌아왔다. 이 빗줄기 뚫고 검문소까지 가서 열쇠 가지고 왔더니, 진도가 풍산이를 물어 죽여 놨더라. 이젠 두 홀아비만 남았다. 소연아, 이 바보 멍청아, 이 박 남철이 불쌍하지 않으냐?

옷을 활활 벗었다. 물속에 몸을 담갔다. 따끈한 물이었다. 떨리던 몸이 덥혀지기 시작했다. 눈을 감았다.

그의 차가 허 소라의 별장 주차장으로 들어서자마자 까맣게 꺼지던 외등과 응접실의 불을 떠올렸다. 허 소라는 응접실의 소파에 앉아 그가 현관문을 두들기면서 사랑 구걸하는 내 목소리를 내내 듣고 있었을 타이다. 그녀가 원망스럽고, 그녀에게 울부짖으며 사랑을 구걸한 스스로의 모습이 참담했다.

일란성 쌍둥이인데, 소연이와 달리 허 소라는 잔인하다. 그는 열흘 전 술에 취해 달려가서 "우리 함께 살면 어떻겠어요?" 하고 말했었다. 그녀가 말없이 그를 끌어안아줄 것을 기대했다. 그런데 그녀는 얼굴이 창백해진 채 성난 목소리로 볼멘소리를 했다.

"이번 한 번은 용서해주겠는데, 앞으로는 혹시 농담으로라도 그런 소리 하지 마시오. 그리고 제발 취해가지고 오지 말아요.

술 취해서 운전하는 버릇 당장 버려요. 고아로 살아갈 혜영이 신세를 생각하셔요. 앞으로 또 취해서 차 몰고 오면 검문소에다가 신고를 해버리겠어요."

뜨거운 물을 머리에 끼얹으면서 도리질을 했다. 그는 허 소라와 더불어 사랑하면서 살아갈 수 있다는 희망을 잃지 않았다. 멀지 않아 허 소라가 마음을 열어줄 것이라고 그는 기대하고 있었다. 운명을 생각했다. 나의 아내와 허 소라의 남편이 거듭 암으로 세상을 뜬 것은 나와 허 소라를 묶어주려는 어떤 힘의 작용인지도 모른다.

몸이 훈훈해졌고 물 밖으로 나와서 수건으로 숭어비늘 같은 물방울들을 훔치며 안방으로 들어갔다. 소연이가 그를 보고 있었다. 컹, 컹컹, 진돗개의 소리가 농장 안을 울리고 있었다. 진돗개가 소리치고 있었다. '이 자식, 박 남철아, 혼자서 살아! 소연이가 가꿔놓은 꽃나무들하고 살고 나하고 함께 살아가는 거야!'

한밤의 민박 손님

창밖의 검은 빗줄기 쏟아지는 소리, 옥상에서 홈통을 타고 내려오는 물소리 속에서 전화기가 울었다. 수화기를 들자 뜻밖의 목소리가 흘러 나왔다.

"저 피정 중인 사람인데요, 오늘 밤 거기서 민박을 하려고 하는데...... 지금 가도 되겠습니까?"

'피정避靜'이란 말이 그녀의 가슴에 얹혔다. 그 목소리가 어디선가 들은 듯싶었다. 저음이면서도 어웅한 공간을 그윽하게 울리는 듯한 젊은 목소리.

허 소라는 잠시 입을 다물고 어찌했으면 좋을까 망설였다.

그때, 그녀는 바야흐로 슬프면서도 잔인하게, 그녀를 몇 십

년 동안 짝사랑하여 온 초등학교 동창생인 잠수부 영후를 시험하고 있었다. 쾌속선을 타고 빗줄기 쏟아지는 거친 밤바다를 헤매던 영후는 그의 트럭을 몰고 그녀의 주차장으로 들어와 있었다. 그녀는 응접실 안의 불을 꺼버리고 소복 차림으로 소파에 앉은 채 그의 핸드폰으로 전화를 걸어

"야, 영후야, 현관문 유리창에 붙여 놓은 종이쪽지 읽어보고 들어올 자신 있으면 들어오너라."하고 차갑게 말하고 나서 전화를 끊어버렸었다.

영후는 트럭 문을 열고 천천히 밖으로 나왔다. 외등불빛을 받은 빗방울들이 그의 머리 위로 쏟아졌다. 현관문 앞으로 온 그는 종이쪽지를 떼어 들고 트럭으로 되돌아갔다. 그가 하는 짓을 보며 허 소라는 스스로를 다그쳤다.

'너 이년, 지금 어쩌자고 이 시험을 하고 있는 것이냐. 몇 십년 동안 잠수업을 하며 살아온 무식한 그의 정신세계와 고급한 사유를 하며 살아온 네년의 영혼의 코드가 맞을 것 같으냐. 바다 냄새에 절여지지 않은 네년의 맨살이 그의 바다 짠물에 절은 갯벌 같은 냄새를 용납할 것 같으냐. 저 사람이 네년의 몸에 서려 있는 죽어간 그 사람의 체취를 겁내고 도망칠 것 같으냐. 어리 미친 거지처럼 현관문 안으로 들어와 네 맨 살을 보듬겠다

고 떼를 쓰면 어찌할 테냐.'

그녀는 조마조마해졌다.

영후는 떼어 가지고 간 종이쪽지를 외등불빛에 비춰 읽고는 미동도 하지 않았다. '나 시방 그 사람하고 마주앉아 있는데, 그 사람 밀어낼 자신 있으면 들어오너라.' 그것을 읽고 영후는 지금 뒤통수를 한 대 맞은 듯 멍해져 있을 터이다.

트럭 안의 영후는 움직이려 하지 않았다. 나를 귀신 씐 여자로 여기고 겁을 내고 있는지도 모른다. 지나치게 착하고 순진함은 소극적인 단순함 바보스러움 멍청스러움하고 같다. 거친 바다에서 몇 십 년 동안 잠수업을 하고 살아왔으면서 그 정도의 과감성도 익히지 못했느냐. 여자의 문은 열어젖히려고 드는 자만이 열 수 있게 된다는 것을 아직도 터득하지 못했다는 말이냐.

허 소라는 '이 년, 네가 지나쳤다!'하고 중얼거렸다. 영후의 두려움을 내가 나서서 해소시켜주어야 한다고 생각했다. 그를 현관문 안으로 들이고 술을 한 잔 하자고 말해야 한다고 생각했다. 그렇게 할 생각으로 몸을 일으키는 순간 하필 그 '피정' 남자의 전화가 걸려온 것이었다.

그녀는 전화기를 든 채 망설였다. 이 피정 남자를 받아들일까, 손님들이 가득 차 있어서 받을 수 없다고 말하고 영후를 들어오라고 할까. 선뜻 결정하지 못하고 머뭇거리면서 두 남자를 저울질했다. 이 비오는 한밤에 영후를 안으로 들인다는 것은 과부인 네년이 그를 받아들인다는 것인데...... 너 진정 그리할 작정이냐? 어찌할 테냐.

그때 피정 남자의 목소리가 수화기에서 흘러나왔다. "지금 허선생님 민박집 근처에 다 왔어요." 그 말이 갈팡질팡하던 그녀의 생각을 '피정' 남자 쪽으로 급격히 기울게 했다. '피정'이란 말이 풍기는 매끄럽고 세련된 분위기가 바다냄새에 절여진 소극적인 무식함과 우둘투둘함을 내치고 있었다.

그녀가 대답했다.

"주무실 수 있게 해드리겠습니다."

보성 쪽 산모퉁이에서 헤드라이트 불빛이 나타났다. 영후를 내치고 피정을 받아들이는 한 과부의 간사스러운 모습이 허 소라의 머리에 그려졌다. 그녀는 중얼거렸다. '영후야, 이 멍청아, 너의 기회는 너의 무식과 소극적이고 피동적인 굼뜸으로 말미암아 이렇게 소멸되고 있다.'

영후의 트럭은 죽은 듯 멈추어 있었다. '이 미욱한 사람아,

한번 흘러간 기회는 다시 오지 않는다. 어서 돌아가거라.'하고 허 소라는 중얼거렸다.

피정 남자의 헤드라이트 불빛이 그녀의 별장 쪽으로 달려오고 있을 때 영후의 트럭이 헤드라이트를 밝혔다. 별장 입구 쪽으로 머리를 돌리면서 깜박이 등을 켰다. 피정 남자의 차가 주차장 안으로 들어오고 나면 곧바로 나가겠다는 의사 표시였다. 영후 트럭의 뜻을 알아차린 피정 남자의 차가 주차장 안쪽으로 기어 왔다. 영후의 트럭이 주차장 밖으로 나가면서 빨간 꽁무니 등을 깜빡거렸다. 피정남자의 차는 헤드라이트를 껐다. 감색 양복차림의 피정 남자가 차 문을 열고 나오더니 현관문을 향해 걸어왔다. 손에 검정색 배낭을 들고 있었다.

영후의 트럭은 한길 앞에서 잠시 멈추어 서 있었다. 그것을 아랑곳하지 않고 피정 남자는 현관문을 두들기며 말했다.

"조금 전에 전화했던 사람입니다."

허 소라는 자기앞수표 같은 '피정'이란 말을 떠올리며 현관문을 열어주고 응접실 천장의 불을 밝혔다. 유리창 밖에는 그녀의 물새처럼 흰 차와 남자가 타고 온 검은 색 차가 나란히 엎드린 채 쏟아지는 빗줄기를 두들겨 맞고 있었다.

안방으로 들어가서 쉐터를 걸치고 나왔다. '피정', 그래, 참

좋은 말이다. 시끄러운 세상을 피해서 정적 속으로 들어간다. 피정. 그녀는 피정의 분위기 속으로 빠져들고 있었다.

영후의 트럭은 암캐 하나를 놓고 사투를 벌이다가 참담하게 물어뜯긴 수캐처럼 쓸쓸하게 마을 쪽으로 돌아가고 있었다. 그의 트럭이 오른쪽으로 도느라고 켠 꽁무니의 빨간 등을 보며, 그녀는 바보 멍청이, 하고 속으로 중얼거렸다. 영후는, 지금 허소라가 죽어간 남편의 귀신에 씐 채, 지금 이 피정 남자를 정부로 숨겨놓고 사는 것이라고 생각하며 가고 있을지도 모른다.

피정 남자는 현관문을 등진 채 안방 쪽에 서 있는 그녀를 건너다보았다. 그녀가 그 남자를 마주 건너다보았다. 그 남자가 몰고 온 피정의 분위기를 확인하고 싶었다. 피정 남자의 비에 젖은 검은 머리칼들이 유리구슬 등의 불빛을 받아 빛났다. 불안했다. 이 남자가 어떤 사람인 줄 알고 별장 안으로 들어오게 했단 말인가. 한 순간에 늑대같이 덤벼들지도 모르지 않는가. 살려달라고 소리 지른다 할지라도 달려와 줄 사람이 없는 외딴 별장이지 않은가.

그녀는 불안해하는 자기 가슴을 피정이란 말로 덮으며 생각했다. 이층으로 안내를 해주고 내려와 안방 문을 닫아걸면 될 터이다. 이층 계단을 향해 몸을 돌리려다가, 지금 내가 큰 실수를 하고 있는지도 모른다는 생각을 하고, 재빨리 그의 얼굴과 차림새를 살폈다.

사십대 중반쯤으로 보이는 그의 기름한 얼굴은 어디선가 많이 본 듯했다. 코의 운두가 높고 이마의 깊은 주름살이 가로 눕혀놓은 내천川자를 연상시키고 한쪽 눈이 약간 작은 듯싶었다. 얼핏 돌아가신 아버지의 모습이 떠올랐다. 중학교 다니다가 죽은 오빠의 모습이 연상되기도 했다. 고개를 떨어뜨리면서 아니다, 하고 생각했다. 이 사람의 얼굴은, 보통의 북방계 한국인 남자라면 다 갖추고 있는, 거꾸로 세운 달걀형의 얼굴이기 때문에 눈에 익어 보이는 것이다.

"이리로 따라 오셔요."

그녀는 의젓하게 말하고, 이층 계단 입구 바람벽을 더듬어 스위치를 젖혀 불을 밝히면서 올라갔다. 남자가 뒤따라왔다. 이층 거실로 들어서자마자 방의 문을 열쳐주면서 말했다.

"침대 있는 이 방을 이용하시든지 아니면 이 옆의 온돌방을 이용하시든지 좋을 대로 선택하십시오. 이층만의 자체 난방이니까, 추우시면 이 방에 있는 센서를 조절하시면 됩니다. 욕실을 겸한 화장실은 이쪽 귀에 있습니다. 그리고 내일 아침은 여덟시쯤에 제가 소찬을 차려 드리겠습니다."

남자가 입을 꾹 다문 채 고개를 끄덕거렸다.

"고맙습니다."

독을 올리는 듯한 굵은 목소리도 어디선가 들은 듯싶은 목소리였다.

"잘 주무셔요."

그녀는 계단을 향해 돌아서면서 '어디 사는 누구신데 어떻게 여기 찾아올 생각을 하셨어요?'하고 묻고 싶은 것을 참았다. 복도 끝에 있는 화장실문을 흘긋 돌아보았다. 거실 천정의 형광등 불빛에 비친 화장실문 유리가 멀뚱하게 빛났다. 저 속에 혹시 누군가가 숨어들어 있지 않을까. 그 누군가가 그녀와 이 피정 남자의 동태를 살피고 있지 않을까. 이층에 숨어들어 있는 그 누구인가가 이 피정 남자를 불러들인 것은 아닐까. 그들 둘이가 오래전부터 나를 없애고 이 집을 차지하자는 모의를 해온 것은 아닐까.

문득 며칠 전 그 화장실 청소를 하러 들어갔다가 소스라치게 놀란 일이 떠올랐다. 변기 위의 선반에 들어 있는 수건과 치약 칫솔 빗들이 어지럽게 흩어져 있었다. 그것들을 한 데 모아 가지런히 정리하다가 진저리를 쳤다. 빗에 황갈색 머리카락들 두 오라기가 끼어 있었다. 염색을 한 것인 듯 뿌리 쪽이 거무스

233

름한 명주 올 같은 것들이었다. 전에 민박을 했던 누구인가가 쓴 것인데 그 뒤로 내가 손을 보지 않은 것일까. 내가 광주에 가고 없는 사이에 누구인가가 몰래 들어와 사용한 까닭으로 끼인 것일까. 혹시 옆집 사슴농장 영재가 어떤 여자인가를 데리고 들어와서 잔 흔적 아닐까. 그에게서 열쇠를 모두 회수했는데, 그는 달리 복사 해놓은 열쇠를 한 벌 숨겨놓고 있다가 내가 광주에 가고 없으면 포구의 다방 종업원을 불러다가 자곤 하는 것일까. 아니, 누구인가가 집안에 들어와 붙박이로 살고 있는지도 모른다. 유령 같은 것. 귀신같은 것. 그 생각을 하자, 불안하여 견딜 수 없어서 이층 구석구석을 발끈 뒤졌다. 침대 다리 밑, 온돌방 화장실...... 심지어는 휴지통 속까지 살폈다. 그 그림자는 몸을 바퀴벌레 만하게 줄일 수도 있는 유령인지도 모른다는 생각에서.

집안을 다 뒤진 다음에는 읍내 열쇠수리공을 불러다가 현관문에 특수 자물쇠를 달았다. 그래놓았는데도 불구하고 그녀의 머리에는 자꾸 이층에 누구인가가 숨어 살고 있다는 생각이 사라지지 않았다.

그녀는 눈살을 찌푸리고 이를 굳게 물면서 바보 같은 생각을 하고 있는 자기를 꾸짖고 그에게

"이따가 주무시면서는 다른 불 다 끄시더라도 저 벽등 하나는 켜놓고 주무십시오."하고 나서 아래층으로 내려왔다.

안방 침대에 걸터앉으면서 생각했다. 남자 복이 뒤늦게 터졌다, 오늘 밤 네 남자 째이다, 하고 스스로를 향해 빈정거렸다.

가슴이 수런거렸다. 그냥 잠 들 수 없을 것 같았다. 응접실로 나가서 한 바탕 노래를 부르고 싶었다. 영후를 보내지 말 것을 그랬다. 이층의 남자를 불러내려 같이 노래하면 어떨까. 그 생각을 하는 스스로를 꾸짖었다.

'너 이년, 오랜 동안 남자에 굶주린 나머지 미쳤다 미쳤어.'

이불자락을 뒤집어쓰고 눈을 감으면서 잠을 청했다. 비행기 소리 같은 빗줄기 쏟아지는 소리, 홈통 타고 철철 흐르는 물소리가 머리를 초롱초롱 맑게 했다.

계단을 밟고 내려온 발짝 소리가 안방 쪽으로 가까워지더니 남자의 목소리가 들려왔다.

"허 소라 선생님!"

아, 저 피정 남자가 내 이름을 알고 있다. 그렇다면 내가 글을 쓰는 여자라는 것도 알 터이다. 그 목소리에서 남편의 목소리가 느껴졌다. 걸걸한 듯한데, 그 속에 어웅한 공간을 감돌아 나오는 울림이 있는 듯한 목소리. 나 지금 배란기인지도 모른다. 배란기에는 남자가 더 아쉬워지고 괜히 허전해지고 스스로의 부드러운 맨살이 안타까워지곤 하는 법이다. 미쳤다. 내 나이 시방 쉰 한 살 아닌가. 무슨 소리냐. 건강한 여자는 쉰둥이를 낳는단다. 저 남자하고 미친 듯이 사랑하고 딸이나 하나 낳아 키울까. 아이고, 너 이년, 정말, 미쳤다.

한데 저 남자가 무엇 때문에 내려왔을까. 피정이란, 시끄러운 곳에서 조용한 곳으로 스스로를 피신시켜 마음을 가라앉히고 새로이 깨끗하게 거듭나려는 것 아닌가. 그런데 왜 이 밤중에 여자와 가까이하려는 것인가.

응대하지 않고 숨을 죽이며 바깥의 동정에 귀를 기울였다. 남자가 좀 더 큰 목소리로 그녀를 불렀다. 그래도 그녀는 일어나지 않았다. 세 번까지 불러보고 응답이 없으면 그냥 돌아가겠지 했다. 남자가 문을 거듭 두들기면서 불렀다.

"허 소라 선생님!"

그녀는 일어서서 문 옆으로 걸어가며 물었다.

"왜 그러셔요?"

문밖의 남자가 말했다.

"죄송합니다만, 혹시 술 있으면 한 잔 하고 싶어서요. 괜찮으시면 안주도 좀 마련해주셨으면 좋겠어요. 넉넉하게 계산해 드릴게요."

'하아, 넉넉하게 계산해 드리겠다?' 그녀는 불쾌했지만, 잠옷 위에 윗도리를 걸치고 불을 밝히고 나갔다. 나가자마자 거실의 불도 밝혔다. 유리구슬 등의 노르무레한 빛살이 남자에게로 쏟아졌다. 남자는 생활한복을 입고 있었다. 연한 감색의 바지와 자락이 길고 커피색 천으로 동전과 깃을 단 저고리. 고구려벽화 속에서 나온 사람 같았다. 저 차림새하고 피정하고는 어떤 관계가 있을까. 혹시 선禪을 내세우고 다니는 얼치기 스님일까. 얼뜬 목사일까. 눈살을 찌푸리고 남자를 건너다보는데 남자가 정중하게 말했다.

"저 사실은 시인이어요. 오기 전에 허 소라 여사에 대해서 다 듣고 왔습니다. 시인에다가 동화작가에다가 소설가이시라는 것, 바깥어른과 사별하고 혼자 사신다는 것, 그분이 이룩해놓은 부 때문에 이런 민박 하지 않고도 넉넉하게 사실 수 있는 처지인데도 불구하고, 이 그윽한 공간을 가난한 후배 문인들을 위해 제공하고 음식도 정성스럽게 마련해주신다는 것...... 저는, 시랄 것도 없는 시를 쓰는 오 행록이란 사람입니다."

오 행록이라니, 처음 들어본 이름이었다. 그가 시인이라고 하니 그 피정이라는 것이 짙은 안개처럼 알 수 없는 관념이 되어 그녀의 의식을 둘러쌌고, 이런 비 억수로 오는 밤에 그와 더불어 한잔 마시고 취하여 이런저런 이야기를 나누는 것이 어떤 큰 의미인가가 있을 듯싶기도 했다.

"가능하시면 오늘 밤에 저에게 시에 대한 좋은 이야기를 좀 해주시지요. 저 참 외로운 사람이거든요. 그리고 시에 대해서도 깊이 공부하지 못했어요."

부엌으로 가면서 허방을 생각했다. 피정 남자가 허방을 파고 그 위에 작대기를 걸치고 짚을 얹고 흙을 뿌리고 있었다. 그녀는 모른 체하고 그것을 디디고 빠져 넘어지기로 작정했다. 허방에 빠져 넘어진 서슬에 아주 그곳의 어둠 속에서 잠시 누워 쉬어가기로 작정했다. 나의 시끄러움이 그의 피정하는 방법으로 말미암아 다스려질지도 모른다. 슬펐다. 사실은 그녀 스스로가 스스로의 발 앞에다가 허방 하나를 파놓고 있었다.

그가 뒤 따라오면서 말을 이었다.

"등단도 그냥 흐지부지한 잡지를 통해 했고 활동도 미미합니다. 따지고 보면, 시인이라기보다 시를 좋아하는 촌닭입니다."

그 피정 남자는 그녀가 빠져나가지 못하도록 그녀 주위에 많은 울타리를 마련하고 있었다. 그녀는 차라리 잘 되었다 싶었다. 먼저 냉장고에서 소주 한 병을 꺼내 탁자에 놓았다.

"앉으십시오."

"그래도 제 시 읽어보고는 다들 소탈해서 좋다고 해요. 약간
거칠기는 하지만······"

대꾸를 하지 않고 냉장고에서 두부를 꺼냈다. 김치냉장고에
서 묵은 김치를 꺼냈다. 그가 말했다.

"항상 마음이란 것이 문제에요. 이 산란해진 마음을 다잡으
려면 피정을 좀 해야겠다고 마음을 먹는 순간 한 후배에게서
전해들은 허 소라 여사가 생각나서 이렇게 비속을 뚫고 달려왔
는데, 제가 시방 무례를 범하고 있지 않는지······ 그렇더라도, 불
량하고 악한 놈은 아니니까 무서워하거나 언짢아하지 마십시
오. 제가 그냥 그렇고 그렇게 나고 자란 놈인데다 전정(剪定) 당
하지 않고 제멋대로 자라온 재목이기는 합니다만 사리분별을
못할 정도는 아닙니다."

냉동 되어 있는 돼지고기를 꺼내 잘게 썰었다. 후라이팬에다
김치와 함께 넣고 볶었다. 묵은 김치의 새곰한 냄새와 돼지고기
의 고소한 냄새가 맴돌았다. 냄비에 물을 끓인 다음 두부를 썰
어 넣어 덥혔다.

"아, 두부김치, 저 그것을 무지 좋아합니다. 두부하고 돼지고

기하고는 궁합이 잘 맞습니다. 부들부들하고 하얀 두부가 여성이라면 돼지고기는 남성이잖아요? 그 둘을 새콤하면서도 알큰한 묵은 김치가 아울러 놓습니다."

남자는 찬장에서 소주잔 둘을 꺼내다가 놓고 가득가득 따랐다. 소주 한 잔을 맨 입으로 들이켜고 입맛을 다셨다.

"이 별장에 막 들어서는 순간, 마치, 항상 넉넉하고 푸짐하게 살림 잘하시는 누님 집에 오기라도 한 것처럼 마음이 편안해졌어요."

그녀가 두부김치를 넓적한 분청 접시에 부어 내놓았다. 그가 그녀를 흘긋 쳐다보면서 말했다.

"같이 한 잔 하시지요."

그녀는 그의 맞은편에 앉았고 그가 소주잔을 건네주었다.

"한밤중에 낯선 두 남녀가 바닷가 외딴 집에서 마주 앉아 두부김치에 소주 한 잔을 마신다...... 아, 이 얼마나 극적이고 낭만적입니까?"

그녀가 소주잔을 받아들었다. 그가 잔을 가져다가 부딪치며 말했다.

"우리 각자의 아름다운 절대고독과 낭만을 위해서!"

남자는 소주잔을 단숨에 비웠다. 그녀는 반쯤 마시고 잔을 탁자에 놓았다.

"허 소라 시인, 요리 솜씨 또한 일품이네요. 한 마디로 말해서 예술입니다. 감각이 없는 사람이 요리를 하면, 똑같은 재료를 사용해도 전혀 맛깔스럽지가 않거든요."

그녀는 면구스러웠다. 남의 집에 손님으로 가서 안주인이 차려준 음식을 먹으면서는 맛있다는 말을 하면 안 된다고 생각하는 사람들이 있다고 들었다. 그것은 음식맛과 안주인의 몸맛을 동격으로 여기기 때문이라는 것이었다.

그녀는 자기가 아직 폐경하지 않는 여자라는 사실을 생각하며

"두부김치 못 만드는 사람도 있다는 것인가요?"하고 말했다. 남자는 술 한 잔을 마시고 나서 잔을 그녀에게 건넸다.

"허 소라 시인께서는 술도 잘하고 노래도 잘하고 춤도 잘 추고...... 아주 멋진 분이라는 것 잘 알고 있습니다. 비도 오것다, 바닷가 외딴 별장이것다, 한밤중이것다...... 분위기가 아주 '딱'이네요. 외로운 남녀만 등장하는 연극 한 편이나 영화의 한 장면 그 자체인데요? 안 그렇습니까?"

술이 얼근해졌을 때 남자는 그녀에게 시 한 수를 읊고 싶다고 했다. 내키지 않았지만 고개를 끄덕거려 주었다.

"오늘 밤 하늘에는 별이

총총하고 파도가

드높네요. 우리 남편 돈

많이 벌어놓고 암으로

죽어갔어요. 울울창창한 숲 속의

옹달샘은

훨훨 날아갈 하늘을 바라봅니다."

그녀의 가슴이 꽉 막혔다. 이 자식이 나를 골려주기로 작정을 하거나 홀리려고 찾아온 것이다. 술기운으로 인해 눈앞이 어릿어릿 해지고 있는 그녀의 온몸의 피가 머리끝으로 몰려들었다.

"너스레떨지 말어, 이 자식아!"

그녀는 그를 향해 불을 뿜듯이 말했다.

그는 그녀의 불같은 응대에 고개를 깊이 숙였다. 조폭들이 대형大兄에게 하듯이 눈을 내리깔고 진심으로 사죄하듯이 말했다.

"죄송합니다. 시 좋다고 칭찬을 들을 줄 알았는데,...... 감정을 상하게 하셨다면 진정으로 용서를 빕니다."

그녀는 돈 많이 벌어놓고 죽어가는 것을 억울해하고 분해하던 그 사람의 얼굴이 떠올라 잔을 거듭 비웠다. 그는 그녀에게 당한 것을 무참해 하며 말없이 들이켰다.

두 병을 다 비웠을 때 그가 노래방기기를 턱으로 가리키며 노래를 부르고 싶다고 말했다. 그녀가 노래방기기에 스위치를 넣고 노래 목록 책과 마이크를 손에 잡혀주면서

"당신, 다시 또 까불면 죽여 버릴 거야."하고 말했다.

자리로 와서 앉으며, 조직폭력배의 한 조무래기 앞에서 대형처럼 군림하고 있는 스스로의 허위와 금방 뱉어낸 말 속에 깔려 있는 어리광을 비웃으며 이를 물었다. 슬픈 그 착각이 그녀로 하여금 허방을 만들게 하고 그 허방 속에서 허우적거리게 하고 있었다.

"명심하겠습니다!"

그는 그녀를 향해 굽실거리고 나서 '안개 낀 장충단공원'을 배호 스타일로 불렀다. 이어 '돌아가는 삼각지'도 불렀다. 그리고 그녀 앞에 허리를 ㄱ자로 굽히고 두 손으로 마이크를 바치면서 노래를 부르라고 했다.

그녀는 유치해지고 싶었다. 동요 '오빠생각'을 불렀다. '비단구두 사가지고 오신다더니'를 부르는데 눈물이 나왔다. 그녀는 스스로에게 소리쳤다. '니년의 영혼과 몸뚱이는 알 수 없는 누구

인가를 기다리고 있다.' 그녀는 '니년한테 올 사람 아무도 없다 이년아, 주제 파악을 하거라.'하고 속으로 소리치며 '허공'을 불렀다.

그녀의 노래가 끝나자마자, 그가 신나는 매들리를 신청해놓고 마이크를 빼앗아 전축 위에 놓았다. 그녀 앞에 허리를 ㄱ 자로 굽히며 그녀에게 춤추기를 청했다. 그녀가 그에게 손을 잡혀주었다. 가락에 맞추어 춤을 추었다. 가락이 빨라지자 그는 그녀의 한 손을 잡아 돌렸다. 돌리는 대로 그녀는 돌았다. 그러다가 곡이 더욱 빨라지자 몸을 흔들어대기 시작했다. 그녀도 따라 흔들었다. 이마에 땀이 흘렀다.

춤을 그친 남자는 술 한 병을 더 달라고 했다. 그녀가 술 한 병을 더 내놓았고, 그는 술 두 잔을 거듭 마시고나서 말했다.

"제가 시인이라고 한 것은 거짓말입니다."

호주머니에서 종이 한 장을 꺼내 그녀 앞에 내밀었다.

"보십시오. 여기에 그려진 얼굴이 저입니다. 어느 놈이 그린다고 그린 몽타쥬인데 다행히 저하고 전혀 닮지 않았어요."

상고부로 깎은 머리털에 구레나룻이 성성하고, 이마가 좁고 턱이 길고 눈이 부리부리하고 코가 뭉툭한 남자 몽타쥬였다.

"제 얼굴을 전혀 닮지 않게 그린 이 몽타주 수만 장이 여기저기 뿌려졌어요. 저는 제 얼굴을 알아버린 사람들을 살려놓고 다니는 멍청이가 아닙니다. 제 차 트렁크에 돈다발들이 실려 있어요. 자루 하나에 빵빵하게 담겨 있어요. 공범 한 놈을 오다가 죽여 개천 웅덩이에 던져버렸어요. 아까 제가 들고 온 가방 속에 권총이 들어 있어요. 저 전문 은행털이입니다. 슬프고 불행한 일이지만, 허 소라 시인도 제 얼굴을 알아버린 이상 무사할 수 없습니다."

술이 말갛게 깨고 있었다. 새삼스럽게 그의 얼굴을 뜯어보았다. 이 착한 얼굴 속 어디에 그 악마가 담겨 있다는 것인가. 술이 취하면 과대망상증과 광기 같은 객기가 발동하는 사람인지도 모른다.

그녀는 태연스럽게

"그 이야기, 어떤 줄거리 궁한 만화가한테 제공해주면 아주 좋아하겠네요."

하고 빈정거렸다. 피정 남자가 히죽 웃으며 도리질을 했다.

"태연스럽게 빈정거리면서도 얼굴이 하얗게 변하시는 것을 보니까, 진짜로, 잔인한 은행 강도를 떠올리시는 모양인데...... 저 그런 사람이 아닙니다. 술 한 잔 한 김에, 분위기를 극적으로 반전시키려고 농담을 좀 했습니다, 허허허허...... 절대로, 절대로 아닙니다. 제 얼굴 어디가 그런 끔찍한 은행 강도를 하게 생겼어요? 우리 술 한 잔 씩 더 하십시다. 때 아닌 장대비도 쏟아지고, 허 시인과 시를 사랑하는 남자와 단 둘이, 외딴 별장에서 얼마나 분위기가 좋습니까?"

이 자식이 나를 희롱하고 있다고 생각하니 울화가 치밀었다.

"당신, 그 피정이란 말을 어디서 배워가지고 다니는 거야?"

고개를 깊이 숙이면서 "허 선생님, 죄송합니다."하고 난 그가 술 한 잔을 단숨에 마시고 나서 말했다.

"허 선생님, 제가 무엇인지 알아 맞춰 보십시오."

"당신, 여기저기 떠도는 엉터리 약장수 같기도 하고, 찻집이나 레스토랑 같은 데에서 즉흥 모노드라마를 하고 다니는 삼류배우 같기도 한데...... 그래요?"

"아닙니다. 전혀 아닙니다. 저는 세상에 아주 흔한 사전꾼입니다. 위조지폐를 만들어 유통시키는, '앙드레 지드'의 사전(私錢)꾼 말이요. 세상살이, 그것 아무것도 아닌데, 많이 가진 것, 명예나 지위나 권력이라는 것 다 쓸 데 없는데, 저 세상 돌아갈 때 입는 옷에는 호주머니가 없는데, 모두가 다 빈손으로 돌아가는데...... 가짜를 진짜처럼 포장해서 유통시키고 또 유통시키고...... 그러다가는 자기가 진짜인 양 큰 소리 땅땅 치고...... 세상에는 그런 사전꾼들로 가득 차 있지 않아요?"

　피정 남자는 말을 멈추고 술 한 잔을 들이켜고 한동안 고개를 떨어뜨리고 있었다. 유리창 밖에서는 빗줄기가 내리치고 있었다. 술기운이 그녀의 눈앞을 아득하게 했다. 이 작자가 횡설수설하는 것을 보니 많이 취한 모양이다. "이제 그만 마시지."하고 말한 다음 그를 이층으로 쫓아 보내고 응접실 불을 끄고 안방으로 들어가야 한다고 생각하는데 그가 말을 이었다.

　"저는 그런 사전꾼들이 보기 싫어 환장한 놈입니다. 그래서 그 꼴불견인 사전꾼만을 하나씩 하나씩 죽이고 다닙니다. 비즈니스를 위해 이 남자 저 남자하고, 또 요 남자 조 남자하고 몸을 섞곤 하는 여자, 청렴하지 않으면서 청렴한 체하는 정치꾼, 진실하지 못한 글쓰기를 거듭하는 시인, 소설가, 수필가라는 사람들...... 그들을 어떻게 죽이는지 아십니까?"

　그녀는 스스로를 살인자라고 말하는 그의 얼굴을 빤히 건너다보았다. 그의 눈은 술기운으로 충혈 되어 있었다.

　그가 말했다.

　"선재 소년이 문수에게 나무 잎사귀 하나를 들고 가자, 문수가 이것은 사람을 죽이기도 하고 살리기도 하는 약초다, 하고 말했어요."

하아, 이 자식이 선문답禪問答을 하고 있다, 하고 그녀는 속으로 부르짖었다. 얼치기들의 선문답이란 것은 '선무당질'하고 같다.

"허 소라 선생, 당신, 그 동안 얼마나 많은 진실되지 못한 시, 진실 되지 못한 소설 아닌 소설, 진실 되지 못한 수필들을 유통시켰어요? 이제 제가 당신을 점찍고 이리로 기어든 이상 무사하지 못할 것입니다. 제가 여기에 들어온 것은 허 소라라는 사전꾼 글쟁이의 목을 쳐주기 위해서십니다."

'이런 못된 무뢰한!' 술기운이 일시에 가셨다. 내가 사전꾼으로 살아왔다니. 온몸의 피가 모두 머리로 몰려들고 있었다.

"제가 사전꾼인 허 소라를 죽이는 순서는 다음과 같습니다. 먼저 전화선을 끊고 허 소라를 결박하고 옷을 발가벗긴 다음 강간을 하고 죽일 것입니다. 이 집터가 이러한 흉한 일만 일어나는 자리입니다. 악령이 씌어 있는 자리이기 때문에 이 집을 마련하고 나자 허 소라의 남편이 제 명을 다하지 못하고 더 빨리 죽어갔어요. 허 소라도 이 악령 썬 집 때문에 죽게 되는 것입니다."

그녀는 흥 콧방귀를 뀌면서 능쳤다.

"당신, 연기를 아주 잘하네요."

그 말을 뱉으면서 그녀는 그녀를 사전꾼이라고 한 그의 말이 옳다고 생각했다. 그래 나는 '사전꾼'이다. 내가 이때껏 주조한 동전(시나 소설)들 가운데 진짜 동전이 몇 개나 될까. 내가 주조한 동전은 남편이 휘둘러대는 군림을 향해 던진 돌팔매질에 다름 아니었다.

그러나 그녀는 스스로를 사전꾼이라고 생각하는 자신과, 자기를 그렇게 폄하하고 있는 그에 대한 복수심이 끓어올랐다. 그 복수심이 술기운을 타고 불처럼 타올랐고 그녀는 악에 받친 개처럼 짖어댔다.

"이 엉터리 나쁜 자식!"

그것은 스스로의 내부를 향한 외침이었다. 진저리를 쳤다. 그녀는 사전꾼인 스스로를 죽이고 있었다. 죽이고 나자 자기의 추하게 나자빠진 시체의 내장이 썩은 홍어창자처럼 훤히 들여다보였다.

돈을 앞세워 군림하는 남편을 포용하기보다 그와 맞서기 위해 글 속으로 미끄러져 들어가고 그를 피하기 위해 바닷가로 내빼가곤 한 속 빈 강정 같은 여자, 죽어간 남편에 대한 적개심을 안은 채 그가 벌어놓고 간 돈을 즐기다가, 맞은편 사슴농장의 발정으로 인해 키친 수컷 엘크사슴 같은 영재가 부린 행패로 인해 얼병이 들고, 제랑 박 남철의 끈질긴 접근과 주위를 맴도는 영훈으로 말미암아 자기 본래의 발걸음을 잊어버리고 허둥대는 여자. 이제부터는 정말로 보석 같은 글을 쓰겠다는 핑계를 대고, 아직 폐경하지 않고 있는 몸의 광기를 감당하지 못하고 산기슭에 방죽 파놓고 왕 개구리 한 마리가 뛰어들기를 기다리는 이 미친년. 그녀는 눈을 감았다.

"촐, 촐 초르르!" 부엌 뒤편 창문을 통해, 옥상의 빗물이 물받이 대롱을 타고 흐르는 소리가 들려왔다.

피정 남자는 술잔을 들어 한 모금에 들이켰다. 그녀는 어깨를 들어 올리고 가슴을 펴면서 심호흡을 했다. 남자는 두부에다가 덖은 김치를 얹어 먹으면서 고개를 숙이며 말했다.

"이제 죽어 넘어져 있는 사전꾼의 시신을 보셨습니까? 그렇다면 그 시신을 밟고 선 채 고개를 들어 먼 데 산을 바라보실 차례입니다. 초의 스님은 '눈앞을 가리는 꽃가지를 잘라 없애니, 석양 하늘 아름다운 산들이 병풍처럼 펼쳐지네.'하고 노래했습니다."

그녀는 눈을 감은 채 생각했다. 나에게 먼 데 산은 무엇인가. 그러다가 눈을 번쩍 뜨고 항의하듯이 말했다.

"허 소라로 하여금, 사전꾼인 자기를 쳐 죽이고 먼 데 산을 얻게 해주려는 당신은 무엇이오? 그럼, 부처님처럼 말하고 있는 당신의 먼 데 산은 어디에 있는 무엇이오?"

"제가 저의 먼 데 산을 보여준다면 아마 진짜로 놀라실 것입니다. 저 사실은,"

여기서 말을 끊고 소주 한 잔을 들이켰다. 생활한복의 주머니에서 담배 갑을 꺼내며 한대 피워도 되겠느냐고 물었다. 그녀는 담배연기 알레르기가 있었다. 남편은 살아 있을 적에 방안에서 담배를 피우지 않았었다. 그렇지만 그녀는 피정 남자에게 피우라고 너그럽게 말했다. 담배에 불을 붙여 빨았다. 연기가 거실 안에 퍼지고 있었다. 그 냄새가 그의 음모를 보듬은 채 그녀의 폐부로 기어 들어왔다.

그가 말을 이었다.

"어렸을 적에 저는 허 시인의 옆 마을에 살았어요. 허 시인보다 세 학년이나 아래였어요. 그렇지만 특별활동도 대청소도 허시인과 함께 하고 소풍도 함께 가고...... 저 허 시인을 짝사랑했어요. 허 시인이 그때 얼마나 예뻤는지 아십니까? 지금 나이 오십이 넘었는데도 이렇게 자태가 고운데 그때는 어떠했겠는지 상상해 보십시오."

그녀는 금방 마음이 풀려 미소를 지으며 말했다.

"어린 시절 이름도 오 행록이었어요?"

"저의 존재는 독특하지도 뚜렷하게 튀지도 않았으니까 허 소라 시인이 기억하실 리 없습니다."

"혹시 누님이나 형 없어요?"

남자는 도리질을 했다. 그녀는 유창으로 얼굴을 돌렸다. 유리창은 거대한 거울로 변해 있었고 그녀와 그가 마주 앉아 있는 광경이 영화의 한 장면처럼 박혀 있었다.

"그만 마시고, 더 할 이야기 있으시면 내일 아침에 하기로 하고…… 일어서시지."

그녀가 말했다. 그녀는 어린 시절 속으로 더 깊이 들어가고 싶지 않았다. 밖에는 장대비가 내리고 있었다. 남자는 일어서려 하지 않았다.

"허 시인네 집은 대단한 부자였지요? 이 별장 앉아 있는 땅도 아버지의 유산이지요? 저 건너 옥문 일대의 땅도 마찬가지인데,…… 쌍둥이 동생 소연이가 그 농장 하다가 얼마 전에 돌아가셨다더군요. 허 시인의 제랑 박 남철이 혼자서 그걸 한다지요? 고1 된 딸 하나를 데리고. 저, 허 시인네 집안 사정 속속들이 꿰고 있어요. 허 시인 남편은 삼년 전에 간암으로 돌아가시고, 아들은 군대에 가 있고 딸 하나가 광주에서 대학엘 다니고 있다는 것까지도 다 알고, 이 별장을 남편의 요양을 위해 지었다는 것도 알고 있습니다. 그렇게 잘 알고 있다고 이상스럽게 생각하시거나 의혹의 눈길로 저를 보지 마십시오. 저도 그래야 할 필요가 있기 때문에 속속들이 알아둔 것입니다."

그녀는 새삼스럽게 피정 남자의 얼굴과 몸 여기저기를 뜯어보았다. 그의 정체가 수상스러웠다. 어디에서인가 본 듯한 얼굴이라는 사실, 그의 분위기가 돌아가신 아버지와 이복 오빠를 떠오르게 한다는 사실이 가슴 한 구석을 가시처럼 찔렀다. 그렇다면 이 남자는 누구일까. 나를 짝사랑했다는 말도 거짓말이다. 아, 그렇다. 아버지에게 첩이 있었다고 했었다. 그 첩에게 자식이 있었을까. 이 남자가 그 자식일까. 아, 그럴지도 모른다. 아니다. 이 사람 이름이 오 행록이라고 하지 않았는가. 이름이야 가짜로 말할 수 있다.

가슴이 심하게 우둔거렸다. 이 남자가 나로 하여금 쳐내도록 한 꽃나무는 무엇이고, 바라보게 하려는 먼 데 산은 무엇일까. 먼 데 산이란 것은, 이복형제들에게 하려고 별러온 복수인가. 그렇다면 그것은 너무 저차원적인 더러운 먼 데 산이다.

"허 시인 한 잔 더 드십시오. 자, 분위기도 누그러져 편안해졌고,...... 허씨 집안사람들은 다 끼가 있다고 들었어요."

피정 남자는 그녀에게 빈 잔을 건넸다. 그녀는 사양할까 하다가 잔을 들어 마셨다. 허씨 집안사람들에게는 끼가 많다는 그의 말이 맞았다. 그녀는 혼자서도 보통 소주 한두 병씩을 거뜬히 비우곤 하고, 잠이 오지 않으면 양주를 마시곤 했다. 광주에서 동창들과 만나면 보통 소주 두 병쯤을 마셨고, 노래방에 가면 악을 쓰듯이 소리쳐 노래를 하고 미친 듯 춤을 추곤 했다. 그 사람이 그렇게 먼저 멀리 떠나간 것도 그녀의 도화살 때문인지도 모른다 싶었다. 그녀의 열정은 밑 빠진 독처럼 채우고 또 채워도 채워지지 않았다.

그녀는 술을 거듭 두 잔이나 마셨다. 빈 술잔을 그에게 내밀고 술을 가득 부어주면서 그녀는 "너 누구야? 솔직하게 털어놔!"하고 다그쳤다.

"아하하하……" 남자가 고개를 허공으로 쳐들고 웃어댔다. 성공을 거둔 스스로의 작전을 흐뭇해하고 있었다.

"그렇게 연기 하지 말고 사실대로 털어놔. 나도 짐작 가는 데가 있으니까."

"짐작이 간다면 구태여 실토를 하고 어쩌고 할 필요도 없네요."

"말꼬리 잡고 꽁무니 빼지 말고 얼른 말해라. 오늘 이렇게 찾아와서 한 이 연극의 목적이 무어야?"

"이제 허 소라 시인께서, 이 집안 끼 많은 핏줄들 본색을 드러내는구만요."하고 남자가 빈정거렸다.

"너 이 자식, 허씨네 핏줄이지? 그래, 맞지? 너 그 여자 새끼지?"

"그래, 맞네요. 잘 알아봤네요."하고 남자가 실토를 했다. 그녀가 넘겨짚어 "우리 어매 애간장 다 녹여 묵은 그 백여시 같은 여자! 니가 그 여자 새끼로구나."하고 말했다. 그녀는 가슴에 뜨거운 기운이 일어나고, 눈시울과 코가 동시에 시큰하면서 매워지고 있었다.

"우리 어머니가 백여시 같은 여자라면 소라 어머니는 뭣인가? 그 여자 독살시키고 나 고아원에다가 처박아버린 자네 어머니는 뭣인가?"

"아, 이 못된 자식!"

"나는 사필귀정을 말해주려고 왔어. 죄는 지은대로 가고 공은 쌓은 대로 간다는 것. 소라 누님, 자네 형제들은 하나도 제명대로 살고 있는 사람이 없어. 깡패 노릇하다가 칼 맞아 죽은 그 형, 유방암으로 죽은 소연이 누님...... 그리고 자네 남편은 간암으로 죽고, 그리고 이제 소라 누님 혼자 남았는데 누님은 언제 어떻게 무슨 일로 삶을 마감할 것인가!?"

피가 일시에 머리로 몰려들고 있었다. 두피가 툭 터질 것 같았다. 눈앞이 어질어질했다.

"이 자식아! 니가 저주한다고 해서 내가 금방 그 저줏발을 받을 것 같으냐?"

그녀의 말을 아랑곳하지 않고 남자가 말을 이었다.

"사슴농장 영재, 그 버러지 같은 놈이 소라 누님한테 까닭 없이 이를 갈고 있다는 이야기를 들었어. 그 자식을 혼내주지 않고 가만 놔두면 언제 이 별장을 불 처질러버릴지 모른다고 그러더라고. 그렇다고 겁은 내지마. 그 자식이 한번만 더 까불면 내가 손을 봐줄라니까. 누님, 이 별장 잘 지키면서 좋은 글 쓰면서 살소. 누님이 나보다 네 살 위니까 시방 쉰 한 살인데, 앞으로 얼마쯤을 더 살까. 십 년 후면 61살, 이십 년 후면 71살, 삼십 년 후면 81살...... 그래 많이 살면 30년, 얼마 남지 않은 인생인데 이 동생한테 인심이나 푸지게 쓰는 것이 어때? 연꽃바다를 한눈에 내려다보고 있는데다가 옆으로 새 국도까지 지나나기 때문에 관광 식당이나 찻집 짓기에 딱 안성맞춤인 이 산기슭 땅 나한테 넘겨줘. 나도 우리 아버지 유산을 받을 권리가 있어...... 누님네 군대 간 아들하고 대학 다니는 딸한테는 아무 필요도 없는 땅 아닌가. 그리고 그 아이들은 나보다 한 다리가 뜨

는 사람들이지. 나야말로 진짜 상속권자 아닌가? 그렇지만 나
는 나서서 법적인 절차를 밟고 어쩌고 할 수 없어. 내가 우리 아
버지 피를 받은 엄연한 자식이라고 주장을 할라면은 유전자 감
식을 받아야 하고 재판을 해야 하고, 거기서 승소하도록 증언
해줄 사람이 있어야 한다는데 나는 그런 것 끌어다가 댈 수가
없어. 법이란 것보다는 주먹이 가까운 법이라고. 나는 악만 남
은 놈이니까 나 먹고 살 수 있도록 달래지 않으면 안 될 것이여.
이 주변 땅들만 나한테 넘겨주면, 내가 이 별장 아무 탈 없이
지켜주께. 큰 어머니가 우리 불쌍한 어머니한테 저지른 모든 죄
용서해주고 은인으로 알고 좋은 일 하면서 살아갈텐께."

그녀는 눈앞이 캄캄해졌다. 이놈이 이 별장 주변의 땅들을
아주 거저 삼키려 드는구나. 내가 혼자 산다고 깔보고 있다. 자
기가 공포감을 조성하면, 내가 이 별장이 지긋지긋하여 도망치
듯 떠나갈 거라고 생각하는 것이다. 그렇지만 그렇게 넘겨줄 수
는 없다. 나를 보호해줄 경찰력이 있고, 나를 가까이서 편들어
줄 사람이 있다. 잠수부 영후를 떠올렸다. 건너편에서 농장을
하는 제랑 박 남철을 생각해냈다. 그들이 이 자식의 행패를 막
아줄 것이다. 그들로 안 되면 아들의 친구들을 불러다가 이 자
식을 혼내주어야 한다. 아니, 남편 친구 시의원의 줄을 잡아 경

찰서나 검찰청 사람들을 동원하여 이놈을 혼내주고 다시 발붙이지 못하게 해야 한다. 흥, 내가 네놈의 공갈 협박이 무서워서 이 백합골짜기를 버리고 떠나갈 것 같으냐. 이 바다가 없으면 나는 삶 자체가 아무런 의미도 없어진다. 이 바다가 이미 내 속에 들어와 살고 있고 내가 이 바다 속으로 들어가 둥지를 틀고 있다.

"웃기지 마라. 여기서 살고 싶으면 나 죽이고 들어와 살아라."

남자가 호주머니 속에서 붉은 술 달린 밤색의 패도를 꺼내 식탁 위에 놓으면서 빈정거렸다.

"내가 돌아가신 아버지의 유일한 피붙이인 소라 누님을 왜 죽입니까? 이 땅들을 누님에게서 넘겨받아 식당 한 채를 짓고 살면서, 누님이 글 쓰는 데만 전념하실 수 있도록 내가 누님의 별장을 관리해 드리고 우접해 드려야지. 내가 누님네 별장 옆에 와서 살아야 영재 그 벌레 같은 놈이 누님을 성가시게 하지 않을 것 아니요? 내가 여기 와서 살게 되면 꼭 하고 싶은 일이 있어요. 이 별장 앞에다가 우리 아버지 비를 하나 세워드리고 싶어요. 그 비 뒤에다가 이렇게 새기고 싶어요. 허일평의 유일한 아들 허 광록이 이 비를 세우다."

남자는 패도를 뽑아 들었다. 싯멀건 칼날이 천장의 유리구슬 등의 불빛을 되쏘았다.

허 소라는 이제껏 잘 못 살아왔음을 느꼈고 자기의 삶을 새로이 다잡아야 한다고 생각했다. 나 혼자 조용하게 글을 쓰고 살면 되었지, 왜 오지랖 넓게 가난한 후배 문인들에게 별장 이층을 민박집처럼 내주고 필요하면 밥까지 지어주겠다고 나선 것인가.

왕유가 사슴뿔 모양의 울타리를 치고 살았듯, 별장 앞에 철망을 쳐야 하고 내 몸과 마음에 철책을 만들어 나를 가두어야 한다. 그녀는 벌떡 몸을 일으키면서 남자에게 차갑게 말했다.

"우리 지금 취했다. 어서 올라가서 자거라. 오늘 다 못한 이야기는 내일 아침에 하도록 하자."

남자는 그녀의 말을 아랑곳하지 않고 뽑아든 칼끝으로 마호가니 빛 나무의자의 기댈게 위쪽 면에다가 글자들을 새기기 시작했다. 그녀는 자기의 살갗에 각인이 되는 것처럼 몸서리가 쳐졌다. 온몸이 부들부들 떨렸다.

"무슨 짓이야!?"

그녀가 소리쳤지만 남자는 아랑곳하지 않고 재빨리 거칠게 새겼다. 그녀가 못하게 방해하려 들었지만 그는 그녀를 뿌리치고 새겼다. '아버지 허 일평'이라 새기고, 그 옆에 '아들 허 광록'이라고 새겼다.

"이 무엄하고 못된 자식! 그렇게 거기에 새긴다고 니놈이 우리 아버지 적통이 될 것 같으냐?"

남자가 고개를 허공으로 쳐들고 "흐하하하……" 하고 웃어대면서 몸을 일으켰다. 순순히 이층계단을 밟아 올라가면서 다짐을 주듯이 말했다.

"잘 생각해보고 내일 아침에 확답을 해주시오. 누님한테 이렇게 찾아온 것이 내 삶의 마지막 비상 탈출구요. 누님이 비상구를 열어주지 않으면 나는 자폭할 수밖에 없어요."

그녀는 응접실 천장의 불을 죽이고 방으로 들어가면서 문을 잠그고 화장실에서 소변을 하고 침대 속으로 들어갔다. 현실의 일이 아니고 악몽을 꾸고 있는 듯싶었다. 나와 아들딸들의 안전을 위해서라도, 막다른 골목에 이르러 있는 저놈이 살 수 있게 해주어야 하지 않을까. 일단 잠을 자고 나서 내일 아침에 총총한 의식으로 한번 저놈을 대면해보기로 하자.

그녀는 자동차의 시동 걸리는 소리를 듣고 잠에서 깨어났다. 날이 훤히 밝아 있었다. 응접실로 나가보니 그의 차가 주차장을 빠져나가고 있었다. 탁자 위에 종이 한 장이 놓여 있었다.

"소라 누님 죄송합니다. 악몽 같기도 하고 단편 추리극 한 편

같기도 한 밤이었을 터입니다. 좋은 글 많이 쓰십시오. 저, 소라 누님이 이 별장 주변의 땅 주지 않아도 잘 살아갈 수 있습니다. 저 서울에서 꾀 잘나가는 유통업을 하고 있어요. 그냥, 어렵게 살아오면서 박힌 옹이 때문에 오기가 발동해서 위악적인 소리들을 늘어놓고 손칼 장난까지 연출했는데 누님이 많이 놀라지 않으셨는지 걱정이 됩니다. 앞으로 절대로 성가시게 하지 않을 것입니다. 좋은 별장인데 민박을 치기에는 너무 아깝습니다. 향기로운 글 쓰면서 남은 삶을 살아야 할 허 소라 누님이 후배들을 위한다는 미명으로 문을 열어놓고 사는 허위의 삶이 가엾고, 누님이 감당하기 힘들어 하는 고독이 너무 슬퍼, 다시는 그 짓을 못하게 하려고 연극을 했습니다."

밖을 내다보니 그의 검정 승용차가 빠져나가고 있었다. 현관문을 박차고 달려 나갔지만 그의 차는 이미 한길로 나서고 있었다. 그녀는 영재가 닭들을 죽여 내던져 놓던 계단에 주저앉았다. 쪼개진 구름장 사이에서 하늘이 그녀를 내려다보고 있었다. 지난밤에 피정 남자가 마호가니빛 의자의 기댈게 위쪽 표면에 새기던 '아버지 허 일평 아들 허 광록'이라는 글자들이 그 하늘에 새겨져 있었다.

키조개 여신 3

키조개 사랑

산과 들의 연두색깔이 선연鮮妍하고 뒷산 언덕에서 기어내려 온 아카시아 향기가 가슴을 뭉클하게 하지만 햇살이 따갑고 후텁지근한 날 아침에 허 소라에게 붉은 이슬 행사가 시작되었다.

'아이고, 이 소가지 없는 것이!'

샤워를 하면서 그녀는 코를 찡긋하고 암소처럼 웃었다. 나이 쉰 한 살인데 아직도 그 일을 치르곤 하는 몸이 고마웠다. 바다와 조개와 연꽃하고는 비슷하다. 횟집의 수족관 유리벽에 기대서 있는 비둘기 색깔의 키조개에서 그것을 확인했다. 껍질 두 짝을 반쯤 벌린 키조개 속에는 달걀 노른자위 색깔의 꽃봉오리 같은 속살이 빙그레 웃는 듯 입을 벙긋 벌리고 있었고, 그 가장자리에는 무늬 고운 레이스가 둘려 있는데, 그것이 천천히 너울거리고 있었다.

그 꽃의 레이스로 인해 그녀는 어린 시절 내내 부끄러워하고 절망하고 슬퍼했었다. 죽어버리고 싶기까지 했다. 그 레이스가 꽃잎의 시울 밖으로 계속 자라나면 어찌할까. 늦은 가을의 어느 날, 어머니가 이불 뒤집어쓰고 울어대는 그녀를 데리고, 중년 여의사가 운영하는 산부인과 병원으로 갔다. 그녀의 연꽃을 진찰하고 난 여의사는 그들 모녀를 앞에 앉혀놓고 탄성 어린 목소리로 말했다.

"소라 양, 축하합니다. 이십년 가까이 많은 여성들 꽃을 대해 오는데, 저는 소라 양의 경우처럼 꽃잎이 겹으로 되어 있고, 그 바깥쪽 꽃잎의 속살 무늬가 그렇듯 예쁘고 아름답고 섬세한 경우를 본 적이 없습니다. 오늘 저는, 이야기로만 들어온, 우리 인간 꽃잎의 가장 아름다운 원형原型을 처음 대했습니다. 옛날 옛적에는 모든 여성들의 꽃이 소라 양의 경우하고 똑 같았는데, 세월이 흐르면서 이런저런 이유로 인해 점차 밋밋하고 단순하게 변화한 것이라고 들었습니다. 다른 사람의 경우보다 청결에 신경을 써야 하는 의무를 지켜야 하는 불편이 있기는 할 터이지만, 그로 인해서 장차 남편으로부터 아주 뜨거운 사랑을 받게 될 것입니다."

그녀는 찬장에서 칠레 산의 검푸른 포도주 사또딸보 병을 꺼내 텄다. 이슬 행사를 자축하려는 것이었다. 5십대로 들어서면서부터 그 행사는 그녀에게 하나의 성스러운 의식이 되어 있었다.

여성의 나이 '쉰하나'에 아직 그게 있다는 것은 영육 속에 풋풋한 휘발성의 향기가 마르지 않고 있다는 것이다. 인간의 열정은 그 향기를 바탕으로 불붙는 것이다. 붉은 포도주를 거푸 석 잔이나 들이켰다.

그녀의 친구들은 살을 빼기 위해서 담백하게 가려먹고 과다하게 운동을 하고 많은 스트레스에 시달린 까닭인지, 사십대 중반 이후부터 그것이 사라졌다고들 했다. 그들은 그것의 사라짐을 자축하고 이리저리 소문내어 축하받곤 한다지만, 따지고 보면 폐경은 슬픈 죽음으로의 행진이다. 나는 나의 싱싱한 활화산을 축하해야 한다.

술기운으로 인해 눈앞이 어질어질해졌다. 음악을 틀었다. 바다를 내다보고 앉아 있다가 소파에 엉덩이를 묻고 소설 '초의'

를 펼쳐 들었다.

　눈앞을 가리는 꽃나무를 잘라 없애니
　석양의 하늘 아름다운
　먼 데 산들이 병풍처럼 펼쳐지네.

　눈앞을 가리는 꽃나무란 무엇인가. 근시안적인 달콤한 탐욕
이나 오만이나 시기 질투나 복수심이다. 그것을 끊어내고止 병
풍처럼 둘려 있는 먼 데 산, 그 너머의 그윽한 세계를 바라보아
야觀 한다. 우리들의 삶은 늘 지관을 통해 한 차원씩 드높아져
야 한다.

　창밖으로 눈길을 돌리자 호수 같은 득량만 바다가 펼쳐졌
다. 수면에는 수억 만 마리의 물고기들이 뛰어올라 퍼덕거리고
있었다. 연안 바다 한가운데로 뻗어나간 부두 머리 위쪽 하늘
에 거대한 에드벌룬이 떠 있고, 그것을 붙잡고 있는 줄에 오방
색의 천과 '키조개 축제 한 마당'이라는 프랭카드가 펄럭거리고
있었다. 포구 앞의 광장에는 새하얀 몽골식 천막들을 줄지어
세우고, 바다 쪽에 무대를 만들고 있었다.

　축제로 떠들썩한 그날 밤 은밀하게 영후를 별장 안으로 불

러들이고, 그와 더불어 술잔을 부딪치면서 회포를 풀고 싶었다. 이때껏 그녀에게 보내준 짝사랑을 고마워하고 그를 위무해주고 싶었다. 술이 얼근해지면, 그의 쾌속선을 타고 선유를 하고, 그를 따라 바닷물 속으로 키조개를 캐러 들어가 보고 싶었다. 시야를 가린 꽃나무를 과감하게 잘라 없애듯이 이때껏 사람들의 시선을 두려워하며 스스로를 구속시킨 틀을 깨부수고 싶었다. 구속으로부터 놓여난다면 자유자재하게 먼데 산세계을 볼 수 있을 듯싶었다. 영후의 휴대 전화 번호를 눌렀다.

"야, 영후야, 나도 여기 사는 주민이니까, 축제장에 한번 나가봐야 하는 것 아니냐? 그냥 키조개 한 접시만 사 먹어주면 되는 거냐? 아니면 마을 번영회에다 금일봉이라도 내야 하는 것이냐?"이 말을 하려는데, 지금은 전화를 받을 수 없다는 여인의 사무적인 목소리가 흘러나왔다.

축제장에는 사람들이 부산스럽게 움직거리고 있었다. 자동차에 싣고 온 의자와 탁자들을 몽골 천막 안에 들여놓기도 하고, 조명시설 마이크시설을 하고 있기도 했다. 그녀 몸의 마디마디와 핏줄의 굽이굽이에서 찌르르 휘발성의 설렘이 흘러나왔고 그것이 해류와 파도처럼 들썽거렸다. 응접실 안을 잠시 서성거리다가 헐렁한 바지를 벗어던지고, 아랫도리 살갗 여기저기를 싫지 않게 조여 주는 청바지를 입고 청 점퍼를 걸쳤다. 살갗을 조이는 청바지 입고 다니기는 탱탱한 엉덩이와 사타구니와 미끈한 다리를 액면 그대로 드러내기이다. 옷 입기는 누구의 눈을 즐겁게 하려는 것이 아니고 내 몸과 마음을 표현하기이다. 검은 머리칼들 사이사이에 나타나는 새치들이 있는데 그것들을 그냥 두고 산다. 누군가가 버리고 간 갈색 캡을 머리에 썼다.

내장들과 살갗 여기저기에 개나리꽃송이 같은 노란 불이 켜지고 있었다. 잠재해 있던 광기가 슬그머니 들썽들썽 머리를 들고 있었고, 포도주 기운이 몸에 점화를 하고 있었다. 체경 속에, 청 점퍼를 걸치고 갈색 캡 깊이 눌러쓴 여인의 발그레해진 얼굴이 들어 있었다. 가슴에서 콧노래가 흘렀다.

'꽉 낀 청바지 갈아입고 거리에 나섰다.'하고 흥얼거리며 마당으로 나갔다. 흰 햇살이 머리에 쏟아진다. 눈이 부셔 눈길을 떨어뜨리자 발아래 누운 그림자가 그녀를 쳐다보았다.

태어나자 이 그림자가 있었다. 그림자 머리를 발끝으로 밟았다. 그림자는 슬쩍 피하면서 그녀의 흉내를 냈다. 살아오다 보니 내가 내 의식 속의 그림자글쟁이로서의 몸짓를 흉내 내고 있다. 비가시적인 그 그림자가 앞장서서 가고 있고, 그녀는 그 그림자를 따라가고 있었다. 먼데 산, 노을 아래 펼쳐진 먼데 산을 향해 가는 그림자.

경사가 느슨한 언덕길을 빠른 걸음으로 내려간 다음 모래밭으로 들어섰다. 밟히면서 무너지는 모래알들이 가슴을 간지럽게 했다. 그 간지러움으로 말미암아 율산 마을에 사는 풋 늙은 이의 시를 떠올렸다.

모래알 속에 담겨 있는 바다의 시간을 보았는가 / 우리들의 뿌리 / 그 질척거리는 시간의 촉감/흘러온 강 같은 시간이 머무는 곳을 아는가 / 정지된 별들의 율동 / 윤회의 숨결을 들어 보았는가 / 죽음에 들면서 / 나는 아무 말도 하지 않았다고 말한 그 어른의/ 모래알 같은 사리의 숨결.

그녀는 흥, 하고 콧방귀를 뀌면서 '모래알 속에 어떻게 바다의 시간이 담겨 있다는 것인가'하고 항의했다. 그림자가 모래밭을 앞장서갔다. 먼 바다에서 달려온 파도가 재주를 넘었다. 시방, 몇 십 년 동안 나를 짝사랑해온 영후가 키조개를 캐 올리고 있는 짙푸른 바다를 건너왔을 파도.

주머니 속의 휴대 전화를 조무락거렸다. 갯내 어린 바람을 가슴 깊이 들이켰다. 그녀의 몸속으로 바다가 들어왔다. 몸속에 파도가 일어나고 갯바람과 물고기들이 들썽거렸다. 바다를 품고 바다처럼 출렁출렁 걸으며 중얼거렸다. 그래, 한 남자의 짝사랑의 시간은 얼마든지 저 파도 속에 담길 수 있다.

가끔씩 트럭과 승용차들이 달려가곤 하는 차도를 오른쪽에 끼고 포구를 향해 물고기처럼 헤엄치듯이 나아갔다. 해수욕장 어귀에 키조개 축제 프로그램 쓰인 프랭카드가 펄럭거리고 있었다.

첫째 날 오전에는 키조개 아가씨를 선발하고, 저녁에는 '사랑해서 미안해' 가수 '어머나' 가수가 노래를 부르고, 둘째 날 저녁녘의 썰물에는 아랫목의 무른 갯벌 밭에서 키조개 캐기 경기를 한다는 것이었다.

어린 시절에 그녀는 부두 끝에 나와서 아낙들이 키조개와 피조개 캐는 것을 구경하곤 했었다. 용왕님 밑구멍이 드러날 정도로 썰물이 많이 지면 수문 마을, 용곡 마을, 율산 마을 사촌 마을 수락마을 신촌마을 학송마을 아낙들은, 망쳐버려도 두려울 것 없는 물옷들을 입고 가슴이 잠기는 깊은 갯벌 밭으로 들어가 키조개와 피조개를 캐고 낙지를 잡곤 했다. 키조개 피조개 낙지 잡은 아낙들에게는 생리통도 대하증도 없고, 꽃잎 주위의 소염증도 없다고들 했다. 아낙들의 꽃에는 잿빛 갯벌물이 약이라는 것이었다. 무릎까지 빠져 들어가는 무르고 깊은 갯벌 밭을 힘들게 뒤지고 다니는 아낙들은 시집살이도 잘하고 남편과의 금슬도 좋다고들 했다.

내일 키조개 캐는 시합에 참여하자. 남의 눈치 볼 것 없다. 썰물 진 바다 아랫목 깊은 물속의 무른 갯벌이 속살에 닿는 감촉을 실제로 느껴보아야 그 이야기를 실감 있게 묘사할 수 있다.

찻길 가장자리에 '정각암 7oo미터'라는 입간판이 서 있었다. 저 암자에 한번 가보자.

마을 가장자리에 붉은 벽돌 건물 하나가 십자가를 드높이 치켜들고 있었다. 저 교회에 들어가서 예수님께 기도를 하자. 사랑할 남자를 보내주라고 기도하자. 눈살을 찌푸렸다. 허 소라 이년, 미쳤다. 아니다. 사랑해주고 사랑 받을 남자를 만나고 싶어 하는 것은 아름다운 자유이다. 창공을 훨훨 날아오를 수 있는 그 자유를 누릴 수 있는 권리와 그것을 행사할 수 있는 마지막 기회가 시방 나에게 와 있다. 몸이 달거리 행사를 치르곤 하는 것은 그것을 향유하겠다는 의사표시이다.

갈매기 여남은 마리가 물고기 사냥을 하고 있었다. 여닫이 연안의 거무스레한 갯벌 웅덩이 한가운데에 검은 댕기 두루미 한 마리가 서 있었다.

부두로 들어섰다. 축제 준비하는 사람들의 눈길이 그녀에게 날아왔다. 남자들은 눈길에 따라 두 부류로 나누어진다. 한 부류는, 눈길이 얼굴을 뜯어본 다음 젖가슴과 사타구니와 다리로 흘러내려가는 부류이고, 다른 한 부류는, 눈길이 먼저 사타구니로 날아온 다음 젖가슴을 거쳐 얼굴 쪽으로 올라가는 부류이다.

나의 매력은, 갈색 캡의 채양 밑에 있는 얼굴인가, 단추 풀어 헤친 청 점퍼 자락 안에서 브라우스를 밀고 나온 유방인가, 청바지 속에 묻혀 있는 사타구니와 엉덩이인가.

호주머니에 들어 있는 휴대 전화를 주물럭거렸다. 영후에게 걸고 싶었다. "야, 영후야, 오늘 나 너한테서 축하받을 일이 하나 있다."

부두 끝에 이르렀을 때 갯강구 한 마리가 멈추어 서서 그녀를 살폈다. 천천히 다가가서 그놈을 들여다보았다. 그놈이 석축 틈새로 사라졌다. 그 옆에 엉덩이를 붙이고 앉으며 실없는 생각을 했다. 돌 틈으로 사라진 그놈이 내 붉은 이슬 향기를 맡고 기어 나올지 모른다.

바닷물속의 문어는 아낙들의 달거리 냄새를 맡는다는 말을 어린 시절에 할머니에게서 들었다. 바다 한가운데에 떠 있는 영후의 쾌속선을 바라보았다. 영후의 전화번호를 찾아내어 눌렀다.

"야아, 너 이것 알고 있나? 옛날, 여자들이 물 속 갯바위 틈에 살고 있는 문어를 잡기 위해 한쪽 무릎에 붉은 헝겊을 감고 들어가서, 그 무릎을 돌 틈에 들이대고 유인을 했는데 말이야, 그 여자들 가운데 월경이 한창 진행 중인 여자가 다른 여자들보나 문어를 훨씬 많이 잡곤 했다는 것 말이야."

이 말을 해주려는데, 여인의 사무적인 목소리가, 지금은 전화를 받을 수 없다고 말했다. 파도가 부두를 철푸럭 철푸럭 애무했다. 바다는 마녀다. 늘 벌거벗고 사는 그녀는 언제 어느 때든지 남성스러운 갯바위나 부두나 모래밭을 덮치고 핥고 빨고 쩝쩝 입맛 다신다.

교회의 출입문 안으로 들어갔다. 어슴푸레한 그늘이 담겨 있었다. 십자가에서 내려오지 못하는 그분을 향해 무릎 꿇고 기도를 했다. 저에게 기회를 주십시오. '비는 오고 풀잎은 통통거린다'는 타고르의 노래처럼 사랑하는 기회.

포구 마을 한가운데를 관통하고 있는 차도를 걸었다. 저 높은 곳에 알 수 없는 어떤 존재인가가 앉아 있는데, 신부님 목사님들이 찾아가 배알하자 여호와의 모습으로 보였고, 스님들이 찾아가 절하고 나자 부처님의 모습으로 보였다는, 건너편 산기 슭의 풋 늙은이 소설가의 말을 떠올렸다.

굽이도는 국도 가장자리에 '정각암 150미터'라는 이정표가 서 있었다. 그 지점에서부터 발걸음을 하나 둘 셋, 하고 세었다. 2 백 미터도 훨씬 더 넘는 지점에서, 암자는 서남쪽의 청자색 하늘과 회청색의 바다를 내다보고 앉아 있었다. 텅 빈 마당에는 투명한 흰 빛살만 쏟아지고 있고, 연못에는 바야흐로 자색의 수련 꽃송이들이 벌어져 있고, 사이사이에 흰 색 수련꽃송이들이 섞여 있었다. 자주색 수련꽃잎은 햇빛을 빨아들이는데 흰 수련꽃잎은 햇빛을 내뱉고 있었다. 흰 수련꽃잎이 내뱉은 빛으로 말미암아 그녀는 눈이 부셨다.

마당과 연못 사이에 느티나무가 서 있고 그 옆에 시비가 있었다.

정각암 수련꽃

한승원

황금가루 빛 쏟아지는 초여름 한낮
정각암으로 부처님 배알하러 왔는데

법당에 계셔야 할 부처님

그 앞에서 염불하고 계셔야 할 스님

보이지 않네. 이를 어쩌나 하고

눈 크게 뜨고 다시 보니 부처님은

연못의 흰 수련꽃잎으로 스님은

자색 수련꽃잎으로 피어 빙그레 웃으시네.

아제아제 바라아제 바라승아제 모지 사바하.

'아니, 부처님과 스님이 흰 꽃과 자주색 꽃으로 피어 있다니?'
하고 그녀는 시인에게 반발했다. 새하얀 신화 세상의 고요함寂
寥, 혹은 들끓는 우주 속에서 수미산처럼 끄떡하지 않는如如여여
마음 그 자체인 부처님과 그 세계로 나아가려 하는 스님을 어
찌하여 피어 있는 꽃에 비유하는가. 왜 꽃을 고요하다고 생각
한단 말인가.

그녀는 콧방귀를 뀌었다. 미안하지만 꽃은 절대로 고요한 것
이 아니다. 내면이 고요하려고 들어도 고요할 수가 없는 것이
꽃이다. 꽃은, 죽음보다 깊은 고요라는 극과 피처럼 붉은 함성
이라는 극 사이에서 길항拮抗하는 불가사의한 침묵 아닌 침
묵張力 속에서 펑펑 터지는 폭죽인 것이다. 모든 꽃의 암술들은

바야흐로 향기와 꿀을 뿜어 벌과 나비를 불러들이고 그들이 묻혀온 수분을 흡입하면서 오르가즘 속에 빠지고 있다.

가령, 시방 붉은 행사가 진행되고 있는 허 소라 니년의 청결하게 아침 목욕한 몸과 진한 사랑을 원하는 체취와 야한 끼 펄럭거리는 청바지 차림을 어찌 고요라고 말할 수 있는가. 쉰한 살이지만 아직은 얼마든지 뜨거운 사랑을 치를 수 있다고 자신만만해 하는 니년의 연꽃이 세상을 향해 고개 쳐들고 외치는 소리 없는 소리가 어떻게 고요일 수 있는가.

그래, 저 풋 늙은이 시인이, 이 세상 꽃들의 내면을 읽었으면 얼마나 깊이 읽었으랴, 하고 빈정거리던 그녀는 스스로에게 말했다.

그래, 세상의 모든 시詩는 희망이다. 이 시는, 이 세상에서 가장 시끄러운 꽃의 함성을 적요가 되어버리게 하는 순리法를 희망하고 있을 뿐이다. 희망이 죄일 수 없다. 부처님이 어찌 한 송이의 꽃으로만 피어나랴. 봄바람 한 오라기로도, 풀잎 하나로도, 나는 새 기는 짐승 한 마리로도, 흐르는 구름으로도, 내 마음에 어린 사랑의 그림자로도, 노을 아래 펼쳐진 먼데 산으로도 피어난다. 부처님이 내 눈을 만드는 것이 아니다. 내 눈이 부처님을 만들고 수련 꽃과 하늘과 구름과 새와 바람과 해와 별과 달을 만든다.

연못 가장자리를 맴도는 수련꽃향기가 그녀의 콧속과 허파 속을 저미었고 가슴이 뭉클했다. 절을 하고 싶어졌다. 법당으로 가려다가, 시인이 느낀 바를 존중하여 방죽 가장자리에 선 채, 백수련 꽃 자수련 꽃들을 향해 합장을 하고 허리와 머리를 깊이 숙였다.

때마침 꿀벌 한 마리가 날아와서 흰 수련 꽃의 황금색 술에 앉았다. 그 술 한가운데에 머리를 처넣고 꿀을 빨고 있었다. '저 꿀벌과 시방 부처님의 흰 꽃이 동시에 오르가즘 같은 법열에 취해 있다!'하고 속으로 소리치는데, 수련 꽃이 진저리치며 그녀를 향해 말했다.

"허 소라, 너 이년, 내 말 깊이 들어라. 사랑하다가 죽어버리라는 말은 저주가 아니고 축복이다."

그럼 저주는 무엇인가요, 하고 그녀가 꽃에게 물었고 꽃이 대답했다.

"이 세상에서 가장 잔인한 저주는, 사랑을 해보지도 못하고 죽어버리라는 말이다."

가슴 한복판에서 뜨거운 기운이 솟구쳤다. 그래, 미친 듯이 사랑하다가 죽어버리자. 환희가 쌍무지개처럼 곤두섰다. 수련

꽃들에게서 오늘 한 수 배웠다. 휴대 전화를 꺼내 영후의 전화 번호를 눌렀다. 그에게 소가지 없는 소리를 지껄거리고 싶었다.

"지금 키조개 캐고 있는 거니? 나 시방 절에 와 있는데, 스님은 보이지 않고 수련 꽃만 피어 있는데 황금색 암술 속으로 꿀벌 한 마리가 머리를 처박고 사랑을 하고 있다. 잠수 일 천천히 쉬어가면서 하고 이따가 들어오는 대로 나한테 전화해주라."

한데 사무적인 여인의 목소리가 '지금은 전화를 받을 수 없습니다.'하고 말했다. 폴더를 닫고 수련꽃 암술 속에 머리를 박고 있는 황갈색 꿀벌의 꽁무니와 뒷다리를 보며 중얼거렸다. 그래, 미친 듯이 사랑하다가 죽어버려라.

영후는 그때, 바닷물 속에 들어가 키조개를 캐며 허 소라의 동화를 외고 있었다.

"호수 같은 바다를 내려다보는 율산 마을에 한 마음씨 고운 총각이 있었습니다. 그 총각은 어느 봄날 곡두 새벽녘에 여닫이 연안의 모래밭에 꿇어앉아 천관산을 향해 비손을 했습니다."

축제 기간에 소비될 것을 미리 캐다가 수족관에 담아두어야 하므로 연일 작업을 하고 있었다. 그가 하루 2천 개씩 열흘 동안 캤다. 다른 배 다섯 척도 마찬가지로 캤다. 그는 이 날 해저물녘 안으로 천 개를 더 캐야 하는 것이었다.

바다 심저에서 작업을 하고 있는 그의 옆에는 그물자루 두 개가 있었다. 하나는 배 위쪽에서 끌어올리곤 하는 큰 그물자루이고, 다른 하나는 키조개 스무 남은 개를 담을 수 있는 작은 그물자루였다. 키조개들 가운데서 크고 탐스러운 것은 작은 자루에 담았다. 그는 그것을 백합 골짜기의 허 소라와 요양원의 딸에게 줄 참이었다.

"천관여신의 얼굴은 수밀도처럼 보얗고 토실토실했습니다. 쌍꺼풀인 눈은 호수처럼 맑고 눈썹이 여치의 더듬이처럼 길었습니다. 입술이 앵두처럼 붉고 콧날이 흰 떡으로 곱게 빚어놓은 듯 오똑했습니다."

이 대목을 외면서는 허 소라의 얼굴을 떠올렸다. 어린 시절 그는 동무들과 더불어 여닫이 연안의 모래밭 길을 가면서 허 소라를 놀리곤 했었다. 그 재미가 꿀맛이었다. 두세 살 연하인 아이들은 그의 말을 잘 따랐다. 아이들에게 "여우야, 여우야 뭣하니!"하고 놀리라고 시킨 다음 그는 시치미를 떼고 스무 남은 걸음 뒤쳐져서 따라가곤 했다.

"여우야, 여우야 뭣하니? / 소라 먹는다. / 어떻게 먹니 / 알 탕은 먹고 껍데기는 버린다 / 허허 텅텅 허허 텅텅."

아이들은 "허허 텅텅"을 연창하며 껑충껑충 뛰었고 허 소라 자매는 뒤도 돌아보지 않고 마을로 들어갔다. 동생인 소연은 앞장서서 달려가는데 언니인 소라는 뒤처져서 천천히 갔다. 그들 자매의 뒤통수에서 찰랑거리는 갈래머리가 햇살을 되쏘았다.

서당에서 배운 '빌 허虛'가 허 소라 자매의 성 허(許)와 같고, 모래밭에서 주운 소라 껍데기가 또한 텅 비어 있었으므로, 그는 아이들이 허 소라를 그렇게 놀려주기를 희망했던 것이다. 그는 언제부터인가 하얗게 닳아진 조그마한 소라껍질을 호주머니에 넣고 다녔다. 한 손을 호주머니에 찌른 채 그것을 조무락거리곤 했다. 그것은 허 소라의 살결인 듯 맨들맨들하고 부드러웠다.

어른의 손바닥 둘을 겹쳐놓은 것 만한 키조개들은 비둘기 털 색깔의 껍질을 반쯤 벌리고 달걀 노른자위 색깔의 꽃잎 같은 속살을 요염하게 너울거리고 있었다. 키조개의 속살을 보는 그의 가슴은 순간적으로 분노와 슬픔에 휩싸였다.

"아빠, 나 죽을 것 같아! 나 좀 살려줘."

이 해 서른두 살인 딸의 전화를 받은 것은 그날 곡두새벽녘이었다. "어디가 아픈 데 그러냐? 얼른 윤 서방 깨워서 병원으로 가거라." 그가 소리쳐 말하자, 딸은

"병원 싫어. 윤서방도 없어. 아빠가 빨리 와."하고 울먹거리기만 했다.

"윤 서방은 어디 갔냐?" 딸은 흐느끼면서 전화를 끊어버렸다.

그는 허겁지겁 트럭을 몰고 서울을 향해 달렸다. 안양을 지났을 무렵에 딸이 기어들어가는 소리로 말했다.

"나 시방 그 아파트에 안 있고, 한남동 원룸에 있어."

딸은 강변의 한 원룸에서 파김치처럼 늘어져 있었다. 얼굴 살갗이 누렇게 떠 있었다.

"이것이 뭔 일이라냐? 아니 어째서 여그서 혼자 이러고 있는 거냐? 윤 서방은 어디 가고?"

사위는 자동차 대리점 사원이었다.

"우리 진즉 찢어져부렀어."

"아니 어째서? 그 배은망덕한 나쁜 자식, 시방 어디 있냐? 당장 쫓아가서 요절을 내뿔란다."

"그 사람 욕하지 마. 그 사람한테는 아무 죄 없어. 내가 그렇게 하자고 했어."

"니가 그렇게 하자고 해서 찢어졌다고? 아이고 빙신, 그럼 너는 언제부터 어디가 어떻게 아픈데 시방 이러고 있냐?"

딸이 울면서 말했다.

"아무것도 묻지 말고, 나, 아는 사람 아무도 없는 데로 가서 조용하게 살게 해줘."

　딸을 가지산 요양병원으로 옮겨둔 지 이틀째 되는 날 밤에 딸의 친구한테서 전화가 걸려왔다.

"저 서진이 친구 영실인데요. 서진이를 시골로 데리고 가버리면 안 돼요? 우리 한데 뭉쳐서 일을 해야 해요."

　딸의 건강이 서울에 혼자 둘 수 없어서 데리고 내려왔다고 하자, 영실은

"안 돼요. 절대로 안 돼요. 당장 데리고 서울로 데려다주셔요."하고 말했다.

"그럴 수 없다. 서진이를 서울에 혼자 놔두면 죽는다."

"죽어도 서울에 와서 죽든지 어쩌든지 해야 해요. 당장 데려다 주셔요."

　영실은 악에 받쳐 있었다. 무슨 일인지 모르지만 딸을 절대로 데려다 줄 수 없다고 하자, 영실이 말했다.

"서진이를 그렇게 만든 병원과 국가를 상대로 고소를 하고 보상을 받아야 해요."

　까닭이 무어냐고 묻자, 그녀는 다른 여자에게 전화를 바꾸

어 주었다.

"서진이 아버님, 전화로 죄송합니다. 저는 여성 인권위원회 사무국장입니다. 신문이나 방송 보도를 보셨으면 아시겠지만, 이번에 많은 여성들이 아주 슬픈 반인륜적인 인권 침해를 당했어요. 그 가운데 아버님의 딸 서진씨가 불행하게도 거기에 포함되어 있습니다."

대관절 어떤 인권침해를 당했다는 것이냐고 묻자, 사무국장이 차근차근 설명을 했다.

"놀라시지 마십시오. 서진씨가 ooo병원에 난자 제공을 했어요. 우리가 난자 제공자들을 만나보고 있는데 모두가 심각한 후유증을 앓고 있어요. 아랫배에 복수가 차고, 아주 심한 월경 불순과 불감증과 불면증과 불안 증세와 우울증과 소화불량과 부정맥에 시달리고 있는 상태이고, 심한 경우에는 자살소동까지 일어나곤 한답니다. 그래서 후유증을 앓고 있는 그분들로 하여금 병원과 국가를 상대로 소를 제기하고 보상을 받게 해주려고 나섰습니다."

텔레비전에서 '앞으로 국제사회에서 어마어마한 돈을 벌어들일 세계적인 줄기세포 연구'에 대한 뉴스와 '그 연구를 위해 난자 제공하는 일이 비윤리적이라는 뉴스를 본 적이 있었다.

건강한 여자가 한 달에 한 차례씩 자궁으로 흘러나오는 난자 한 개씩을 제공해 주는데 무슨 후유증이 생긴다는 것인지 그는 이해할 수 없었다.

난소에서 자궁으로 흘러나와 착상을 하는 난자라는 말은 어린 시절에 키워본 닭의 알들을 떠오르게 했다. 암탉이 닭장의 둥지에 알을 낳아놓고 꼬꼬댁하고 소리치면 달려가서 닭의 체온이 어려 있는 따뜻한 알을 집어 들고 나오곤 했었다. 아버지를 위해 암탉을 잡은 적이 있었는데, 닭 내장에는 앞으로 달걀로 성숙하게 될 자잘한 하얀 감자 같은 알들이 줄줄이 들어 있었다.

여자들의 난소에서도 그처럼 난자들이 생성되는 것 아니겠는가. 줄기세포를 연구하는 사람들은 둥지에 낳아놓은 닭의 알을 집어내 오듯이, 난자가 자궁으로 흘러나올 때를 기다렸다가 적당한 빨대를 넣어 채취할 터인데, 그게 무에 그리 비윤리적이라는 것인가.

그런데 그 난자를 제공하고 난 딸 서진이가 그로 인한 후유증에 시달리고 있다니, 그들이 딸의 몸에서 대관절 난자를 어떻게 채취해 갔는데 그런 것일까.

요양병원으로 달려가 딸에게 물었다.

"이 아비가 알아들을 수 있도록, 차근차근 다 말해라. 대관절 어떻게 했는데 이렇게 몸이 상한 것이냐?"

딸은 울기만 할 뿐 입을 열려고 하지 않았다.

"내가 아파트 사라고 준 것이 8천만 원이고 윤 서방 모르게 감추어 놓고 쓰라고 네 통장에 넣어준 것이 2천만 원인데 그것을 그 새 다 어디에다가 어떻게 해버리고 돈이 필요해서 그 짓을 했다는 것이냐? 그렇게 절박하면 아부지한테 말을 하면 보내줄 것인데...... 이것이 뭔 일이냐? 너 이렇게 된 것 윤 서방이 알고 있냐?"

딸은 소리없이 울기만 했다.

네 친구 영실이가 빨리 너를 서울로 데려다 달라고 했다고, 인권위원회에서 고소를 제기하여 보상을 받아야 한다고 말했지만, 딸은 모든 것이 싫다고 도리질을 했다. 아무 말도 묻지 말아달라고, 더 성가시게 물으면 죽어버리겠다고 했다.

"알았다. 일단 안정이나 하고 있거라. 과거사는 모두 잊어버리고 마음 단단히 먹고 살아야 한다. 내 몸 없어지면 이 세상 끝이야. 세상은 혼자서 사는 것이 아니고 그물코처럼 이리저리 얽히어 있는 법이다. 니들이 살아가는 것 보는 재미로 이 애비

에미는 살아가고 있는 것이여. 억울해 하고 분해하지 마라. 이 애비가 니 한 모두 다 풀어주께."

답답해진 가슴을 붙안고 돌아와서 윤 서방에게 전화를 걸었지만 받지 않았다. 내일 서울로 쫓아 올라가 윤 서방을 만나, 서진이가 난자 제공을 하게 된 자초지종을 들어야 한다고 생각하며, 맥이 풀려 방바닥에 드러누워 있는데 그 사무국장에게서 전화가 걸려왔다. 그가 물었다. 대관절 난자 채취를 어떻게 했는데 사람이 저렇게 파김치 된 것이냐고.

사무국장이 말했다.

"놀라지 마시고 들어 주십시오. 따님께서 당한 인권침해부분을 세세히 말씀 드리겠습니다. 순진한 따님은 아르바이트를 한다는 단순한 생각으로 친구를 따라 난자를 팔겠다고 그 병원으로 갔습니다. 병원에서는, 난자 채취에 응한 다음 후유증에 시달릴 수도 있음을 미리 말해야 하는데 그러지를 않았습니다. 병원에서는 혈압과 체온과 간단한 피 검사를 하여 따님이 깨끗하고 건강한 여자라는 것을 확인한 다음, 십오일 동안 입원을 해야 한다고 말하고 계약을 했습니다. 계약서는 일종의 각서입니다. 어느 누구에게든지, 돈을 받고 난자를 팔았다는 말은 하지 않겠다, 이후 어떠한 일이 있더라도 자기네 병원 이외의 병원에 그 일에 대하여 문의하거나 진단을 받거나, 자기네 병원을 상대로 이의를 제기하지 않겠다, 자기네 병원에서 주는 150만 원은 난자 값이 아니며, 인류 미래의학 산업을 위해 헌신하고 자기네와 인연을 맺은데 대한 감사의 뜻으로 받은 외국여행 경비다....... 따위를 명기한 것이었어요. 따님이 사인하고 손도장을 찍고 입원을 한 날부터 간호사가 호르몬 주사를 하루 한 차례씩 주고 피를 뽑아갔습니다. 호르몬 주사는 난자가 빨리 생성되도록 하기 위한 것이고, 피를 뽑아가는 것은 혈액 속에 호르몬제가 알맞게 용해되어 작용하는지를 측정하려는 것입니다. 그 이튿날부터는 호르몬 주사 맞기와 피 뽑아가기, 초음파 검사를 병행합니다. 이 초음파 검사에 사용하는 기기는, 임신했을 때 아기 자라는 모양새를 살피기 위해 쓰는 두꺼비 모양의 검진기가 아니고, 남근처럼 생긴 기기입니다. 간호사는 그 기기를 난자 따님의 질膣 속으로 삽입한 다음 상하 좌우로 천천히 문지르면서 모니터를 봅니다. 난소에 생긴 난자의 성장 정도를 살핀다는 것이지만, 난자 제공자는 자위행위나 성행위의 느낌에 사로잡힐 수 있습니다. 그 일을 13일 동안 하고, 14일 째 되는 날 아침, 간호사가 따님의 팔뚝에 링거를 꽂고, 수술실로 싣고 갑니다. 거기에서는 전신마취를 시킨 다음, 의사가 주사바늘로 따님의 질의 벽을 찔러 난소에 들어 있는 난자를 뽑아냅니다. 그 주사바늘은 흔히 사람들이 예방주사 맞을 때 사용하는 것이 아니고, 직경 2,5밀리쯤인 주사바늘, 말하자면 난자가 통과하면서 손상되지 않을 만큼 퉁퉁하고 기다란 것입니다. 질의 벽을 뚫고 들어간 주사바늘은 복강을 관통하여 난소에 도달합니다. 이것은 의료행위가 아니고, 정말 끔찍한 인체실험이고, 착취행위이고 사술행위입니다. 제공자는 회복실에서 아랫배와 음부 전체를 날카로운 것으로 들쑤셔 놓기라도 한 것 같은 고통을 느낍니다. 아기를 낳고 난 뒤의 산후통 비슷합니다. 이후 제공자의 배 속에는 복수가 차오르곤 해서 그것을 수차례 뽑아내고 그것이 생기지 않도록 무수히 주사를 맞고 약을 먹어야 하는 경우가 있습니다. 또 전신 마취 후유증으로 거의 반년 동안 무력증이 일어나곤 합니다. 몸이 비실비실해서, 밥을 먹기만 하면 잠을 자고 또 자고…… 그러면서 나날을 보내는 제공자도 있습니다. 몸이 뚱뚱해지면서 시도 때도 없이 한 달이면 대 여섯 차례쯤이나 월경을 치르는 경우가 대부분입니다. 그때마다 까늑까늑 배앓이가 생기고, 슬퍼지고 불안해지고, 울컥 죽어버리고 싶기도 합니다. 모두가 호르몬제 과다 사용으로 인한 후유증입니다. 심지어는 제공자가 알지 못한 일이 몸 은밀한 곳에 생기고 있을 수

290

도 있는데, 그것은 유방과 자궁에 암세포가 자라나기도 하는 것입니다. 역시 호르몬제 과다 투여 때문입니다. 몇 몇 소장 의학자들과 생태학자들이 학계에 보고한 것 두 건이 있는데, 그 하나는, 여성의 몸에서 성감대 제일 예민한 질 벽을 굵고 기다란 바늘로 찌른 까닭으로 인한 아픔은 육체적으로 정신적으로 불감증을 초래할 수 있고 불임의 원인이 될 수 있다는 보고입니다. 다른 하나는, 보통 여성의 난소는 한 평생 동안 약 450개쯤의 난자를 생산하도록 되어 있는데, 난자를 물리적으로 채취하기 위하여 호르몬제를 15일 동안 과다 투여한 결과, 한 달에 대여섯 개 이상씩의 난자가 생산되는 버릇이 생겨버린 까닭으로 그 난자 제공자는 40세 이전에 난자 생산을 끝내게 될 뿐만 아니라, 갱년기와 골다공증이나 당뇨나 모든 세포 노화로 인한 폭삭 늙어버림 현상이 급속도로 진행된다는 보고입니다. 지금 난자를 제공하고 나서 그러한 후유증에 시달리고 있는 여성이 많습니다. 아버님, 따님을 시골에 그냥 두시면 절대로 안 됩니다. 병원에 입원을 해서 정신과 치료를 병행해서 받아야 하고, 고소를 제기해서 보상을 받아야 합니다. 서울로 데려 오시면 저희들이 입원 치료를 주선해 드리겠습니다."

이튿날 요양병원으로 가서 딸에게 서울로 가자고 말했지만,

딸은 울면서 통사정을 했다.

"서울 싫어요. 아버지, 저 여기서 조용하게 살게 해주셔요. 서울 가면 저 숨이 막혀 죽어요."

그는 하릴없이 돌아왔다.

갯벌 속에서 캐낸 키조개 하나하나가 무겁게 느껴졌다. 문득 무력증이 일었다. 간밤에 깊은 잠을 못잔 까닭이다. 엎치락 뒤치락 하면서 딸 생각을 했던 것이다. 딸을 서울 어느 병원에 입원시키지 않아도 될까. 키조개 패주貝柱를 부지런히 고아 먹이면 좋아질지도 모른다. 여자의 자궁과 관계된 병에는 키조개 패주 말고 더 좋은 약이 없다지 않던가. 그래, 그 요양병원에 그대로 두고 키조개 패주만 부지런히 고아 먹이자. 허 소라의 동화에 나오는 병든 처녀와 그 처녀에게 키조개의 패주를 고아먹이는 총각을 떠올렸다. 그것을 계속 먹이면 딸도 동화 속의 처녀처럼 거짓말같이 나을 것이다. 동화를 통해 딸의 약을 가르쳐준 허 소라가 고마웠다. 그 고마움을 어떻게 갚을까.

허 소라를 그의 쾌속선에 태우고 선유를 즐기게 해주자. 바지선에 배를 대놓고 캐 올린 키조개 패주를 대접하자. 소라에게 딸이 당한 이야기를 해주고 딸을 어떻게 했으면 좋겠는지 의견을 듣도록 하자. 그 생각을 하니 가슴이 뭉클 뜨거워졌다. 심호흡을 하면서 동화를 주문처럼 외었다.

"천관여신이 자비로운 눈길로 그 착한 총각의 맑은 두 눈을 그윽하게 바라보며 말했습니다. '내 그대의 정성이 갸륵하여 그 약을 일러줄 터이니 구해다가 먹이도록 하여라.'"

잠수부에게는 금기가 있다. 잠수작업을 앞둔 밤에는 여자를 생각하거나 여자와 부정한 관계를 가지면 안 되는 것이다. 그런데 간밤 그것을 어겼다. 잠시 물 밖으로 나가서 쉬었다가 계속해야겠다고 생각했다. 키조개 두 자루를 담아 올리고 나서, 작은 그물자루를 손에 든 채 수면 위로 올라갔다.

배 위에서 공기 주입 기계를 보고 있던 아내가 수면 위로 떠오르는 그를 보고 눈을 치켜뜨면서 의아해 하였다. 이제 겨우 삼십분 쯤 일을 했을 뿐인데 왜 벌써 나오는 것일까.

그는 먼저 들고 나온 작은 그물 자루를 갑판 위로 올려놓은 다음 배 위로 올라와서 투구를 벗었다. 그의 머리는 대머리였다. 얼굴과 번들거리는 머리에는 식은땀이 송송 맺혀 있었다.

아내는 그의 피로해 보이는 얼굴과 그가 손수 들고 나온 작은 그물자락을 번갈아 살피다가

"뭔 식은땀을 그렇게 흘리시오? 오늘은 일 그만 하고 쉬어

버리시오."하고 말했다. 그는 "무슨 소리를 하는 거야? 앞으로 팔백 개는 더 캐야 하는데……"하고 투덜거렸다.

아내의 눈길은 그가 손수 들고 나온 작은 키조개 자루로 날아갔다. 허 소라에게 가져다주려고 특별하게 크고 탐스러운 것들만 골라 담아왔을 거라고 아내는 짐작했다. 이 소가지 없는 인간이, 요양병원에 있는 딸 핑계를 대고 이제 허 소라에게 마음 놓고 키조개를 가져다주려고 든다. 그녀는, 딸이 그렇게 병든 것을 남편 영후의 탓으로 돌렸다. 그녀는 윤서방의 체구가 작으므로 다른 사윗감을 구하자고 했는데, 남편이 그놈의 자동차 파는 수완이 좋다더라고 밀어붙인 것이었다.

"작은 자루에 담은 것은 거기 섞지 마."

그는 아내에게 말하고 백합골짜기를 바라보면서 심호흡을 했다. 허 소라에게 가 있는 자기의 속마음을 아내에게 들켰다는 것을 그는 알고 있었다. 겁날 것 없다고 생각했다. 요양병원의 딸이 웬만큼 좋아지면 데려다가 허 소라에게 맡기고 싶었다. 허 소라는 글을 쓰는 사람이므로, 딸을 건강하게 치유할 수 있을 터이다.

허 소라도 시방 나를 내려다보고 있지 않을까.

한쪽이 누군가를 지극정성으로 사랑하고 그리워하면, 그 그리움을 받는 쪽의 몸과 마음에 이상스러운 증후가 나타난다고 들었다. 허 소라가 오래지 않아 그에게 어떤 행동인가를 해보일 것이다. 축제 날 밤에 아내를 딸에게 보내고 둘이만의 기회를 만들자. 가슴 속이 박하사탕을 먹은 듯 환해졌다. 그래, 그렇다. 축제 때, 부두 일대에 휘황찬란한 오색등불이 켜지고 춤으로 노래로 들썽거릴 때, 소라를 쾌속선에 태우고 바다를 누비고 다니는 것이다. 그녀도 밤바다 선유를 하고 싶어 할 것이다. 진즉 찾아가서 은밀하게 선유를 하자고 청했어야 하는 것을...... 그랬으면, 그녀가 선뜻 응했을 터이고, 이미 우리의 사랑이 이루어졌을 터인데...... 가슴 속에서 뜨거운 힘이 따끈한 꿀물처럼 솟았다.

아내가 배즙 봉지 한쪽을 터주었다. 잠수부의 보조는 어떤 일이 있을지라도 물속에 들어갈 잠수부를 속상하게 해서는 안 된다. 따스한 말로 위로하고 편안하게 해서 잠수하게 해야 한다. 깡마른 아내의 얼굴에는 주름살이 가득했다. 염색한 머리털 안쪽에서 흰머리들이 구시렁거리며 모습을 드러내고 있었다. 그의 의식 속에 아내라는 존재가 눈에 들어간 모래알처럼 굴러다녔다. 답답하고 상가셨다. 빌어먹을...... 그의 주위에는 성가신 것들로 가득 차 있었다.

동생 영재가 무정하고 야속했다. 사슴농장 옮기는 보상금 1억 5천만 원을 받았으면서도 그가 받은 1억 원 가운데서 반을 빼앗아가려 하는 동생 영재의 마음을 확인하는 순간 그는 진저리를 쳤다. 정이 삼천리나 떨어져버렸다. 잠수를 하기 시작한 이래 동생에게 맡겨온 보조 일을 그는 과감하게 끊어 버렸다. 보상금 뭉텅이를 보듬고 나서 눈이 뒤집혀 버린 동생을 신뢰할 수 없었다.

"이것은 따로 뒀다가 까서 그 사람한테 가져다 줄 것이요?"

아내는 무뚝뚝하게 물었다. 그는 배즙을 마시고 나서 퉁명스럽게 대꾸했다.

"아이고, 쓸데없는 소리하고 자빠져 있는 거봐라! 푹 고아서 그 불쌍한 것한테 갖다 주라고 할라고 그런 것잉만."

"요즘 당신, 이상해졌어요. 밤에 깊은 잠을 못자고…… 보약을 좀 잡숴야 할 모양이요."

아내는 숨가빠하는 그의 얼굴을 살피며 생각했다. 딸한테 가져다주려고 그런다는 것은 핑계일 뿐이다. 이 사람은 허 소라에게 미쳐 있다.

그는 눈살을 찌푸렸다. 그녀의 생각은 옳았다. 그의 의식 속에 허 소라가 들어와 자리 잡으면 그는 이성을 잃곤 했다. 차라리 이 아내가 없다면 허 소라와 더 쉽게 가까워질 수 있지 않을까. 아내를 내 옆에서 사라지게 할 묘책이 없을까. 스스럼없이 아내를 저주하고 있는 자기가 가증스러웠다. 이때껏 나와 집안을 건사해온 착한 사람을 두고 이 무슨 날벼락 맞을 소리인가. 아내는 아내대로 둔 채로 허 소라를 귀신도 모르게 찾아가 만나면서 살아야 한다.

영후는 심호흡을 서너 차례 하고 나서 다시 물속으로 들어가기 위해 투구를 머리에 썼다. 아내가 걱정스러운 얼굴로 말했다.

"가슴이 답답해지는데 기어이 할라고 하지 마시오. 조금만 이상하다 싶으시면 곧 올라와버리셔요. 오늘만 날 아니고 내일도 날이고 모레도 날인데......"

납덩이 띠를 허리에 감고 머리에 투구를 썼다. 어찌하랴. 내가 이 작업을 열심히 해야 딸을 구할 수 있고 막내한테 아파트를 사줄 수 있다. 물속으로 들어갔다. 납덩이와 잠수 장비가 그의 몸을 가라앉히고 있었다.

바닷물 속에도 등성이와 언덕과 골짜기와 분지 같은 벌판이 있었다. 벌판에 갯벌 밭이 형성되어 있고 그곳에 키조개는 박혀 있었다. 키조개들이 눌눌한 꽃 같은 입을 벌린 채 먹이 사냥을 하고들 있었다. 딸의 그 부드러운 부위에 기다란 주사침을 찌르다니, 죽일 놈들, 죽일 놈들...... 그는 이를 악문 채 키조개를 캐서 그물 자루 속에 넣으며 허 소라의 동화를 외었다.

"총각은 천관산 동쪽의 동백 숲 무성한 골짜기, 서쪽의 상수리나무숲 무성한 골짜기, 남쪽의 너덜겅들과 북편의 절벽들을 누비고 다녔습니다."

입을 벌리고 먹이 사냥을 하고 있던 키조개들은 그의 손이 닿자마자 황급하게 입을 닫고 있었다. 천관여신의 자궁을 조그마하게 축소해 놓는다면 이 키조개의 내부하고 똑 같을 터이다. 천관여신이 여단이 마을 총각에게 가르쳐준 약은 사실상 자기의 자궁 맨살인 것이다. 세상에서 가장 좋은 약은 식물의 꽃이고 동물들의 자궁 맨살이다. 도시 병원에서는 태반을 구해다가 먹는 환자들이 있다고 했다. 이 키조개 패주를 계속 고아 먹으면 딸도 금방 몸이 좋아질 것이다. 그는 부지런히 키조개를 캐서 자루에 담았다.

한 자루를 올려주고 다시 한 자루를 올려주었다. 가슴이 답답해졌지만 참으면서 키조개를 캤다. 오늘 밤에, 아내를 요양병원에 보내 딸을 돌보게 하고, 허 소라를 내 배에 태우고 선유를 하자. 어찌하랴. 딸의 삶은 딸의 삶이고 내 삶은 내 삶이다. 그의 가슴은 우둔거렸고 바닷물 속이 두려워졌다. 나는 내 투구 속으로 공기가 주입되는 호스에 매달려 천관여신의 품속을 헤엄치면서 키조개를 캐고 있다. 사향노루를 찾아 천관산록을 헤매어 다닌 총각은 무슨 줄 끝에 매달려 다녔을까. 사랑하는 처녀를 살려내겠다는 희망의 줄을 목에 걸고 다닌 것이다. 나 또한 딸로 하여금 건강을 회복하게 만들고, 허 소라와 사랑을 나누겠다는 열망으로 시방 이렇게 버티고 있는 것이다.

"절망한 채 고향으로 돌아온 총각은 모래밭에 주저앉아 호수 같은 바다 물결과 먼 데 섬을 속절없이 바라보았습니다. 한데 어디선가 사향노루 암수의 사랑 향기가 날아오고 있었습니다. 총각은 깜짝 놀랐습니다. 이 바다 어디에 연꽃이 피어 있는데, 그 향기가 날아오는 것일까."

"허허 텅텅 허허 텅텅"

같은 반 남자 아이들이 하교 길에 그녀를 뒤따라오면서 놀려댔다. 아이들을 뒤에서 조종하는 것이 영후라는 것을 그녀는 알고 있었다. 그 놀림에는 그녀를 좋아하는 영후의 마음이 담겨 있었다. 그 놀림이 별로 싫지 않았다.

그녀의 쌍둥이 동생 소연이가 그것을 아버지에게 고자질했

고, 아버지는 학교 교장에게로 쫓아가서 그 아이들을 혼내놓으
라고 했다.

이마 한가운데에 검은 사마귀가 있고, 코를 찡긋거리는 버릇
이 있는 5학년 담임선생 천상개비天上開鼻는 가느다란 솜대뿌리
로 만든 회초리 하나를 손에 들고, 30명의 남학생들을 모두 운
동장에 꿇어앉힌 채 두 손을 머리 위로 들어 올리라고 명령했다.

"허 소라를, 단 한 번이라도 놀린 사람은 솔직하게 일어서라.
남자답게 일어서서 참회하면 용서해주겠다. 인간은 누구든지
한 순간 실수를 할 수 있는 법. 인간에게 있어서, '참회'란 가장
위대한 무기이다. 어둠 속에서 환하게 불을 밝히는 것하고 똑
같은 것이다. 참회할 줄 아는 사람은 다시 똑같은 죄를 짓지 않
고 장차 아주 훌륭한 사람이 되는 것이다."

아이들 가운데 누구인가가 낮은 소리로 "우리 천상개비는 비
가 오면 코로 죄다 들어가 버린께 빗물 퍼내는 쬐그만한 표주
박 한 개를 주머니에 넣어갖고 댕긴다고 하더라."하고 말했고,
옆의 아이들이 킥킥거렸다. 천상개비는 아랑곳하지 않고 근엄하
게 아이들 사이를 걸어 다니기만 했다.

4학년과 6학년의 남학생들이 몰려나와서 5학년 남학생들이
벌 받는 것을 구경하고 있었다. 그들 속에서 탁구공처럼 말들이

튀어나와 굴러다녔다.

"집에 돌아감서, '여우야 여우야 뭐하니'하고 노래 부른 것이 어째 나쁘다냐!"

"허허 텅텅이라고 놀려서 그런단다."

"허허 텅텅이 뭣이라냐?"

천상개비는 오른손에 든 회초리로 왼손바닥을 가볍게 토닥 거리며 다그쳤다.

"그 장본인이 누구누구인지 이미 다 알고 있지만, 나는 내 입 으로 호명하지 않고, 그 학생이 솔직하게 일어서기를 기다리겠다."

천상개비가 고개 깊이 떨어뜨린 아이들의 머리를 둘러보았 다. 범인을 색출할 의사가 없었다. 그에게는 이상스러운 데가 있 었다. 빈정거리는 소리를 툭툭 내던졌고, 교무실 안이 쩡쩡 울 리도록 웃어댔다. "후후후후," "화하하하," "흐흐흐흐......" 그의 눈길이 날아오면 아이들은 고개를 깊이 숙였다. 이십분쯤이 흘 렀을 때 영후가 일어섰다. 영후는 구령대 앞에 서 있는 천상개 비 앞으로 갔다.

"영후! 너야?"

천상개비가 영후를 향해 던진 말 속에는 '아니, 착하고 순하 고 말썽 없는 네가 그랬단 말이냐?'하는 뜻이 담겨 있었다. 그

때 그는 눈살을 찌푸리면서 코를 찡긋했는데, 그의 콧구멍에서 나온 콧방귀 같은 어둠이 하늘을 향해 분수처럼 솟구쳤다.

"흠, 흐흐흐....."

영후는 말없이 천상개비에게 등을 보이고 돌아서면서 고개를 떨어뜨리고 바짓가랑이를 걷어 올렸다.

천상개비는 영후 옆으로 다가서면서

"정말로 네가 그랬어?"하고 다짐을 받았다. 영후는 떨리는 목소리로 말했다.

"허 소라를 놀린 아이들한테는 죄가 없습니다. 제가 시켜서 그랬습니다."

"네가 시켰다고?"

영후가 고개를 끄덕거렸다.

"왜 시켰어?"

"그냥 그러고 싶었습니다."

"그냥 그러고 싶었다?"

영후가 고개를 끄덕거렸다. 천상개비가 하늘을 쳐다보며 "허허허허....."하고 웃고 나서 그에게 귀엣말을 했다.

"야아, 이 멋진 놈!...... 그 죄라면 회초리를 몇 대쯤 맞아야 할 것 같으냐?"

영후가 말했다.

"알아서 때리십시오."

"그래 내가 때리고 싶은 대로 때릴 테니까, 지금부터 하나 둘 셋.....하고 세어라."

천상개비의 매듭이 촘촘한 솜대뿌리로 만든 회초리는 아프기로 소문나 있었다. 그 회초리가 하늘을 한 번 크게 그린 다음 휙 소리를 내면서 무서운 속도로 그의 종아리에 떨어졌다. 휙 소리에 놀란 영후가 눈을 힘주어 감고 몸을 움츠렸다. 막상 그의 종아리 살갗은 파리 한 마리가 스쳐 날아가는 것처럼 근질근질할 뿐이었다. 하늘을 커다랗게 그린 회초리 끝이 종아리 근처에 이르렀을 때, 천상개비는 그것이 세차게 닿지 않도록 재빨리 손목에 힘을 주면서 멈춰버린 것이었다.

영후는 더욱 깊이 고개를 떨어뜨렸고, 천상개비는 그의 뒤통수를 쓸어주면서 낮은 목소리로 개구쟁이처럼 말했다.

"이놈 자식! 허 소라가 정말로 이쁘긴 이쁘지? 흐크크크ㅎㅎ
ㅎ...... 그런데, 말이다, 앞으로는 놀리더라도 '허!' 소리만 나게 놀리고, 절대로 텅 소리는 나지 않게 놀려라. 알겠어?"

천상개비는 영후의 어깨를 철썩 쳐주고 나서 다른 아이들을 향해 모두 일어서라고 말했다.

그 일이 있은 뒤부터는 4, 6학년 남학생들까지 가세하여 그녀를 놀리곤 했다.

허 소라는 텅 빈 절 마당 안을, 자기 그림자를 밟으면서 배회하다가 들길로 걸어 나갔다. 허허 텅텅, 그것은 나의 앞날을 예견한 놀림 말이다. 나의 삶은 비어 있다. 허허虛虛와 텅 빔空. 태어날 때부터 몸과 마음이 비어 있었다. 나는 푸른 하늘처럼 드높은 텅 비어 있음에서 왔고 다시 그 텅 비어 있음으로 돌아갈 터이다. 색즉시공 공즉시색色卽是空 空卽是色이 사실은 내 몸에서부터 흘러 나갔다.

바다에는 썰물이 지고 있었다. 여닫이 왕모래밭등과 회색물이 만나는 지점에 서 있는 검은 댕기 두루미가 바야흐로 물속의 먹이 하나를 찍어 올렸다. 두루미의 머리 위에는 갈매기들이 '끼으 끼르으' 선회하고 있었다. 모래밭을 종종걸음 치며 새끼새우를 쪼아 먹는 물떼새들을 쫓다가, 율산 마을 풋 늙은이 소설가의 시들이 늘어서 있는 모래 언덕의 산책로를 걸으면서 그의 시들을 읽었다.

사랑하는 그대여 보았습니까,

안개 낀 봄밤에 별들이 여닫이 바다하고

혼례 치르는 것 보았습니까,

한여름 밤의 보름달이 마녀로 둔갑한

바다와 밤새도록 사랑하고 아침에

창백한 얼굴로 서쪽으로 가며

비틀거리는 것 보았습니까,

늦가을 어느 저녁에 여닫이 바다가

지는 해를 보내기 싫어 소주 한잔에

취하여 피처럼 불타버리던 것 보았습니까,

달도 별도 없는 겨울밤 눈보라 속에서

여닫이 바다가 혼자 외로워 울부짖으며 몸부림치는 것

그대 알아채셨습니까, 여닫이 바다의 몸짓이 사실은

제 마음을 늘 그렇게 표현해주고 있다는 것.

그녀는 그 시에 즉흥적으로 곡을 붙여 흥얼거리며 축제 준비
로 분주한 부두를 거쳐 별장을 향해 가며 그가 한 말을 생각
했다. 아, 시란 무엇인가, 소설은 시를 향해 날아가고, 시는 음
악을 향해 날아가고, 음악은 무용을 향해 날아가고, 무용은

우주의 율동을 향해 날아간다.

영후와 통화가 이루어진 것은 키조개 축제의 전야제를 하는 날 해질 무렵이었다. 그녀가 "나 소라다!"하고 말하자 영후는 "아니! 소라가 어쩐 일이다냐, 잉?"하고 말했다. 흥분하고 있었다.

"나하고 전화 처음 통화한다고 그리 호들갑이야?"

그녀는 목소리를 가라앉히면서 추궁했다.

"아이고, 나한테는 천관 여신인께 그러제이!"

"전야제에 나도 가볼라는데…… 영후도 나올 거지?"

"물론이제이. 송대관이, 태진아, '어머나' 가수를 불러온단다."

"나도 갈 텐께 노래 한 자리 시켜주라."

"우리 허 소라 시인이 노래를 한 자리 하면은 축제가 한층 빛나겠제이. 내가 번영위원장한테 적극 추천을 해야겠다."

"그것은 농담이고, 좌우간에 이따가 나가께 거기서 만나자."

"내가 입구에서 지둘리고 있으께."

그녀는 서로의 사이에 분명한 거리를 두고 살아가는 지혜에 대하여 말해 두고 싶었다.

"너하고 나하고는, 초등학교 동창생 관계 그 이상도 이하도 아닌 사이야. 만나면 허물없이 악수하고, 기회 닿으면 차나 술한 잔씩을 나누거나 밥 한 끼 먹고 담소하는 정도, 그 이상의무엇인가가 있는 것처럼 보여서는 절대로 안 돼. 알겠지? 혼자사는 나한테도 그렇고, 각시하고 사는 너한테도 그렇고."

분명하게 따지고 가려놓지 않으면 견디지 못하는 그것이 그녀의 단단함이고, 혼자 쓸쓸하게 살 수밖에 없는 한계였다. 그녀의 생일은 천칭좌天秤座가 들어 있는 10월이었다. 점성술에서, 균형감각을 가진 하늘의 저울이라고 불리는 천칭좌. 그것이 들어 있는 사람은 어떠한 일에 깊이 기울거나 빠져 들어갔다가도어느 한 순간에 다시 제자리로 돌아와 버리는 것이다. 그녀는그렇게 늘 자기의 기울어져 있는 운명의 저울을 제 자리로 되돌릴 수 있는 장치를 미리 마련해둔 채 살아오고 있었다. 천칭좌의 작용이 그녀를 슬프게 했다. 한번 빠져 들어간 다음에는 되돌아 나오지 못하고 폭 빠져 죽을 수 있었으면 좋겠다고 눈살을 찌푸리는데 영후가 말했다.

"아이고! 그런 걱정은 말고, 이따 저녁에 만나서, 으슥한 데서우리 둘이서만 멋지게 술 한 잔 하자."

깜깜한 밤하늘에서 폭죽이 거듭 터지고 그것이 빨강 파랑

노랑 초록 보라색의 꽃비처럼 흘러내리고 있었다. 무대에서는 광기 어린 음악이 꿍꽝거리고 미희들이 춤을 추고들 있었다. 허소라는 포도주 두 잔을 거듭 마시고, 청바지에 청 점퍼를 걸치고 집을 나섰다. 호주머니에 지갑과 휴대폰을 넣었다. 고향의 출렁거리는 밤바다를 앞에 둔 채 얼근하게 취해보고 싶었다.

이 마을 저 마을 사람이 행사장으로 줄줄이 모여들었다. 줄지어 놓은 의자들에는 사람들이 빼곡하게 들어찼다. 의자를 차지하지 못한 사람들은 뒤쪽에서 선 채로 쇼를 즐겼다. 부두를 에워싼 바다가 출렁거렸다. 그 바다 속에 샛노란 불기둥들이 황룡처럼 몸을 흔들어댔다. 아, 바다 속에 찬란한 빛의 궁전이 있다. 가슴이 수런거렸다. 영후의 배를 타고 그 밤바다 선유를 하고 싶은 충동이 일어났다.

입구에 들어서는데 영후가 기다리고 있다가

"우리 천관여신님! 말만 어벌쩍하게 해놓고 안 나올 줄 알고 조마조마했는디…… 자 이리로 나 따라온나."하고 그녀를 안내하려 했다. 그녀는 손사래를 치고 말했다.

"나 니 배 한 번 타고 싶다."

"시방?"

그가 눈을 치켜떴다. 그녀가 고개를 끄덕거리자 그는

"아이고 좋네! 그것이 진짜로 기막히게 낭만적이겠구만 그래, 잉? ㅎㅎㅎㅎ……"하면서 제이부두를 향해 앞장서서 걸었다. 그녀는 그의 뒤를 따르면서 생각했다. '사랑하다가 죽어버리라'는 말, 그것은 저주가 아니다. 축복이다.

그의 쾌속선은 제이 부두 안쪽에 정박해 있었다. 그는 그녀의 손을 잡아끌어 갑판 위에 올려놓고 고물船尾에 묶여 있는 줄을 풀었다. 그는 뜻밖에 횡재한 것을 싣고 먼 곳으로 도망질치는 듯 가슴이 우둔거렸다. 그녀를 선장실 안으로 안내했다. 노란 비닐장판 깔린 간이침대 위에 그녀를 앉혀놓고 시동을 걸었다.

부두에서 누구인가가 그의 배를 향해 무어라고 소리를 질렀지만 그는 아랑곳하지 않고 배를 바다 한가운데로 몰았다. 자동차 엔진을 장착한 그의 쾌속선은, 암내 낸 소를 향해 달려가는 황소처럼 부우웅 소리를 지르고 나아갔다. 그가 소리쳐 말했다.

"야아! 허허 텅텅! 내일 틀림없이 해가 서쪽에서 뜰 끼이다!"

침대 바닥에 앉아 있던 그녀는 몸을 일으키고 그의 옆으로 가서 등을 철썩 때렸다. '허허 텅텅'이란 말이 박하사탕 맛처럼 그녀의 가슴을 화끈 달게 했다.

"뭔 귀신이 씌었다냐! 시방 이것이 꿈은 아니겄제잉!"

그는 거듭 헛웃음을 쳤다. 배는 비행기 소리를 내며 질주했다. 파도를 들이받아 으깨어 뭉개고 갈라 헤치면서 나아가느라고 껑충껑충 뛰었다. 뱃머리 앞쪽에 황금 보석 같은 가로등 불들이 반짝거렸다. 그것은, 바다 한가운데에 날아가는 두루미 모양새를 하고 떠 있는 득량도 마을 외등들이었다. 그녀는 어질어질했다.

"밤바다 선유가 이렇게 신날 줄 몰랐다이!"

"야아, 허허 텅텅!"

그는 배를 갈지之자로 몰면서 탄성을 섞어 말했다.

"나는 허 소라가 이렇게까지 멋진 가시낸지 몰랐다이!"

"영후야, 내 팔자가 어째서 요 모양 요 꼴로 텅텅 비어버렸는지 아냐? 니가 '허허 텅텅'이라고 놀려대서 그래."

"니 신세가 텅텅 비었은께 시방 니가 내 배를 타고 있는 것이제…… 꽉 차 있으면 어림 반 푼도 없었지잉."

그들은 초등학교시절로 돌아가 있었다. 그녀는 대박을 잡은 듯 웃어대는 그의 옆얼굴을 보면서 양주 한 병을 가지고 올 것을 그랬다고 후회했다.

"영후, 배 돌려라."

"왜에?"

"어느 횟집으로 가서 회 한 접시하고 소주 두 병만 사 가지고 나오자. 선유하면서 한 잔 하게."

"그것은 걱정 말아라. 배 안에 소주도 있고, 전지불도 있고,……"

"맨 입에 어떻게 쌩 소주만 마시냐!"

"득량만 바다 밑바닥에 지천으로 깔려 있는 것이 횟감이다이."

배는 새까만 어둠 속에서 커다란 맴을 그리며 돌다가 그의 키조개 양식장으로 나아갔다.

"글 쓰고 사는 너한테, 나 키조개 캐고 사는 것 진즉 한 번 보여 주고, 직접 그것을 현장에서 까 가지고 패주 맛을 보여주고 싶었는디…… 오늘 밤 그 소원을 풀게 생겼다이."

"시방 이런 깜깜한 밤에도 물속에 들어가서 키조개를 캐가지고 나올 수 있냐?"

"밤에 물속 비치는 전지 불이 있다. 우리 둘이서 먹을 만큼 캐가지고 올라오는 것, 한 십 분쯤이면 넉넉하다."

엔진을 끄고 배를 정박시켰다. 전지불을 밝히고, 공기 주입 기계를 작동시킨 다음 모자와 옷을 벗어 던지고 잠수복을 입고 투구를 썼다. 그녀는 거대한 남근을 떠올렸다. 저 영후의 몸뚱이가 남근이라면, 이 바다는 천관여신의 여근이다. 아니, 잠수복 입은 영후의 몸뚱이가 한 마리의 정자다. 투구에 달려 있는 공기 주입 호스는 정자의 꼬리이다.

"내 투구에 달린 호스 꼬이는지 잘 지켜보고 있어라이. 만일에 꼬여서 공기 안 들어오면 나 영영 용궁 사람 돼버릴 것인께."

그가 농담 반 진담 반으로 말했고, 그녀는 진저리를 치면서 말했다.

"야, 나 겁난다. 너 물속에 들어가지 말고,...... 우리 그냥 선유만 하다가 들어가자. 이렇게 깜깜한 밤에 너 바다 속에 들어가는 것 위험하지 않으냐? 오늘 밤에 꼭 이렇게 키조개를 캐가지고 나와야 하겠어? 그냥 축제장에 가서 키조개 살에다가 한 잔 하자."

"니가 쓴 책 속에 들어 있는 총각은, 사랑하는 처녀 살려낼라고, 이런 잠수투구도 안 쓰고 목숨을 걸고 들어갔는디, 나는 거기 비하면 얼마나 행운이냐? 걱정 마라. 오늘 밤에 허허 텅텅하고 단 둘이 나와서, 내 손으로 직접 키조개 캐갖고 소주 한 잔 하는 것, 얼마나 낭만적이냐? 나 시방 환장하게 기분이 좋다, 흐흐흐흐......"

그녀는 더 말릴 수 없었다.

그는 오리발을 신은 다음, 납덩이가 줄줄이 달린 띠를 허리에 두르고, 수중용 전지불을 켜들고, 그물 자루를 팔목에 걸고 바닷물로 들어갔다. 그의 투구에 달린 공기 주입 호스가 주르르 풀리고 있었다. 그녀는 그녀의 자궁 속으로 무엇인가 거대한 것이 들어오고 있는 듯싶어 진저리를 쳤다.

파도는 달려와서 뱃전을 두들겨대고 갑판 위의 공기주입 기계는 치잉 치잉 하고, 심장의 박동 같은 소리를 내며 돌아갔다. 만일 호스가 꼬인다든지, 공기 주입 기계가 멈추어버린다든지, 그의 심장이나 뇌혈관이 수압을 견디지 못하고 문득 터져버린다든지…… 그리하여 그가 시체로 떠오른다면 어찌할까. 등줄기와 겨드랑이에서 귀뚜라미소리 같은 전율이 일어났다. 온몸의 살갗에 소름이 돋았다. 일 분 이분 삼분 사분 오분이 지나갔다. 흘러가는 한 순간 한 순간이 그녀의 가슴을 움츠러들게 했다.

잠수복 입은 영후를 삼킨 새까만 바다의 수면은 여느 수면이나 다름없이 출렁거렸다. 그녀는 자기의 남자 복福을 생각했다. 이복 오랍과 아버지와 남편이 일찍 죽어간 것은 나에게 남자 복이 없기 때문이다. 내 속에 들어 있는 살煞 때문이다. 그 살로 인해서, 나에게 잘하려고 드는 영후마저 마찬가지로 죽어가는 것 아닐까.

포구의 축제장에서는 쿵쾅쿵쾅 음악이 들려오고 있었다. 사랑해서 미안해 사랑해서 미안해, 하고 노래하고 있었다.

이윽고 검은 물결 속에서 잠수투구가 불끈 솟아올랐다. 그녀는 후유 하고 안도의 숨을 쉬었다. 영후는 키조개 담긴 그물자루를 갑판으로 올려놓고 기어 올라왔다. 그녀가 그의 손을 끌어올려주었다.

그가 투구와 잠수복을 벗어 던지고 키조개를 까기 시작했다. 그녀가 전지 불을 들고 껍질 벗어 던진 키조개의 알몸을 비쳐주었다. 란제리의 레이스 같은 주름을 벗겨내자 여성의 성기 같은 조개의 몸이 드러났다. 그녀의 연꽃에서 전율이 일어나 전신으로 퍼져갔다. 후두두 몸을 떨었다. 온몸을 감싸는 찬바람으로 인해 체온이 급격히 떨어지고 있었다.

그가 말했다.

"야, 허허 텅텅, 너 얼어 죽는다. 얼른 선실 안으로 들어가 있어라. 거기 가면 담요가 있으니까 둘러쓰고 있어. 나 금방 이것까지고 가께."

그녀가 말했다.

"걱정 말고 까기나 해라. 참을 만하니까."

그는 장기짝 같은 패주들만 남기고 개아지살을 껍질과 함께 버렸다. 물 한 바가지를 떠서 패주를 씻은 다음 도마에 모로 놓고 칼로 썰었다.

　"자아, 됐다아!"

　허 소라는 다시 몸을 떨었다.

　"바다에는 사계절이 없어. 밤이면 겨울옷이 있어야 하는디 니 옷이 시방 너무 얇다."

　그는 서둘러 키조개 회 놓인 도마를 들고 앞장서서 선실 안으로 들어갔다. 전지불을 든 그녀가 뒤따라갔다. 선실은 한 평쯤의 넓이였다.

　"야 너, 이 담요 둘러쓰고 있어라. 어떤 짭짤한 남자 냄새가 날 것이다. 작업하고 나와서 갑자기 추워지면 뒤집어쓰고 몸 녹이는 담요다."

　영후는 그녀에게서 전지불을 빼앗아 벽에 걸어놓고, 그녀를 침상 위로 밀어 올렸다. 그녀가 침상 안쪽에 앉자, 그녀의 등에 담요를 씌워주고, 무릎 앞에다 도마를 놓고 소주병 종이술잔 물병 초장통 된장통 마늘통 들을 꺼내 놓았다.

　그는 솜 놓은 점퍼를 걸치고 침상 앞에다가 물통을 놓고 걸터앉았다. 젓가락 한 쌍을 그녀 손에 잡혀주고 소주병 마개를 터서 종이 잔에 따라 내밀었다. 자기도 한 잔을 집어 들었다.

"우리 참말로 멋진 데이트한다. 자, 건배하자, 짱!"

그녀는 말없이 잔을 들어 그의 잔에 가져다 댔다. 단숨에 들이켜고 키조개 패주 살 한 점을 초장에 찍어 먹었다. 부드러운 살이 혀끝에서 살살 녹고 있었다. 그녀의 몸이 술을 당겼다. 취기가 오름에 따라 따지고 가리는 성정은 시들어지고, 피를 좋아하는 암컷 늑대의 포식捕食 감각이 활성화되고 있었다.

쾌속선은 달려온 검은 파도에 몸을 맡긴 채 흔들리면서 꾸벅꾸벅 졸고 있었다. 그녀는 그 흔들림에 몸을 맡겼다. 그 흔들림으로 인한 가벼운 어지러움과 소주 몇 잔의 취기가 한 데 어우러졌다. 취하여 눈앞이 아득해지면 소인국에 온 거인이 된다.

"야, 너 술이 아주 쌘 모양이다야!"

영후가 감탄하면서 그녀의 종이 잔에 술을 거듭 채워주었다.

"우리 멋쟁이 아부지 닮아서. 보통 때 얼근해가지고 여기저기 헤매는 것, 배창자가 오그라지도록 소리쳐 노래하고 춤추는 것이 내 취미다. 세상은, 그때그때 기분에 따라서 슬퍼질 수도, 또 얼마든지 기뻐질 수도 있는 것이야."

"에이, 니가 그런 사람이라는 것을 진즉 알았어야 하는 것인디……"

316

그가 그녀와 눈길을 마주치며 안타까워했다. 그 눈길은 그녀가 인색하지 않고 푸지게 주는 여자이기를 바라고 있었다. 그녀는 꽥 소리쳐 말했다.

"야, 이 자식, 삼년 굶주린 귀신같은 비굴한 눈 하고 있지 말고, 호쾌하게 마셔라."

그녀는 그의 잔에 술을 따라주고 자기의 잔을 높이 들어올렸다. 잔을 부딪치고 술을 들이켰다. 소주 두 병을 다 비웠다.

"야, 술 더 없냐?"

"득량만 바다 물이 마를지언정 우리 배에는 술이 안 말라진다!"

그녀가 조소 어린 소리로 고백했다.

"나는 말이다, 가끔 겁 없이 돈을 잃어주는 노름판 노름쟁이가 되고 싶을 때가 있어. 정말로 한량없이 멋진 어떤 놈이 나타나서, 둘이 가지고 있는 모든 것, 재산 몸뚱이 영혼을 몽땅 걸어놓고 내기 화투를 한번 치자고 하면, 앞뒤 안 가리지 않고 한번 붙어버리고 싶어. 늙바탕에 든 파우스트가 악마하고 자기 영혼을 담보해 놓고 화투를 쳐가지고, 다시 한 생을 살면서 꽈당꽈당 부셔대기도 하고 이어차 이어차 건설하기도 했듯이. 그런데 나는 아직 그런 내기 도박할만한 멋진 악마놈을 못 만났어."

"이 영후가 그런 놈이라고 가정하고 한바탕 붙어봐라. 상대
가 너라면, 나도 눈 딱 감고 달광 솔광 사쿠라광 비광 똥광 청
단 홍단 초시마 풍시마 비시마 약 있는 대로 쏵 긁어 가게 얼마
든지 놀아 주께."

그녀는 술기운이 오르자 설레는 가슴을 주체할 수 없었다.
그녀의 속에 숨어 있던 암컷 늑대 도깨비가 기어 나오고 있었
다. 넝마 같은 치맛자락을 걷어 올려 허리띠에 찌른 채 윗도리
를 활랑 벗어 던지고 유방을 통째로 내 놓은 채, '돈 나와라 뚝
딱 하면 나오고, 잡아먹을 똥개 한 마리 나와라 뚝딱 하면 나
오고, 잠깐 보듬고 즐길 씩씩한 놈 나와라 뚝딱 하면 나오는
뿔 달린 부자방망이'를 든 암컷 도깨비. 바닷바람과 파도만 씹
어 먹고 자란 도깨비처럼 허풍스럽고 거칠어진 그녀가 그를 향
해 소리쳤다.

"야, 영후 너, 참말로 이 암 도깨비 같은 년하고 사랑 화투를
쳐가지고, 알탕은 하나도 못 끌어들이고, 흑싸리, 홍싸리, 난
초, 비, 똥, 솔.... 껍데기들만 끌어들인 신세가 되어뿌러도 좋단
말이야? 나 무지무지 나쁜 사기꾼 마녀인데? 내 자궁은 천관여
신의 자궁보다 더 크고 뜨겁고 음침하고 질척거리고 한량없이

드넓은데? 이 쾌속선, 이 키조개 양식장, 니 몸뚱이, 니 영혼, 니 통장에 들어 있는 보상금 1억 원...... 몽땅 내 자궁 속에다가 처넣어도 좋단 말이냐잉?"

"허허 텅텅, 얼마든지! 얼마든지 좋다! 흐흐흐흐, 그런디 말이여, 우리 동네 화투판에서는, 만약에, 알탕을 단 한 개도 못 가져가고 껍닥들만 몽땅 쓸어 간 사람한테는 옆에 있는 꾼들이 각자가 따 가지고 있는 알탕들을 전부 가져다가 주는 규약도 있는디 어쩔테냐!"

"야, 그거 기막힌 노름판 규약이다잉. 그 노름 나하고 한번 붙어보자."

그녀는 몸을 일으켰다. 그를 얼싸안은 채 춤을 추기에는 선실 안이 너무 좁았다. 그의 손을 이끌고 갑판으로 나갔다. 갑판도 또한 좁았다. 그녀의 속마음을 알아챈 그가 작업용 바지선의 밧줄을 잡아 당겼다. 바지선이 다가오자 그녀를 그리로 먼저 내려서게 한 다음 그가 뒤따라 뛰어내렸다.

가지색 밤하늘에 초롱초롱 매달려 있는 샛노랗고 빨갛고 푸른 별떨기들이 우르르 쏟아지고 있었다. 그녀는 격정적으로 노래하는 가수의 배경 춤을 추는 여자처럼 두 팔을 십자로 벌리고 난간 없는 바지선 안을 휘돌아다녔다. 쏟아지는 별들을 두 손바닥으로, 가슴으로, 입으로 받아 들이켰다. 그는 그녀가 혹시 발을 헛디디고 검은 바닷물로 떨어질까 두려워 그녀의 뒤를 따라다녔다. 그녀는 어지럼증을 느끼고 바지선 가장자리에서 비틀거리다가 허물어지듯이 쓰러졌다. 그는 그녀가 물로 떨어지는 것을 막기 위하여 두 손으로 그녀를 붙잡았다. 그녀가 그를 얼싸안았다. 그리고 잠꼬대 하듯 물었다.

"느그 각시 시방 그것 있냐?"

그가 "그것이라니?"하고 물었고, 그녀가 짜증스럽게 "붉은 이슬 말이야."하고 설명했다. "아, 그것! 어허허허……" 그가 그녀의 옆구리에 얼굴을 묻으면서 웃어댔다.

"나는 시방도 그것 한다. 그것은 내가 아직 사랑하다가 죽어버릴 수 있는 자격과 권리가 있다는 거야."

그는 먼 바다에서 달려온 파도의 머리에 받쳐 흔들리는 바지선 갑판 위로 우수수 쏟아지는 별 떨기들을 쳐다보면서 "으흐흐흐……"하고 웃어댔다.

그녀가 말을 이었다.

"너 시방 나하고 사랑할 수 있어? 할 수 있으면 해봐라!"

그녀는 부라우스 자락을 걷어 올려 주었다. 그녀의 하얀 가슴이 별빛 속에 드러났다. "여기서?" "그래." 그가 "으흐흐흐"하고 웃으면서 오소소 몸을 떨었다. 그녀가 소리쳐 말했다. "영후, 너 이 자식, 물 무섬증 있지? 하루 수 십 차례씩 물속 들랑거리는 잠수부란 자식이 물 무섬증이 있으면 어떻게 해?"

그는 그녀를 안은 채 "흐크크크……"하고 웃었다.

"비겁한 자식, 너 시방, 1억짜리 통장 움켜쥔 채 내 자궁 속에 빠져 죽을까봐 겁내고 있지? 사랑하다가 죽어버릴 줄도 모르는 이 멍청이 바보!"

"으흐흐흐흐……" 그의 웃음은 끝없이 흘러나왔다. 그녀가 문득 나무꾼에게 붙잡힌 새끼 암노루처럼 노래 부르기 시작했다.

"여우야, 여우야 뭣하니? 소라 먹는다. 어떻게 먹니? 알탕은 까먹고 껍데기는 버린다." 그가 이어 불렀다. "허허허 텅텅! 허허 텅텅!" 그녀가 말했다. "너, 바보 멍청이 같은 그 머리로, 어떻게, 앞에 몰고 댕기는 아이들한테 나를 놀리라고 시켰었냐?"

그가 말했다. "그때 니가 입고 있던 개나리꽃 같은 원피스 자락 밑으로 드러난 빤쓰 스타킹 때문에. 니가 먼지털이 거꾸로 잡고 청소 감독했을 때 나는 니 빤쓰만 훔쳐봤더니라." "야, 이 발칙한 악동!" "흐크크크……" 그 웃음이 끄억끄억 울음으로 바뀌고 있었다.

그녀는 학교에 오가는 길에 남자 아이들에게서 놀림 당하는

것을 내심 즐겼었다. "그래, 이 엉큼한 여우야, 그렇게도 까먹고
싶던 그 소라, 시방 까먹어라. 얼마든지 시방 당장 까먹어 봐!"

그에게 안겨 있는 윗몸을 외틀면서 바싹 들이밀었다. 그는
으흑으흑 울어대기만 할뿐 감히 그녀와 더불어 사랑할 엄두를
내지 못했다. "왜 그러고 있어! 내가 무섭니?" 그가 울면서 그녀
를 끌어안았다. "바보 멍청이 모질이!" 하면서 그녀가 그의 팔을
젖히고 몸을 일으켰다. 춤을 추었다.

부두의 축제장에서 쿵작거리는 음악이 파도 소리에 묻혔다
가 고개를 쳐들었다가 했다. 그녀는 그 음악과 파도의 율동에
맞추어 광란하듯이 춤을 추었다. 바지선 가장자리를 디디고 다
니는 그녀는 여차 하면 물로 떨어질 것이었다. 밀물로 인해 소용
돌이치면서 흐르는 물속으로 떨어지면 건져 올릴 수 없고 수장
되고 말 터이다. 그가 뒤쫓아 가서 그녀를 붙잡았다. 그녀가 돌
아서면서 그를 끌어안았다. 그는 그녀의 몸을 번쩍 들어 안아
들었다. 그녀의 몸은 물새처럼 작아져 있었다. 그는 그녀를 보듬
고 쾌속선으로 건너가면서 그녀의 동화 한 대목을 외었다.

"총각은 키조개 패주를 솥에 넣고 끓였습니다. 솥 안에 옥색
국물이 보얗게 울어났습니다. 그는 바리데기가 서역에서 가져온
생명수를 먹이듯이 그 국물을 사랑하는 여인에게 먹였습니다."

선실 안으로 들어갈 때까지 그녀는 그의 목을 끌어안은 채 눈을 감았다. 침대에 눕히고 담요를 덮어주고 그도 담요 안으로 들어갔다. 그녀는 그의 얼굴을 끌어안았다. 그는 얼굴을 그녀의 가슴에 묻었다.

"내가 무섭니?" 그녀가 속삭이듯이 물었다. 그는 기어들어가는 소리로 말했다.

"그래, 무섭다!"

사실 그랬다. 그녀에게서 바야흐로 꺾은 오이냄새가 나고, 그 상처 입은 오이의 살갗에서 흐르는 진물 같은 것이 그의 살갗에 닿았을 때 그는 진저리를 쳤다. 그의 품에 얼굴을 묻고 으헉으헉 울어대던 딸의 눈물과, 주사침에 찔린 딸의 속살이 흘렸을 진물이 떠올랐다.

그녀가 달래듯이 말했다. "무서워하지 마라. 나 둔갑한 여우 아니다. 나 그냥 보통 여자야. 손에 흙이나 갯벌 안 묻히고 살기는 했지만, 아이 둘 낳아 키운, 느그 각시하고 똑 같은 여자야."

그는 그녀의 가슴에 얼굴을 묻은 채 으헉으헉 하고 울기만 했다.

내 품 속에 얼굴을 묻은 채 왜 바보같이 운단 말인가. 평생 그리워하여 온 나를 다 주려고 했는데...... 그녀는 서글퍼 하면서 그의 머리를 두 팔로 끌어안았다. 우는 아이를 달래는 어머니처럼.

그는 퉁명스럽게 "나 바보 멍청이 같지야?"하고 나서 다시 울었다.

그녀는 그의 머리를 끌어안은 채 "알았다. 알았어."하고 중얼거렸다. 이 남자가 나를 무서워하는 것은, 나의 몸에서 바다 냄새가 나지 않은 때문일 터이다. 바다 냄새가 나게 하려면 어떻게 해야 할까. 무른 갯벌에 들어가 조개를 캐기도 하고 낙지를 잡기도하며 살아야 한다.

그때 그가 말했다.

"소라야, 나 우리 딸이 불쌍해서 죽겠다."

"딸이 왜?"

그가 딸이 당한 일을 이야기했다.

전신 마취 시키고 질의 벽에서 난소를 향해 지름 2.5밀리 굵기의 기다란 주사바늘을 찔러 넣어 난자를 채취한 결과 패인이 되어 있는 딸의 이야기를 듣는 순간 그녀는 술이 말갛게 깨어버렸고 분노로 인해 온몸에 전율이 일어났다.

"그런 지옥에 갈 것들!"

오월의 찬란한 햇살이 쏟아지는 축제장에 사람들이 몰려들었다.

확성기에서는 쿵착쿵착 음악이 흘러나왔다. 바다 수면이 햇살을 되쏘았다. 바다에 사는 모든 고기떼들이 수면으로 올라와서 춤을 추는 듯싶었다. 달려온 부룩송아지 같은 파도들이 부두를 들이받고 하얗게 부서졌다. 은모래 밭으로 달려온 파도들은 재주를 넘으며 아우성쳤다.

흰 몽골 천막 속에는 관광차 타고 온 사람들이 키조개 안주에다 소주를 마시고들 있었다. 고운 한복차림을 한 부녀회원들은 오른 손에 키조개 패주 회 접시를 들고 왼손에 술병을 든 채음악에 맞추어 엉덩이를 흔들면서 걸었다. 고개를 까딱거리기도 하고 어깨를 움직거리기도 했다. 그들은 소주나 맥주 한두 잔씩을 마신 까닭으로 얼굴이 불그레해 있었다. 심부름하는 아낙들만 그러는 것이 아니고, 손님을 맞아다가 빈자리에 앉히는 남자들도, 몽골 천막 자락도, 축제장 바닥도, 하늘도, 구름도, 바닷물도 음악에 맞추어 들썽거리고 있었다.

영후는 간밤의 일이 꿈만 같았다. 허 소라의 가슴에 얼굴을 묻은 채 울어버린 스스로가 얄미워 견딜 수 없었다. 바보, 멍청이, 하면서 혀를 아프게 깨물었다. 그러다가, 아니야, 잘 한 일이

325

었어, 하고 중얼거렸다. 그 황홀하면서도 슬픈 꿈같은 일을 누구에게인가 자랑하고 싶었다. "나 횡재를 했네. 간밤에 우리 양식장에서 고래보다 더 큰 키조개를 캤네."

"콩밭 매는 아가씨야,"하고 그의 휴대전화가 울었다. 폴더를 열자 허 소라의 목소리가 흘러나왔다. 백합골짜기의 주차장에 물새처럼 흰 승용차 한 대가 엎드려 있었다.

"영후야, 오늘 내 딸한테 봉사 좀 해라. 무용과 다니는 친구 둘이하고 와 있는데, 선유를 하고 싶단다. 데리고 나가, 바다 율동 좀 가르쳐 주고, 그 아이들 보는 앞에서 키조개 캐가지고 소주 한 잔씩 멕여라. 그 아이들 멋진 술꾼들이다."

가슴 한복판으로 쌍무지개가 날아들었다. 그는 백합골짜기의 별장을 향해 "그래! 당장에 나오라고 그래라. 너도 함께 올 것이냐?"

하고 소리쳐 말했다.

"나는 지금 아랫목으로 키조개 캐기 시합하러 갈 참이다."

"안 돼. 그건 위험해. 키조개 껍질에 발바닥 찔린다. 아랫도리를 다 시커먼 갯벌 물속에 담그고 두 발 두 손으로 무른 갯벌 바닥을 더듬어야 하니까 입은 옷 다 망치게 되고 온몸 다 젖어 버린다. 천사 같고 천관여신 같은 너는 그 시합 나가면 안 돼."

"다 망칠 각오하고 나가야지. 어젯밤 돌아와서 생각 많이 해 봤는데, 갯벌냄새 나는 소설을 쓰려면 내 몸에서 먼저 갯벌 냄새가 나야 할 것 같다. 그러려면 아랫목 무른 갯벌 물에다가 몸을 한 번쯤은 담가봐야 한다."

"아니, 너 키조개 캐는 시합이 얼마나 춥고 힘든 것인지 알고 덤비는 것이냐? 이 근동 갯바닥에서 막살아온 아주머니들이나 외지에서 온 청년들을 위해서 마련한 시합인디...... 너는 참말로 안 돼."

"걱정 마라. 나 어려서 아주머니들이 깊은 갯벌 물에 들어가서 그것 캐는 것 많이 봤다."

그는 여신처럼 신성하고 깨끗한 허 소라의 아랫몸이 갯벌 물에 절여질 일을 생각하니 안쓰러워 견딜 수 없었다. 그렇지만, 깊은 갯벌 물속에 몸을 담그고 키조개 캐는 체험을 해보아야 좋은 글을 쓸 수 있겠다고 하니 더 어떻게 말리겠는가.

"아따, 그 소설이란 것이 대관절 뭣이관디...... 이 가시내 참말로 못 말리것네이!"

"나 상관하지 말고, 우리 아이들한테 배나 멋지게 태워주고, 키조개 패주 살 넉넉하게 멕여줘라."

"그것은 염려 말고,...... 너, 키조개 캐기 시합 나갈라면, 양말

327

두 켤레 포개 신은 다음에, 그 위에다가 팬티스타킹 신어라. 그래야 보드라운 발바닥 안 찢어질 것이다잉."

"팬티스타킹은 없다. 청바지 입은 채로 들어갈란다...... 너 깜짝 놀랄 일 하나 생겼다. 지난 새벽녘에 깨가지고, 엎치락뒤치락하다가, 니 딸한테 기막히게 좋은 약하고 물리치료 방법하고를 생각해 놓았다. 내 처방대로 하면 니 딸 거짓말같이 좋아질 것이다."

"무슨 약 무슨 치료 방법인디 그래?"

"이따가 이야기 해주마."

이젠 허 소라의 몸에서 덜 익은 오이 냄새가 사라지고 바다 냄새가 나게 될 것이라고 생각하며 그녀의 동화 끝 대목을 외었다.

"총각은 백련 꽃송이처럼 싱싱해진 그 처녀와 저녁노을이 불처럼 타오르는 때에 화촉을 밝혔고, 아들 딸 낳아 키우고 가르치며 알콩달콩 행복하게 잘 살았습니다."

키조개 캐기 시합에 참가하기 위해 백합골 연안의 자갈밭으로 모여든 사람들은 20여 명인데 반 이상이 인근 마을의 5, 6십대 7십대 아낙들이었다. 그들은 어린 시절부터 아랫목의 깊은 갯벌 물에 들어가 키조개를 캐본 선수들이었다. 그들 속에 허 소라가 들어 있었다.

대부분의 참가자들은 망쳐도 좋은 일복이나 방수복을 입고 있었다. 다만 두 사람이 가슴까지 덮는 고무장화 바지를 입고 있었고, 네 사람은 수영복 차림을 하고 있었다.

허 소라는 청바지에 청 점퍼를 입고 캡을 깊이 눌러 쓰고 색 안경을 끼고 있었다. 발에는 새 양말을 두 켤레나 겹쳐 신었다.

자갈밭 한복판에 남녀의 탈의와 간단한 사워를 위한 몽골 천막 둘이 마련되어 있었다. 그 옆에 장작불을 활활 피워 놓 았다.

모래밭과 동쪽 부두에는 구경꾼들 2백여 명이 우글거렸다.

붉은 채양 달린 흰 모자를 쓴 판정관은 5사람이었다. 작달 막하고 얼굴 거무튀튀한 판정관이 핸드마이크를 이용하여 시 합 규정을 설명했다.

"시합장은 저 아래 갯벌 밭 아래쪽에 붉은 깃발로 표시해 놓 았습니다. 저 네모 밭 안에서만 캐야지 다른 곳으로 가면 무효 입니다. 다른 조개는 필요 없고 오직 키조개만 잡아와야 합니 다. 많이 잡은 사람 순서에 따라서 등위를 결정합니다. 일등 한 사람에게는 농협 상품권 백만 원짜리, 이등 두 사람에게는 각기 5십만 원짜리, 삼등 다섯 사람에게는 각기 십만 원짜리 상을 주고, 등외 참여자에게는 모두 참가 상을 드립니다. 또 그리고 제일 큰 놈을 잡은 사람에게는 특별상 십만 원짜리를 드립니다."

키 호리호리하고 얼굴 세모꼴인 판정관이 주의 사항을 말했다.

"우리가 세세히 살피겠습니다만, 둘이나 셋이서 짜고 각자가 잡은 것을 어느 한 사람에게 모아줌으로써 상을 받게 하는 일이 발각되면 무조건 자격을 박탈하고 퇴장을 시킵니다."

오동통한 몸매의 보건소 여직원이 구급약 상자를 들어 보이면서 말했다.

"혹시 발이나 손에 상처를 입으면 곧바로 나와서 저에게 치료를 받으시고, 그리고 물에 들어갔다가 나온 즉시 이 장작불로 와서 몸을 녹이고 샤워실에서 샤워를 하고 탈의실에서 옷을 갈아입으시기 바랍니다."

키 작달막한 판정관이

"시간은 20분간입니다. 자 시작하십시오."하고나서 호르루기를 획 불었다.

참가자들은 키가 호리호리한 판정관이 나누어주는 그물자

루 한 개씩을 손에 들고 갯벌 밭으로 들어갔다. 키조개 채취할 구역을 표시하는 붉은 깃발들이 바람에 펄럭거렸다. 그곳은 회색 바닷물이 찰랑거렸다. 키 큰 사람은 무릎이 잠기고 키 작은 사람은 허리가 잠기는 깊이였다. 큰 것을 캐고자 하는 사람들은 가슴이 잠기는 곳까지 내려갔다.

허 소라는 맨 뒤에 처져서 들어갔다. 점착력 많은 차진 갯벌 속으로 발이 깊이 빠져들 때마다 진저리 같은 쾌감이 느껴졌다. 가끔씩, 갯벌 속에 들어 있는 깨진 조개껍질의 모서리가 발바닥을 아프게 자극했고 그때마다 온몸에 전율이 일어났다. 깊이 빨아들이는 갯벌의 흡인력과 살갗을 쏘는 듯한 자극이 그녀의 가슴을 달뜨게 했다. 이 갯벌은 자기를 밟는 발로 인해 어떤 쾌락인가를 즐기고 있을 거라고 생각하면서 간밤 영후가 하던 말을 떠올렸다.

"……너한테서는 덜 익은 오이 냄새가 난다."

발바닥이 따끔거리는 것을 무릅쓰고 나아가면서 생각했다. 진즉 갯벌 밭엘 들어와 조개를 잡아볼 것을 그랬다. 덜 익은 오이 냄새 나는 몸과 마음으로 어떻게 바다 이야기를 쓸 수 있는가.

무른 갯벌 속으로 발목이 빠져 들어갔다. 더 아래쪽으로 가자 정강이까지 빠졌다. 물 아래쪽으로 갈수록 갯벌은 더욱 차지고 물렀다. 차진 갯벌에 한번 깊이 빠진 발은 빼내기가 힘들 지경이었다. 그 발을 빼서 옮길 때면, 다리와 허벅지와 사타구니와 엉덩이와 오금이 뻐근해지곤 했다.

사람들은 키조개를 발끝으로 찾은 다음 허리를 굽히고 두 손으로 캐 올려서 그물 자루 안에 담고들 있었다. 허 소라는 천천히 깊은 물속으로 들어갔다. 종아리와 허벅다리가 잠기고 허리가 잠겼다. 잿빛 바닷물이 청바지 자락 속으로 기어들어왔다. 엉덩이와 사타구니와 연꽃을 파고들면서 자극했다. 지그시 누르는 수압과 짭짤한 소금기로 인한 아리고 쓰린 감촉이 온몸으로 퍼졌다. 가슴이 후들거리고 얼굴이 상기되었다. 그래 이렇게 이 바다에 몸이 모두 젖어야 한다. 천관여신의 자궁인 이 바다의 짭짤한 소금기가 내 몸 속에 스며들어야 한다. 소금기 어린 미역 향기와 갯벌 냄새로 인해 덜 익은 오이냄새가 사라져야 한다. 그래야 내가 이 바다를 확실하게 글로 승화시킬 수 있다. 가슴이 잠기는 깊이까지 나아갔다. 짭짤한 바닷물이 유방과 겨드랑이를 감쌌다.

"위험한께 붉은 깃발 밖으로 나가지 마시오." 판정관의 목소리가 들려왔다.

그녀는 판정관에게 손을 들어주면서 아리고 쓰린 물결의 애무를 즐겼다. 심호흡을 거듭하면서 발끝에 신경을 집중시켰다. 천천히 발을 옮기는데 따끔하게 자극하는 것이 있었다. 키조개다. 오른 발끝을 밑으로 넣어 확인한 다음 허리를 굽히고 한 손으로 캐냈다. 그러느라고 머리가 물 속에 잠겼다. 어푸, 하면서 무른 갯벌을 뒤집어쓴 비둘기색깔의 키조개를 그물 자루 속에 넣었다. 내가 가장 큰 키조개를 캐서 특별상을 받게 되지 않을까.

다시 발끝으로 키조개를 더듬어 찾은 다음 자맥질하듯이 머리를 숙이고 캤다. 잿빛의 갯벌 물은 청바지와 청 점퍼 자락 속으로 기어들어와 그녀의 몸을 희롱하고 있었다. 이 바다는 마녀이다. 갯벌 물속에 몸을 담그는 일은 바다의 마녀성을 배우는 일이다. 나 스스로 한 마리의 키조개가 되어야 한다. 심청의 자궁은 인당수에 빠져 죽은 다음 관세음보살의 자궁우주를 새로 창조하는 자궁으로 거듭나서 돌아와 장님인 아버지와 맹인 잔치에 온 모든 장님들과 미혹에 빠진 세상 사람들 모두를 개안하게 했다. 말하자면 새 세상을 연 것이다. 가슴에 무지개 같은 환희가 담겼다.

키조개는 잿빛의 불투명한 물속의 편편한 갯벌 밭에 무수히 널려 있었다. 한 번 잡는 요령을 알고 나자 별 어려움 없이 잡아

올릴 수 있었다. 다섯 개를 잡아넣자 그물 자루가 묵직해졌다.

판정관이 호루라기를 불고 소리쳤다.

"이제 그만 나오시오."

시합 참여자들이 하나씩 둘씩 나가고 있었지만 허 소라는 가슴께가 잠기는 물속에 우뚝 서 있었다. 온몸을 문짓문짓 빨고 쓰다듬고 어루만지는 짭짤한 마녀의 혀끝과 입술과 손길로 인해 그녀는 전율을 느꼈다. 그녀의 머리에 얼핏 스치는 생각이 있었다. 여근에 상처를 입고 요양병원에 있는 영후의 딸을 치유할 수 있는 최선의 방법은 이 갯벌 물속에 수시로 아랫몸을 담그게 하는 것이고, 진한 키조개 곤 국물을 먹이는 것이다. 내별장으로 데려다놓고 함께 기거하면서 용기와 자신감을 불어넣어 주어야 한다. 영후의 딸의 병든 몸을 치유해줄 수 있는 것은 천관여신의 무르고 차진 갯벌 물 뿐이다. 이 갯벌은 새 생명을 만들어내는 시공 그것이다.

먼 바다의 짙푸른 물너울 위로 갈매기들이 물고기 사냥을 하고 있었다. 바지선 옆에 정박해 있던 영후의 쾌속선이 맴을 돌기도 하고 갈지자를 그리기도 하고 있었다. 가슴 속에 뜨거운 울음이 만들어지고 있었다. 내 몸이 이 바다의 갯벌 밭이 되었다.

내 바다에 키조개들이 서식하고 물고기들이 유영하고 갈매기들이 물고기 사냥을 한다. 오늘밤 사랑하다가 죽어버릴 수 있다. 짙푸른 파도 같은 거대한 전율이 그녀의 몸을 뒤흔들고 있었다.

곡신도 谷神圖

한 세상 나그넷길 반 고비에

평평하고 바른 길 잃고 헤매던 나

컴컴한 숲 속에 서 있었네.

아, 호젓이 덧거칠고 억센 이 수풀

생각만 해도 지긋지긋하지만

아으, 이를 들어 말함이 얼마나 대견한가.

그것이 죽음 못지않게 쓰라린 일이었을지라도

내 거기에서 얻어 본 행복, 거기에서

익히 보아둔 것들을 세세히 이야기 하리라.

—〈신곡(神曲)〉의 '지옥편'에서

"선생님, 저 간밤에 지옥에 갔다가 왔어요."

뒤란 언덕 위의 죽로차 밭과 잔디 깔린 마당과 늙은 감나무 그늘에서 범람하는, 향기롭고 싱그러운 푸른 즙 같은 빛과 그늘이 토굴 응접실 안으로 연두색 갑사치마자락처럼 흘러들어와 있는 아침나절, 허 소라가 찾아와서 말했다.

나는 깜짝 놀라 벌어진 입을 다물 수 없었다. 아니, 간밤 어떻게 그녀와 내가 동시에 지옥엘 다녀올 수 있었단 말인가.

그녀는 나와 만나지 못한 두어 달 사이에 무슨 일이 있었는지, 닭장에 가두어놓고 알 모두 빼 먹어버린 늙은 레구홍 암탉처럼 꺼칠해지고 왜소해져 있었다. 화장하지 않은 얼굴 살갗에는 죽은 깨들 몇 개가 새끼 송장메뚜기들의 눈동자처럼 박혀 있고, 눈두덩 주위는 푸르스름하고, 얄따래진 입술에는 잿빛이 돌고, 단추 풀어 헤친 청 점퍼 자락 속의 옥색 부라우스에 감싸인 젖무덤은 전보다 졸아들었고, 몸통은 호리호리해 지고……

"그 사이에 통 연락이 없더니……?"

내 말에 그녀는 두 눈의 흰자위를 키우고 고개를 가로 저었다.

"아니요. 잘 먹고 잘 살았어요."

"글을 많이 써서 그러는지, 좀 수척해진 듯싶네요."

나는 다탁을 내놓고 차를 냈다.

"바야흐로 날씬해지고 예뻐지고 있는 거예요."

그녀는 고소하고 배릿한 차에 굶주린 듯 두 잔을 거듭 들이켜고 말했다.

"얼마 전부터 '신곡'을 새로이 읽고 있는데……"

'아, 어떻게 똑 같은 시기에 같은 책을 읽었을까.'

전보다 커진 듯싶은 그녀의 콧구멍 속에 들어 있는 검은 어둠의 색깔이, 간밤 지옥에서 본 어둠의 색깔과 똑 같다는 생각을 하는 내 두 눈을 그녀가 빤히 들여다보며 말했다.

"단테의 신곡을 새로이 읽기 시작한 까닭이 있어요. 한 달 동안 제 별장 이층에서 머물며 그림을 그리고 간 선배 환쟁이가 그림 한 점을 주고 갔는데, 그게 '곡신도谷神圖'란 표제를 붙인 것이에요."

'아, 노자가 말한 곡신, 우주를 낳는 뿌리, 혹은 자궁, 그것을 그 환쟁이는 어떻게 형상화시켜 놓았을까.' 나는 궁금증을 주체할 수 없었다. 당장 그녀의 별장으로 가서 그것을 보고 싶었다.

"그 그림 보고 싶으시지요? 그 환쟁이 '지옥도'만 전문으로 그려온 선배인데, 그림이 아주 묘해요."

내가 몸을 일으키자 그녀가 앞장섰고, 차를 몰고 한길로 나서자마자 과속을 했다.

그녀의 별장 응접실 안쪽 바람벽 아래에 그 곡신도는 기대 세워져 있었다.

100×60 크기쯤의 화선지에 오방색으로 그린 것인데, 테두리를 청남색 타원으로 처리해 놓았다. 타원 위쪽의 가장자리 한 가운데에 배꼽을 그려놓았고, 아래쪽 가장자리 한 편에 길쭉한 질膣을 그려놓았다. 그 질과 배꼽 사이에 어쩌면 자궁인 듯싶은 커다란 공간을 그리고, 그 안에 지옥도를 그려 놓았다.

오른쪽에는 염라대왕이 업경業鏡을 앞에 놓고 잡혀온 영혼을 심판하고 있고, 왼쪽에는 육도환생六道還生을 형상화해 놓았다.

맨 아랫길에는 뱀과 개구리 지렁이가 기어가고, 그 윗길에는 참새 황새, 돼지 소 말 개 거북이 들이 기어가고, 다시 그 윗길에는 노예처럼 무겁게 짐을 진 막노동자 들이 걸어가고, 네 번째 위 길에는 평민들이 걸어가고, 다섯 번째 위 길에는 황금치장을 한 귀부인, 으스대는 고관과 사장 족들이 고급승용차를 타고 가고, 여섯 번째 맨 위 길에는 부처 보살 신선들이 구름과 무지개를 타고 가고 있었다.

그 그림을 보는 순간 정수리에 무엇인가가 날아와 박히는 듯싶고 겨드랑이에 전율이 일어났다. '아!'하는 탄성이 터져 나왔다.

새 생명을 낳는 자궁을, 육도환생을 명하는 지옥 그림, 이것은 무엇인가. 이 '곡신도'는 내가 바야흐로 구상하고 있는 소설의 귀결점을 말해주고 있었다.

사람들의 삶은 자기의 탐욕과 미혹과 오만을 죽이는 살인도殺人刀와 더 높은 신성完成을 향해 나아가는 활인검活人劍으로 인해 거듭나야 한다. 그게 우주의 율동을 따르는 삶이다.

"선생님, 술 한 잔 하고 싶지 않으셔요?"

그녀는 꼬냑을 내놓았고, 나는 물과 건포도와 치즈를 안주삼아 그것을 거듭 홀짝거렸다.

"저 그림 때문에 신곡을 읽기 시작했는데, 지난밤에 지옥 꿈을 꾸었어요. 제가 꾼 그 꿈 이야기를 소설로 써야겠어요."

나는 유리컵에 맥주 색깔로 희석되어 있는 술을 들여다보며 고개를 끄덕거려 주었다. 내 속은 불쾌했다. 후배나 제자가 찾아와 무슨 이야기를 신나게 지껄이고 나서 그것을 소설로 써야겠다고 말할 때 나는 불쾌해진다. 그 말 속에는 '이 이야기 혹시 당신이 쓰려고 넘보지 마셔요'하는 뜻이 담겨 있으므로. 이때 내 감각기관에 포착되는 그들의 생각 무늬는, 내 응접실 유리창에 입을 맞추는 음험한 밤바다 안개 자락처럼 소름끼치게 한다.

나는 얼마 전부터 '신곡'과 '지옥도'를 머리맡에 두고 읽고 있었다. 지옥은 범어로 '나라카Naraka-那落' 혹은 '나락'인데, '행복이 없는 곳無幸處'이라는 뜻이다. 지옥 편을 읽으면서 생각했다.

'지옥과 연옥과 천국 다녀온 이야기를 소설로 써야겠다.'

그랬는데 간밤, 시공을 짐작할 수 없는 검고 딱딱하고 무성한 숲속으로 들어섰다가 길을 잃었다. 얼마쯤 가다보니, 눈앞에, 수묵 담채로 그린 정선鄭歡의 '금강산 전도'처럼 굽이굽이 우뼛쭈뼛 치솟아 있는 쇠로 지어부은 절벽과 산봉우리들이 펼쳐졌다. 새까만 봉우리와 봉우리들의 사이를 헤매다가 멀리서 깜박이는 푸른 불을 보고 그곳을 향해 갔다.

드높은 문루에 '地獄門지옥문'이라는 현판이 걸려 있고, 대문 앞에 외뿔 달린 모자 쓴 문지기 둘이 서 있는데 그 옆에 흰 동정 선명한 진한 감색 두루마기를 걸친 남자 한 사람이 서 있었다. 키 헌칠하고, 삭발한 지 삼사일 쯤 된 듯 머리칼이 거뭇거뭇하고 얼굴 살결이 하얗고, 콧날이 부드럽고 눈이 서글서글한 그가 나를 알아보고 자기소개를 했다.

"저는 지장地藏입니다. 여기엘 다녀간 다음 이곳에 대한 글을 쓰려고 하는 한선생의 용기와 꿈을 고맙게 생각합니다. 한선생이 여기에 올 줄 알고 이미 염라대왕에게 통정해두었으니 저를 따라 오십시오."

철 대문을 통과하자, 철로 쌓은 드높은 담이 나타났다. 그 담 위 천장과 바닥은 두꺼운 철판으로 덮여 있었다. 여기저기에 우묵한 방죽이 있고 그 안에 불이 기세 좋게 타오르고, 쇳물이 끓고 있었다. 쇳물 방죽 옆에 철봉 같은 형틀이 있는데, 그 형틀에는 죄수들이 다리를 하늘 쪽으로 쳐들고 머리를 아래쪽으로 늘어뜨린 채 매달려 있었다. 그들은 두 팔을 십자로 벌리고 있는데, 두 손목에 쇠 팔찌가 끼어 있고, 그 팔찌를, 쇠고랑 줄이 양옆 수평으로 끌어당기고 있었다. 독수리들이 그들의 가슴에 앉아 내장을 쪼아 먹고 있었다. 찢어진 가슴 살갗에서는 핏방울이 떨어지고 있었다. 나는 프로메데우스에게 가해진 형벌을 연상하면서 몸을 떨었다.

고통스럽게 일그러뜨린 그 얼굴들은 눈에 익었다. 회사 돈을 횡령하고, 비자금을 만들어 정치인들을 구워삶거나, 자식들에게 주식을 불법으로 물려주고, 해외로 돈을 빼돌리다가 들통이 난 까닭으로 신문 방송을 떠들썩하게 한 장본인들이었다. 낯익은 유명 국회의원들도 있고 종교인들도 있었다.

지장이 그들을 가리키며 말했다.

"이 사람들은, 하늘에서 벼락처럼 떨어진 행운으로 인해 얻은 자기의 금력과 권력과 기민한 수완을 믿고 오만방자해져서 다른 사람들이 숭앙하는 하느님과 부처님과 성인의 법을 무시하고 깔보고 그분들을 향해 침 뱉고 비방하며 제 멋대로 거침없이 군림했습니다."

그 말이 가슴 속으로 바늘 끝처럼 파고들었다. 나, 오만방자한 마음으로 언제 어디선가 다른 사람들이 숭앙하는 하느님이나 알라신이나 그들의 조상신을 깔보고 무시하고 침 뱉은 적이 있지 않을까.

지장은 사람 하나가 겨우 드나들 수 있는 쇠로 된 쪽대문을 열치고 들어갔다. 그곳의 바람벽과 천장과 땅도 모두 철로 되어 있었다. 그곳에는 희한한 모양새의 사람들이 우글거렸다. 지장이 그들을 가리키며 말했다.

"저들의 배는 부풀어난 열기구만 하고 입은 악어처럼 큰데 목구멍은 바늘구멍처럼 가늘어져 있습니다."

오래전부터 굶주려 온 듯 그들은 빼빼 말라있고, 눈이 퀭하고 광대뼈와 갈비뼈들이 앙상하게 드러나 있는데, 앞에 진설되어 있는 맛깔스러운 음식들을 손에 든 채 신음하면서 몸부림치고 있었다.

"저들은 생전에 부를 마음껏 누린 사람들의 영혼입니다. 달팽이의 뿔, 상어 지느러미, 제비의 혀, 북극곰의 발바닥, 박쥐의 간, 원숭이의 뇌, 물개의 신, 개미의 허리통, 식용개구리의 눈, 에델바이스의 속잎 따위의 희귀한 식재료로 요리한 것들을 다 먹지 못하고 대부분 남기고 썩히면서도 못 가진 자들과 더불어 나누어 먹으려 하지 않았습니다."

나는 오금이 저렸다. 나, 한 점에 만원씩 하는 참치 살코기들을 다 먹지 못하고 남겨 썩게 한 적이 있고, 한 부자에게서 향응을 받으면서, 전복 살, 바닷가재살도 다 먹지 못하고 남겨 버리게 한 적이 있는데 나도 장차 여기에 오면 저 형벌을 받게 되지 않을까.

지장이 그 옆의 철망 너머를 가리켰다.

철망 너머에는 운동장만한 공중목욕탕 같은 짬밥 통이 있는데, 수없이 많은 영혼들이 그 짬밥 통 가장자리에 두 손을 짚은 채 얼굴을 통 안에 처박고 짬밥을 게걸스럽게 핥아먹고 있었다. 그들은 배가 불룩해졌을 때 기껏 먹은 것들을 우웩 우엑하고 그 짬밥 통에 모두 게워냈다. 얼마쯤 뒤 배가 홀쭉해지자 그것을 다시 먹기 시작했다.

그들을 가리키며 지장이 말했다.

"저들은 이승에서 맛깔스러운 고급한 음식을 즐기면서 한 없이 먹고 또 먹기 위하여, 기껏 먹은 것을 화장실에 가서 토해버리고 와서 다시 먹기를 즐기고, 그러다가 또 나가서 토해버린 다음 들어와 다시 먹기를 거듭 즐긴 천하의 미식가들입니다."

그 다음에 지장이 나를 이끌고 간 곳에는, 얼굴은 사람 형상이지만 몸이 개의 형상인 족속들이 우글거렸다. 그들은 두 패로 갈리어 서로를 공격하는데, 모두 머리에 붉은 띠를 두르고들 있었다. 그 띠에는 '투쟁'이란 검은 글씨가 쓰여 있었다. 한쪽 족속은 얼굴을 하얗게 칠하고 있고, 다른 쪽의 족속은 얼굴을 빨갛게 칠하고 있었다. 그들의 싸움은 아무런 규칙도 없었다. 막무가내로 상대를 물어뜯기도 하고, 할퀴기도 하고, 서로를 안고 뒹굴기도 했다. 얼굴과 목과 몸 전체가 피투성이가 되어 있기도 하고, 진흙투성이가 되어 있기도 했다.

"저들은 이승에서 파당을 지어 싸운 사람들의 영혼입니다. 어떤 단체에 들어간 다음에는 본래의 착한 인성을 잃어버리고 그 단체의 강철 같은 이념만 앞세운 채 거듭 투쟁을 위한 투쟁을 하고, 그 투쟁 대가로 파당의 지도자 노릇을 하며 귀족처럼 잘 먹고 잘 살아온 사람들입니다."

지장이 다음에 나를 안내한 곳은, 죄 짓고 끌려온 영혼들의 두 팔을 철봉대 같은 형틀에 결박해놓고, 혀를 두 발쯤 뽑아내고, 그 혓바닥을 꽃뱀들로 하여금 물어뜯게 하는 곳이었다. 그 형벌을 당하는 사람들은 몸부림치면서 진땀을 흘리고 신음했다. "으흐, 으악, 으아아!……"

두려움으로 인해 다리가 후들거려 서 있기마저 힘들어 하는 나를 향해 지장이 말했다.

"평생 동안 남들을 기만하는 거짓말과 식언食言을 밥 먹듯이 한 사람들입니다. 속속들이 잘 보고 가서 그곳 사람들에게 말해주십시오. 저들은 정치가, 기업인, 장사꾼, 거간꾼, 교육자, 도 닦던 성직자, 끝에 '사士'자 붙은 직업을 통해 부를 누린 사람들 가운데서 특히, 자기와 자기 가족끼리만 잘 살고 잘 먹은 간악한 자들입니다. 저들은 전생에 착하고 순한 백성들을 속이고 또 속였습니다. 기껏 뱉어낸 말을 하지 않았다고 잡아떼고, 전혀 기억에 없다고 둘러대곤 했습니다. 심지어는 자기 자신마저도 속이고 하느님과 부처님들까지도 속였습니다."

아니, 정치가나 기업가나 '사'자 직업을 가진 사람들 가운데 간악한 자들은 그렇다 치더라도, 교육자들과 도 닦던 성직자들은 자기 제자들과 신도들에게 참되게 살라고 가르치고 천국이나 극락에 이르게 하려고 진정으로 기도해주었는데 왜 그들이 여기에 왔단 말인가.

내 속을 뚫어본 지장이 말했다.

"저 교육자들은 스스로 '바담 풍'이라고 말하면서도 제자들에게는 '바람 풍'이라 하라고 가르쳤고, 자기들이 받은 돈 봉투의 무게에 따라 학생들을 편애했고, 어떤 이념 단체에 들어간 뒤에는 자기의 편벽된 이념을 절대적인 진리인 양 제자들에게 주입하곤 했습니다. 또 저 성직자들은 자기 믿음을 절대적인 이념으로 가르치고, 겉으로는 계율을 잘 지키는 체하면서 속으로는 거짓말을 하고, 자기 신도들과 숨어서 사랑을 즐겼고, 신도들의 호주머니를 털어 최고급의 음식을 배불리 먹고 외국 여행을 즐기고 교회나 절을 대궐처럼 짓고, 가난한 신도들 앞에서 귀족처럼, 신 내린 교주처럼 군림했습니다."

지장이 다시 안내한 곳은, 결박한 영혼의 손가락들을 뜨거운 불로 지지기도 하고 바늘 끝으로 찔러대기도 하는 지옥이었다. 그 형벌을 당하는 영혼들은 몸부림을 치면서, 앞으로는 진실로 참회하는 삶을 살겠다고, 한 번만 기회를 더 달라고 외쳐댔다.

그들의 면면을 더듬어 보던 나는 소스라치게 놀랐다. 그들은 당대에 대단한 문제 작품이라고 평가 받은 현란한 시, 소설, 희곡, 평론, 수필 들을 남긴 선배 문인들과 현란한 오색 무지개 같은 필치로 세상의 빛깔 자체를 바꾸어놓곤 한 문필가들이었다.

나는 지장을 향해 항의하듯이 물었다.

"저분들은 평생 동안 착하게 살면서, 깨끗하고 아름답고 그윽한 작품을 쓰려고 노력하고, 정론을 펴려고 분투한 분들인데 왜 여기에서 저런 형벌을 받고 있는 것입니까?"

지장이 잠시 고개를 끄덕거리고 나서 말했다.

"물론, 처음에는 좋은 글을 썼습니다. 그런데, 어느 날부터인가, 독자들의 호응으로 인하여 하늘의 별이 되고, 벼락처럼 쏟아진 돈을 보듬게 되고, 그것의 위력을 알게 된 다음부터는, 차지고 기름진 밥과 부드러운 옷과 환혹을 즐기기 위해서 거짓글을 써서 착한 독자들을 속이고 권력자들과, 자기 책을 사주는 저급한 독자들에게 아부 아첨한 자들입니다. 저들은, 가난하고 박해 받는 자들 편에서 그들의 권익을 위해 글을 쓰는 체하면서 혼자서만 배불리 먹고 부드러운 옷 입고 쾌적한 공간에서 극락 같은 삶을 누렸습니다. 잘 보십시오. 저기에서 고문당하고 있는 저 시인과 소설가들은, 1940년대 초반, 일본제국이 식민지 확장을 위해 전쟁세계2차 대전을 일으키면서, 대동아 공영을 위한 성스러운 전쟁을 한다고 대대적으로 선전을 했을 때, 식민지 조선의 젊은이들을 전쟁터로 내보내기 위하여 선동하는 글을 씀으로써 비싼 원고료를 받아 배를 불린 사람들입니다. 그들이 쓴 그 글에 감화를 받은 젊은이들은 전쟁터에서 천황폐하 만세를 부르며 죽어갔습니다."

순간 나는 내 지금까지의 삶이 의심스럽고 두려워 몸을 웅크렸다. 아, 나도 저 선배들보다 떳떳하게 잘 살아왔다고 장담할 수 없지 않을까.

지장이 두려워하고 있는 나를 아랑곳하지 않고 "여기에 온 한 선생에게 반드시 보여주지 않으면 안 되는 곳이 있습니다."하면서 나를 이끌었다.

"여기는, 지난날을 참회함으로써 극락에 가도록 도와주려고, 과거의 죄를 여의게 하고 선행을 미리 닦게예수-豫修 하는 곳입니다. 저 자들은, 지금 이 순간에도 한창 이승에서 살고 있는 자들인데, 그들이 장차 지옥에 와서 받게 될 형벌 모습을 지금 보여주고 있습니다. 만일 그들이 이승에서 끝내 자기 죄를 참회하지 못하고 여기에 오게 된다면 저러한 형벌을 받게 되지 않을 수 없다는 것을 지금 미리 보여주고 있는 것입니다. 자세히 보고 돌아가 그들에게 저 참상을 전해주도록 하시오."

나는 두려운 눈으로 형벌 받는 자들을 둘러보았다. 어떤 자는 주리를 틀리고, 다시 어떤 자는 입술에 불 지짐을 당하고, 또 어떤 자는 혓바닥을 뽑히고 바늘로 찔리는 형벌을 받고 있었다. 그들의 면면을 뜯어보던 나는 경악하지 않을 수 없었다. 그들 가운데 혀 두 개를 뽑힌 채 형벌을 당하고 있는 얼굴 하나가 눈에 띄었다. 나는 지장에게 항의하듯 말했다.

"아니, 저 시인은 참으로 좋은 시를 쓴 바 있고, 독자들에게 많은 공감을 받고 있습니다. 그런데 어째서, 한 개도 아닌, 두 개의 혀를 뽑히는 형벌을 당하고 있습니까?"

지장이 말했다.

"저 시인은 한 입으로 두 말을 했습니다. 한 개의 혀로는 반민족적인 선배들을 질타하면서, 동시에 자기는 가장 순수한 체하고, 노동자들과 힘없는 서민들 편에 서서 시를 쓰고, 천사의 목소리로 사람들을 감동시키곤 했습니다. 그런데, 다른 한 개의 혀로는, 자기와 이념을 달리한 사람들을 증오하고 험구하고 저주하며 편 가르기를 하고, 한 건 했다고 내세우는 투의 삶을 살고, 밥을 위해 일하는 출판사에서 출간한 친일 작품을 잘 팔리게 하려고, 그 '작가가 일제하에서 위험을 무릅쓰고 민족정기를 드높이려 한 작품'이라고 옹호했습니다. 돌아가면 그에게 참회하라고 충고해주십시오."

지장이 다시 나를 이끌고 간 곳은, 늙은 코끼리들이 땀을 뻘뻘 흘리면서 무거운 짐을 실어 나르는 황막한 벌판이었다. 그 코끼리들에게로 가까이 가던 나는 소스라쳐 놀랐다. 코끼리들의 머리에는 사람의 얼굴이 한 개씩 박혀 있었고, 그들의 등에는 원숭이 한 마리가 올라타고 날카로운 송곳을 가지고 뒤통수를 찌르면서 그들을 운전하고 있었다. 코끼리들이 코로 말아 올려 들고 가는 것은 거대한 쇳덩어리였다. 지장이 말했다.

"저들은 부동산 투기나 증권투자나 정치적인 지위를 이용하여 뒷구멍으로 챙긴 막대한 돈을 주체하지 못한 채 해외여행이나 다니고, 해외로 재산을 빼돌리고, 자식들로 하여금 미국시민권을 가지게 하고, 골프를 즐기고, 아름답고 부드러운 이성을 꿰차고 살면서도 못 사는 사람들의 배고픔을 외면한 사람들입니다."

지장이 다음에 나를 이끌고 간 곳, 염라대왕이 바야흐로 끌려온 남자 영혼의 전생을 심판하고 육도환생을 명하는 곳이었다. 지장이, 육도환생이란 것에 대하여 말해주었다. 일체 중생이 염라대왕 앞에 이끌려 와서, 전생의 선악의 업인業因에 따라 여섯 가지의 세계로 윤회하여 또 한 생의 삶을 살게 되는 것을 말한다고.

옥졸이 끌고 온 남자의 영혼을 거대한 원형 거울 앞에 세웠다. 거울을 짊어지고 있는 것은 거북형상을 한 쇳덩이였다. 지장이 말했다.

"저 거울은 업경業鏡이란 것입니다. 이승의 삶을 마감하고 이리로 끌려온 영혼이 저 거울 앞에 서면 그가 살아오면서 행한 착한 일과 거짓말과 악한 일들이 날짜순으로 속속들이 드러납니다. 지금 지구상에서 널리 쓰이고 있는 디지털 영상 재생기처럼."

그 남자 영혼의 얼굴을 보는 순간 나는 '아! 저 사람!'하고 소리쳤다. 아니, 저 의사가 어찌하여 저기에 끌려왔단 말인가. 그는 많은 사람들의 아픔을 늘 치료해주고, 예술 하는 친구들에게 술이나 밥을 자주 사준 사람이라고 소문나 있었으므로 나는 지장에게 말했다.

"지장보살님, 저 의사는 좋은 일을 무지하게 많이 한 사람으로 알려져 있습니다. 구해주십시오." 그런데 그 말이 입 밖으로 흘러나오지 않았다. 힘껏 소리쳐 이 말을 하려 하는데, 아내가 "무슨 꿈을 그렇게 꾸고 계셔요?"하고 가슴을 흔들었다.

나는 '곡신도'를 들여다보면서, 내가 간밤에 본 지옥을 노자의 곡신谷神: 우주를 새로이 만드는 자궁으로 읽어냈고, 그것을 소설로 형상화시켜야 한다고 생각했다.

어깨를 들어 올리면서 심호흡을 하고 술잔을 들어 마시는데, 마주앉은 그녀가

"염라대왕 앞에서 한 남자의 영혼이 심판을 받고 있었어요. 체구가 호리호리하고 얼굴이 기름했는데……"하고 말했다.

나는 속으로 외쳤다. '하아, 참으로 묘하다. 두 사람이 같은 날밤에 꾼 꿈이 어쩌면 그렇게도 비슷할 수 있을까!'

"그 심판 받는 남자의 영혼을 보는 순간 저는 전에 텔레비전에서 본 한 의사의 얼굴을 떠올렸어요. 난자를 수집해서 줄기세포 연구하는 ㅎ박사에게 제공했다는 그 남자 말예요."

그녀는 흥분해 있었다. 대개의 이야기꾼들은, 자기가 바야흐로 하고 있는 이야기가 장차 대단한 작품으로 둔갑할 기미가 느껴지면, 자기의 패가 갑오인 것을 확인한 노름판의 물주처럼 속으로 흥분하면서도 겉으로는 시치미를 떼고 감추려고 드는데, 바로 그녀가 그러고 있었다.

그녀는 술 한 모금을 마시고 말을 이었다.

"철산 협곡 한복판에 있는 염라대왕의 궁전 안은, 검은 숲 그늘로 인해 어슴푸레했고, 염라대왕과 대신들과 옥졸들은 모

두 검은 관복을 입고 있었어요. 그들의 얼굴은 음화 속의 영상들처럼 빛과 그림자가 바뀌어 있었어요. 저를 그 궁전 마당으로 안내한 것은 단테였어요. 단테는 키 헌칠하고 얼굴이 붉었는데, 우뚝한 매부리코와 쌍꺼풀인 눈매와 두꺼운 입술과 약간 내민 광대뼈와 하얀 나비 콧수염과 부수수하고 긴 머리칼이 강직과 고매한 인품을 느끼게 했어요. 그 강한 힘을, 호수처럼 맑은 두 눈이 녹여주었어요. '이승을 떠난 뒤로 나는 이때껏, 지옥 연옥 천국을 경험하고자 하는 시인 소설가 작곡가 화가 수도사들을 안내해주기 위해서 지옥의 뜰에서 머물러 있습니다.' 그의 말에, 저는 T.S 엘리옽이 'J.A.프루프록의 연가' 첫머리에서 인용한 그의 시 한 대목을 떠올렸어요. ……'내가 들은 바가 참이라면 이 심연에서 이승으로 살아 돌아온 자 일찍이 없었으므로, 내 그대에게 대답한다 할지라도 껄끄러울 염려 없네.'"

그녀는 허공을 두 손으로 둥그렇게 그려 보이며 말했다.

"업경대는 꽃봉오리같이 동그스름한데, 거울 표면은 영락없이 디지털 텔레비전 모니터 같았어요. 업경대 앞에, 그 남자의 영혼이 서자마자, 그 거울에 전생의 행적들이 날짜별로 재생되고 있었어요. 얼굴이 직사각형인 업경 판독判讀하는 대신이 염라대왕을 향해 말했어요. '이 영혼의 이름은 김 학수인데, 전라도 꿈여울夢灘에서 태어나 가난한 아버지 어머니를 따라 이 마을 저 마을을 전전했습니다.' 얼굴이 정사각형인 염라대왕이 근엄한 표정을 지으며 판독 대신에게 말했어요. '김 학수, 저 자로 하여금 직접 소상히 진술하게 하되, 그것이 업경에 나타난 것과 일치하는지 견주도록 하라.' 판독 대신이 남자의 영혼에게 그 명을 전했고, 김학수가 진술하기 시작했어요."

허 소라는 모노드라마를 하는 배우처럼 등장인물이 달라질 때마다 목소리를 달리하여 말하곤 했다.

"'제 아버지는 밑구멍이 찢어지게 가난했기 때문에 이 집 저 집에서 날품을 들어 곡식을 구해왔고, 어머니는 면장 댁에서 드난살이를 했습니다. 배우지 못한 것이 한스러운 아버지는 저를 일곱 살 때 학교에 보냈습니다. 중학교 3학년 되던 해에 아버지가 골병으로 돌아가셨으므로 저는 고등학교부터는 가정교사를 하고, 신문팔이를 했습니다. 가난에 복수하는 심정으로 팔뚝을 물어뜯으면서 공부했습니다. 서울에서 대학을 다닐 때에, 저는 용돈이 궁해서, 서대문 적십자 병원엘 한 달에 한 차례씩 드나들면서 피를 한 대롱씩 뽑아 팔았습니다. 그 돈으로 쌀 몇 되와 책을 사고, 남은 돈으로 색안경을 사고 옷을 사 입고, 사귀는 여학생과 더불어 음악 감상실에 가서 코피를 마시면서 음악을 듣고, 대폿집엘 가서 왕창 취해버리기도 했습니다.' 그 말 끝에 염라대왕이 눈살을 찌푸리고 김 학수를 건너다보며 말했어요. '피를 팔아서 쌀과 책을 사는 것까지는 이해할 수 있는데, 색안경과 옷을 사고, 여자 친구하고 음악 감상실에 가서 코피를 마시고 대포 집에 가서 왕창 취해버리곤 한 것은 매우 한심한 일이구나. 몸을 낳아준 어머니 아버지에게 크나큰 죄를 지은 것이다.' 그러자, 김 학수의 영혼이 반발했어요. '그것을 죄라고 하시다니,...... 어차피 죄를 받을 것, 아예 묵비권을 행사하겠습니다.' 염라대왕이 '이런 고연 놈을 보았나!'하며 화를 벌컥 냈고, 판독 대신이 업경에 나타난 죄상을 빠른 속도로 읽어 내렸어요. '야간대학 경영학과를 나온 김 학수는 여덟 살 연상의 여자하고 결혼을 했는데, 그 여자는 남상男相인데다 추녀인, 산부인과 의사였습니다. 그것은 말하자면, 가난에 복수하기의 첫걸음이었습니다.' 그때 염라대왕이 근엄한 목소리로 판독대신에게 명령했어요. '김 학수, 저 자에게 주리를 틀어서라도, 저 자로 하여금 직접 진술하게 하라.' 김 학수가 '흥'하고 콧방귀를 뀌더니, 목청을 높여 진술했어요. '염라대왕마마! 이승에 사는 사람들의 삶이란 것은 늘 현실과 이상이 괴리되곤 하기 마련입니다. 저는, 남자에 허기진 채 고독해 하는 노처녀를 구제했는데, 그 여자는 그 은혜를 갚기 위해, 저를 위해 열심히 돈을 벌어 주었습니다. 산부인과 의사는 당연히 생명을 소중히 여기고 그 생명이 태어나게 해야 하고, 그 생명이 건강하게 자라서 훗날 이 세상을 살아갈 만한 가치가 있게 만들도록 해야 마땅하지만, 현실은 늘 그렇지 못했습니다. 제 아내는 개인 병원을 잘 운영하기 위하여, 슬픈 일이기는 하지만 출산보다는 낙태수술을 하는 경우가 허다했고, 그로 인해 많은 돈을 벌어들였습니다. 갑작스러운 성의 개방과 산아제한이라는 정책적인 붐을 타고 낙태는 빈번해졌습니다. 군사독재로 자유가 억압당하고, 광주에 큰 비극이 일어나고 세상이 흉흉해지자 미혼모들의 출산은 더욱 빈번해졌습니다. 젊은 남녀들은 불안해지거나 흥분상태가 지속되면, 숲속이나 공원 벤치나 자동차 안이나, 여관방 안이나, 비디오 방 안, 화장실 안...... 그 어디에서든지 몸 사랑을 나눕니다. 가령, 박정희 정권 때의 긴급조치와 야간 통행금지로 인해, 1980년 광주 비극으로 인해, 2002년 월드컵 때 요동친 붉은 악마의 들썩거림으로 인해 얼마나 많은 생명체들이 만들어졌다가 햇빛도 못보고 산부인과의 휴지통 속에 버려진 줄 아십니까? 저는 그런 슬픈 세상 속에서, 먼 미래를 내다보고, 그 아내가 벌어준 돈으로 강남의 잠실벌 땅을 닥치는 대로 샀습니다. 그 땅값이 천정부지로 올랐으므로, 그 땅을 팔아서 8층짜리 건물을 짓고 종합병원을 차렸습니다. 인구가 급격히 줄어들면서 산아제한 정책이 사라지고, 산업사회 속에서 불임 여성이 늘어났으므로 불임치료 전문 병원으로 방향 전환을 했습니다. 옛말에 널棺 장사 삼년 하면 미역 장사 삼년을 하라고 했으므로 저는 그것을 실천한 것입니다.' 그러자, 염라대왕이 말했어요. '홀로 고독하게 사는 여자를 방치하는 것은 그 시대 그 사회의 책임이다. 추녀인 까닭으로 고독한 삶을 사는 연상의 노처녀를 아내로 맞은 것은 잘한 일인데, 조산보다는 낙태수술을 하여 돈을 번 죄는 아주 무겁구나. 그렇지만, 나중에 불임치료 전문 병원을 차린 것은 퍽 잘 안 일이다. 그것으로 전에 지은 죄들을 많이 감해주어야 하겠구나.' 그 말끝에, 판독 대신이 업경을 들여다보면서 말했어요. '대왕마마! 불임 치료 전문 병원을 차린 이후에 한 일들에 문제가 아주 많습니다. 한국과 일본의 불임 여성들이 김학수 병원의 명성을 듣고 몰려들었습니다. 김 학수 병원에서는, 일본 불임 여성들에게 난자 하나에 천만 원, 2천만 원, 3천만 원까지 받고 시술을 해주었습니다.' 염라대왕이 고개를 끄덕거리면서 말했어요. '돈을 좀 비싸게 받았을지라도 절망에 빠져 있는 불임여성에게 잉태라는 희망을 안겨준 것은 상 받을 만한 일인데 이 자를 잘 못 잡아왔구나.' 염라대왕의 말에 자신만만해진 김 학수가 목청을 높여 당당하게 말했어요. '저, 김 학수는 난자를 불임 환자들에게만 사용한 것이 아닙니다. 줄기세포 연구하는 젊은 의학박사들에게 난자를 수 없이 많이 제공했습니다. 줄기세포 연구는 장차 인간의 파손된 오장육부, 약물이나 수술로서는 회복이 불가능한 척수와 뇌수를 재생 복원하는 신통한 미래의 희망 의학 산업, 말하자면 신비의 생명공학으로 떠오르고 있습니다. 그렇기 때문에, 세계의 모든 의학자들이 막대한 돈을 쏟아 부으면서 그것을 연구하고 있고, 선진 국가들은 그 신비의 생명공학을 이용하여 엄청난 돈을 벌어들이려고, 거대한 연구소를 지어주고 연구비를 대주고 있습니다.' 염라대왕이 '하아!'하고 감탄을 하고 나서 말했어요. '만일 그 줄기세포 연구가 제대로 된다면, 장차에는 모든 인간들이 노쇠한 심장 허파 위장 간 췌장 난소 남근 여근 척추 뇌 눈 귀 코 이빨 살갗들을 모두 갈아 끼우고 영원히 불로장생을 하게 되겠구나. 그렇다면 우리 지옥의 대신들이나 관리나 옥졸들이나 심부름꾼들이 매우 한가하게 되겠구나.' 그러자, 업경 판독 대신이 말했어요. '그런데 줄기 세포 연구에 사용되는 난자를 채취하는 과정에 슬프고 무서운 문제들이 아주 많이 발생했습니다. 성관계를 한 번도 경험하지 않은 처녀에게서 난자를 채취하면 처녀막이 손상됩니다. 난자 채취에 가장 적당한 여자는, 아기 한둘쯤을 낳은 경력이 있는데다 생명력이 가장 왕성한 삼십대 초반 여성이어야 하고, 그리고, 아주 가난한 여성이어야 합니다. 업경에 나타난 여성들은 가난한 형편 때문에 모두 아르바이트를 하듯이 난자를 김 학수 병원에 팔았습니다. 그 가운데는 줄기세포 연구실의 여성 연구원들도 몇 들어 있습니다. 이제 막 대학원을 졸업하고 그 계통의 연구원이 된 여성은 그것을 주도하는 교수의 신임을 얻기 위하여 자기 난자를 제공하는 것입니다. 그것은 말하자면 자기희생입니다.' 그러자, 염라대왕이 대수롭지 않게 말했어요. '모든 여성은 한 몸에 좌우 양쪽 각기 한 개씩, 두 개의 난소를 가지고 있지 않느냐. 한 달에 한 차례씩 난소가 만들어 내는 난자를 제공하는 일이 무어 그리 힘이 든단 말이냐? 줄기세포 연구가 인류 미래의 위대한 희망 의학 사업인데, 자기 자궁 속에서 채취한 난자를 제공하는 일을 왜 자기희생이라고 말하는 것이냐? 내가 탐독 대신으로 일하던 시절에 업경을 통해, 농촌 마을에서 닭을 키우는 사람들이 달걀 수집하는 것을 본 적이 있다. 암탉은 하루 한 차례 둥지에다가 알을 낳고나서 꼬꼬댁 꼬꼬댁 울어댄다. 그러면 주인이 달려가서 둥지의 알을 가지고 나온다. 세상의 건강한 모든 여자들의 난소는 한 달에 한 차례씩 난자를 자궁으로 내보곤 하므로, 의사는 그 시기를 맞추어 적당한 굵기의 빨대로 그것을 빨아다가 시험관에 넣고 연구를 하면 되는 것 아니냐?' 업경 판독 대신이 조아린 고개를 양 옆으로 저으면서 조심스럽게 아뢰었어요. '대왕마마! 소신이 업경을 판독한 바로는, 난자 채취를 그렇게 간단히 하는 것이 아닙니다. 의사들은 자궁으로 흘러나온 난자를 채취하지 않습니다. 자궁으로 흘러나와 착상을 준비하는 난자는 연구용으로 쓸모가 없어지기 때문입니다. 그래서 의사들은 아르바이트를 하러 온 여성에게서 난자를 채취합니다. 사실은, 아르바이트 하러 온 여인들은 죽음을 무릅쓰고 난자를 제공하는 셈입니다. 인간의 난자를 이용한 줄기세포 연구를, 오래 전, 일제하의 군속 의사들이 생체시험을 한 마루타에 비유하여 비난하는 사람들도 있을 지경입니다.' 염라대왕이 의아해 하며 판독 대신에게 물었어요. '아니 그렇게도 그것이 잔인한 일이란 말이냐?' 그러자, 김 학수가 항의하듯이 말했어요. '이승에는, 자기보다 더 좋은 일을 하는, 능력 있는 사람을 눈꼴 시려하는 자들이 우글거립니다. 제가 밀어주고 있는 인류의 미래를 위한 희망 의료사업, 절망하고 있는 불치환자들을 위한 저의 그 사업이 갑자기 각광 받는 것이 배 아파서 그렇게 주둥이들을 못되게 놀리는 것입니다.' 판독 대신이 김 학수에게 '너 이놈, 여기가 어느 안전이라고 촐랑촐랑 지껄이고 있느냐? 묻는 말에나 이실직고 하면서 조용히 심판을 기다리고 있거나 하여라.'하고 엄하게 꾸짖고 나서 염라대왕에게 고했어요. '대왕마마! 저 간사한 김 학수를 확실하게 심판하기 위해서 소신이 연옥에 가 있는 김 서진이라는 여인을 증인으로 불러왔습니다. 그 여인은 김 학수 병원에 난자를 팔고 나서 그 후유증을 앓다가 연옥에 간 여자입니다.' '아니, 인류 미래를 위한 위대한 의학사업을 돕기 위하여 난자를 팔고 그 후유증을 앓다가 연옥에 간 여자라니? 좋은 일을 했는데 왜 연옥엘 가았다는 것이냐? 어서, 그 여인을 업경 앞에 세워라.' 옥졸이 김 서진 영혼을 끌어다가 업경 앞에 세웠고, 판독 대신이 업경을 들여다보면서 말했어요. '돈이면 무엇이든지 다 되는 자본주의 세상 속에서 사는 사람들의 빗나간 사업들 가운데 아주 끔찍한 것 하나가 여성들의 난자를 이용한 사업입니다. 이 승에는, 자기들이 살고 있는 나라를, 세계 속에서 가장 큰 부자 나라로 만드는 미래의 희망 의학사업의 하나로 줄기세포연구가 떠올라 있습니다. 대한민국의 몇몇 불임 전문 병원들은 가난한 여성들에게서 채취한 난자 장사를 통해 짭짤하게 재미를 보아왔고, 지금도 그 장사는 성업 중입니다. 지금부터, 이 여인이 자기 난자를 어떻게 팔았는가를 판독해 아뢰겠습니다.' 염라대왕이 판독대신에게 '그 여인으로 하여금 직접 진술하게 하라.'하고 명했고, 탐독 대신은 김 서진 영혼에게 이승에서의 나이와 성명과 주소를 확인하고 나서 이실직고하라고 명령했어요. 김 서진이 염라대왕을 향해 항의하듯이 말했어요. '대왕마마! 제 몸에서 생성된 난자를 제가 순전히 자발적으로, 그것도 인류의 불치병 치료를 위한 연구에 쓰겠다고 해서 팔았으므로, 저는 당연히 극락에 가야 하는데, 어찌하여, 저를 연옥으로 가게 한 것입니까? 저의 그 신성한 것을 돈하고 바꿈질한 것이 죄란 말입니까? 그렇다면 이승의 모든 가난한 자들은 다 지옥이나 연옥엘 가야 하는 것 아닙니까?' 판독 대신이 그 여인에게 말했어요. '참고인은 전생에서 저지른 일을 솔직하게 진술할 권리와 의무밖에는 없느니라.' 김 서진이 앙칼진 소리로 말했어요. '저는 친구를 따라, 난자를 비싸게 팔 수 있다기에 김 학수 병원으로 아르바이트를 하러 갔을 뿐입니다. 건강한 몸인데다 결혼을 해서 아기를 낳은 바 있는 32살의 여성이므로, 보름 동안만 참고 수고를 하면 일백오십만 원을 받을 수 있다고 해서요. 지나고 보니, 저는 김 학수 병원 쪽에 속았습니다. 김 학수 병원 쪽에서는, 난자 채취에 응한 다음 심각한 후유증에 시달릴 수도 있음을 미리 말해야 하는데, 그렇게 하지를 않고 그 일을 진행했습니다. 병원에서는 혈압과 체온과 간단한 피 검사를 하여 제가 깨끗하고 건강한 여자라는 것을 확인한 다음, 난자를 채취하기 위해서 십오일 동안 입원을 해야 한다고 말하고 계약을 했습니다. 계약서는 일종의 각서였습니다. 어느 누구에게든지, 돈을 받고 난자를 팔았다는 말은 절대로 하지 않겠다는 것, 이후 어떠한 일이 있더라도 김 학수 병원 이외의 병원에 그 일에 대하여 문의하거나 진단을 받지 않겠다는 것, 김 학수 병원을 상대로 이의를 제기하지 않겠다는 것, 김 학수 병원에서 받은 150만 원은 난자 값이 아니며, 인류 미래의학을 위해 헌신하고 김 학수 병원과 인연을 맺은데 대한 감사의 뜻으로 받은 외국여행 경비라는 것을 명기한 것이었어요. 임신했다는 말이나 아기를 뱄다는 말이나 그것이 그것이므로 저는 사인하고 손도장을 찍고 입원을 했습니다. 그날부터 무슨 주사인가를 하루 한 차례씩 주고 피를 뽑아갔습니다. 뒤에 알고 보니, 그 주사는 홀몬제인데, 제 몸에서 난자가 빨리 생성되도록 하기 위한 것이고, 피를 뽑아가는 것은 제 혈액 속에 호르몬제가 알맞게 용해되어 작용하는지를 측정하려는 것이었습니다. 그 이튿날부터는 호르몬 주사 맞기와 피 뽑아가기, 초음파 검사를 병행했습니다. 이 초음파 검사는 아주 어색하고 짜증스러운 것이었습니다. 임신했을 때 아기 자라는 모양새를 살피기 위해 쓰는 두꺼비 모양의 검진기가 아니고, 남근처럼 생긴 기기였습니다. 간호사는 남근 모양새의 기기를 저의 질膣 속으로 삽입한 다음 상하 좌우로 천천히 문지르면서 모니터를 보았습니다. 난소에 생긴 난자의 성장 정도를 살핀다는 것이었지만 저는 기분이 야릇했습니다. 자위행위나 성행위 때의 저릿저릿한 쾌감하고 비슷해서 가슴이 우둔거리고 얼굴이 화끈거렸습니다. 그 일을 하루 한 차례씩 13일 동안 하고, 14일 째 되는 날 아침, 간호사가 제 팔뚝 혈관에 링거를 꽂고, 제 침대를 수술실로 밀고 갔습니다. 수술실 천정의 불들이 휘황해서 저는 눈을 감아버렸습니다. 저는 곧 죽음처럼 깊은 잠 속으로 빠져 들어갔고, 얼마쯤 뒤에 깨어났는데 그곳은 수술실이 아니고 회복실이었습니다. 술에 취한 듯 어릿어릿했는데, 시간이 지남에 따라 아랫배와 음부 전체를 날카로운 것으로 들쑤셔 놓기라도 한 것처럼 아리고 쓰라렸습니다. 아기를 낳고 난 뒤의 산후통 비슷했습니다. 간호사가 신음하는 저를 내려다보며 사무적으로 차갑게, 〈한 나절쯤만 참으면 좋아질 것이지만, 정 참을 수 없으면 저를 불러주십시오.〉하고 말했습니다. 나중에 안 일인데, 저를 전신 마취 시키고 난자를 채취해 간 것이었습니다. 그 과정의 실상을 알고 나서 저는 몸서리쳤습니다.' 이때 판독 대신이 끼어들었어요. '대왕마마! 바야흐로 이 여인에게서 난자를 채취하는 과정이 업경에 재생되고 있사오니, 소신이 소상하게 말씀해 올리겠사옵니다. 이 여인을 전신마취 시킨 다음, 의사가 주사바늘로 질의 벽을 찔러 난소에 들어있는 난자를 뽑아냅니다. 그 주사바늘은 흔히 사람들이 예방주사 맞을 때 사용하는 것이 아니고, 직경 2.5밀리쯤인 주사바늘, 말하자면 난자가 통과하면서 손상되지 않을 만큼 통통하고 기다란 것입니다. 질의 벽을 뚫고 들어간 주사바늘은 복강을 관통하여 난소에 도달합니다. 대왕마마, 이것은 의료행위가 아니고, 정말 끔찍한 착취행위이고 사술詐術행위입니다.' 김 서진이 울면서 말했어요. '그 이후 제 배 속에서는 복수가 차오르곤해서 그것을 수차례 뽑아내고 복수가 더 생기지 않도록 무수히 주사를 맞고 약을 먹었습니다. 그리고 전신 마취 후유증으로 거의 반년 동안 무력증이 일어나곤 했습니다. 몸이 비실비실해서, 밥을 먹기만 하면 잠을 자고 또 자고...... 그러면서 나날을 보냈습니다. 몸이 뚱뚱해지면서 시도 때도 없이 한 달이면 다섯 차례 여섯 차례쯤이나 월경을 치렀습니다. 그때마다 까늑까늑

배앓이가 생기고, 슬퍼지고 불안해지고, 울컥 죽어버리고 싶기도 했습니다. 알고 보니 호르몬제 과다사용으로 인한 후유증이었습니다.' 업경 판독 대신이 곁들여 설명했어요. '이 여인이 알지 못한 일이 이 여인의 몸 은밀한 곳에 생기고 있었는데, 그것은 유방과 자궁에 암세포가 자라나고 있는 것이었습니다. 그것은 호르몬제 과다 투여 때문입니다.' 김 서진은 두 손으로 얼굴을 가린 채 흐억흐억 하고 울기 시작했고, 판독 대신이 염라대왕을 향해 말했어요. '김 학수가 이승에서 저지른 죄는 대왕마마께서 다스리고 계시는 지옥의 형벌로써는 응징할 수가 없사온데, 그 까닭은 이러합니다. 시방, 이승의 소장 의학자들과 생태학자들이 학계에 보고한 것 두 건이 업경에 떠올라 있사옵니다. 그 하나는, 여성의 몸에서 가장 성스러운 곳이라고 할 수도 있는, 성감대 제일 예민한 질 벽을 직경 2.5밀리미터인 기다란 바늘로 찌른 까닭으로 인한 아픔은 육체적으로 정신적으로 불감증을 초래할 수 있고 불임의 원인이 될 수 있다는 보고입니다. 다른 하나는, 여성의 난소는 한 평생 동안 약 450개쯤의 난자를 생산하도록 되어 있는데, 난자를 물리적으로 채취하기 위하여 호르몬제를 15일 동안 계속 투여한 결과, 한 달에 대여섯 개 이상씩의 난자가 생산되는 버릇이 생겨버린 까닭으로 그 여성은 40세 이

전에 난자 생산을 끝내게 될 뿐만 아니라, 갱년기와 골다공증이나 당뇨나, 세포 노화로 인한 폭삭 늙어버림 현상이 급속도로 진행된다는 보고입니다. 지금 난자를 제공하고 나서 그러한 후유증에 시달리고 있는 여자가 한둘이 아닙니다. 지금 이 여인은 무시로 일어나는 불규칙한 월경, 무력증, 우울증, 복강에 물이 차는 증세에 시달리고 있다가 스스로 목숨을 끊고 연옥엘 간 것입니다.' 염라대왕이 판독 대신에게 호통을 쳤어요. '아니, 줄기세포 연구를 위해 천사 같은 심사로 난자를 제공했는데 왜 천국으로 보내지 않고 연옥으로 보냈단 말이냐?' 판독 대신이 대답했어요. '이 여인은 난자를 팔기 위해 김 학수 병원엘 들어오기 이전에 남편으로부터 이혼을 당했습니다. 그것은 다른 남자와 사통을 했기 때문입니다.' 염라대왕이 단호하게 말했어요. '진실로 사랑하는 사이라면 한두 번의 사통쯤이야 문제 되지 않는다. 이 여인을 당장에 천국으로 보내도록 하여라.' 판독 대신이 염라대왕을 향해 말했어요. '이 여인은 난자를 제공하고 받은 돈으로 쌀과 반찬을 사고 또 목걸이를 샀습니다. 신성한 난자를 매매한 돈으로 쌀과 최소한의 검박한 반찬을 산 것은 용서 받을 수 있지만 목걸이를 산 것은 용서 받을 수 없는 일이라고 대왕께서 기왕에 심판하신 것입니다.' 염라대왕이 말했어요. '만일 이 여인이 목걸이 구입한 대목의 잘못을 뉘우치고 참회를 한다면 다시 되돌려 보내 한 생을 더 살도록 기회를 주어라.' 판독 대신이 염라대왕의 명대로 김 수진을 돌려보내고 김 학수를 업경대 앞에 세우고 물었습니다. '이 자는 어디로 보낼까요?' 염라대왕이 말했어요. '이 자는 이승에서 가난한 집의 여성으로 태어나게 하되, 장차 불임 여성들을 위해 난자를 채취하는, 김 학수 병원으로 가서 김 학수의 아들에게 난자를 거듭거듭 제공하면서 살아가는 삶을 살도록 함으로써 전생의 업을 갚게 하여라.' '너무 잔인하지 않습니까?' 판독 대신이 간하자 염라대왕이 말했어요. '나에게 잔인이란 없다. 우주는 돌고 돈다. 이승과 저승의 질서도 그 원리에 따라 돌고 돌아야 한다. 전생의 업에 따라 다음 생의 업은 지어지는 것이다.' 김 학수가 끌려가는 것을 보면서 저는 단테에게 얼른 이승으로 돌아가고 싶다고 말했어요. 그러자 단테가 말했어요. '허 소라, 그대도 저 업경 앞에 한번 서보지 않겠소? 업경 앞에 서게 되면, 그대가 이때껏 어떤 삶을 어떻게 잘 살고 어떻게 잘못 살아왔는지 환히 알게 될 것이오.' 순간, 저는 눈앞이 아찔했습니다. 단테의 그 말대로 하고 싶지 않았어요. 업경에 나를 비추지 않으려고 황급히 몸을 돌렸어요. 바삐 걸어 나가려 하는데 발이 떨어지지 않았어요.

그때 새까만 옷을 입은 옥졸이 다가와 팔을 붙잡으면서 말했어요. '여기 들어온 자는 어차피 한 번은 저 거울에 몸을 비추어 보고 돌아가야 합니다.' 저는 가슴이 심하게 두근거렸어요. 남편이 살았을 적에 남편이 죽어버리기를 바란 적이 있었어요. 교통사고를 당하여 죽기를 바라고, 암에 걸려 죽기를 바라고, 비행기 사고를 당해 죽기를 바라고…… 그 모든 것이 업경 앞에 서자마자 재생될 것 아닙니까. 저는 "싫어요!"하고 소리치며 옥졸의 손을 뿌리쳤어요. 한데 옥졸이 저의 몸을 번쩍 안아들고 업경 앞으로 갔어요. 저는 옥졸을 뿌리치려고 몸부림치다가 잠에서 깨어났어요."

그녀의 그 꿈 대목은 나의 꿈 한 대목과 아주 비슷했다.

내가 염라대왕 궁전 문 앞에 들어섰을 때 지장이 나를 향해 농을 걸었었다.

"기왕 여기에 들어오신 김에 업경 앞에 한번 서보고 돌아가시오. 저 거울에 비치는 한 선생의 전생 대부분의 삶을 훑어보고 나서 되돌아간다면 나머지 삶을 마감는데 있어서 아주 많은 도움이 될 것입니다."

지장의 말을 엿들은 옥졸이 나의 얼굴을 바라보았고, 옆의 다른 옥졸이 그 옥졸을 향해 말했다.

"그래 저 한승원이란 자를 업경 앞에 세워 자기 지난 삶을 살필 수 있도록 하되, 만일, 선악에 대하여 넉넉히 잘 판단하고 살았어야 할 저 한승원이란 자의 반평생의 삶이 위선과 행악으로 가득 차 있다면 다시 되돌려 보내서 참회의 삶을 살게 하고 어쩌고 할 필요가 없다. 결과에 따라 당장 염라대왕에게 고하여 한승원으로 하여금 육도 환생하게 하자."

아니 이를 어쩌나. 나의 전력은 말도 못하게 복잡하다. 어린 시절부터 무수히 속이고 몰래 훔치고 감추고 기만하고, 죄 없는 생명들을 죽여 몸을 살찌게 한 이력들이 모두 다 드러날 터이다. 그것들이 드러난다면 육도환생의 길을 면할 수 없게 된다. 나는 황급히 옥졸들을 향해 "싫어요!"하고 소리치면서 옥졸의 손을 뿌리치고 지장의 뒤를 따라갔었다.

이야기를 끝내고 난 허 소라의 얼굴에는 열꽃이 환하게 피어 있었다. 서녘 하늘에서 타오르는 노을 때문인지, 그녀가 지껄인 지옥 이야기 때문인지, 마당과 응접실 안의 공기가 불그죽죽해 있었다.

"선생님, 이 '곡신도'가 저를 무척 힘들게 합니다."

그녀가 말했고, 내가 대꾸했다.

"지옥의 소설을 쓰는 데에는 이승 사람들의 삶이 소재로 사용됩니다. 그런데 그 독자는 지옥 사람들이 아니고 이승 사람들입니다."

그녀가 나를 향해 슬프게 웃으면서 말했다.

"그런데 저에게는 이 '곡신도'의 관념을 소화시킬만한 효소가 아직 생성되어 있지 않았습니다."

내 가슴 속에 무지개가 뜨고 있었다. 그녀가 술 한 잔을 들이켜고 고개를 들더니, 까만 눈망울로 알 수 없는 빛을 나에게 쏘아 날리며 축축하게 젖은 목소리로 말했다.

"*지금 저녁은 수술대 위에 마취된 환자처럼 서쪽 하늘을 배경으로 펼쳐져 있습니다. 우리 갑시다. 여닫이 횟집으로. 우리에게는 아직 시간이 얼마든지 있습니다. 우리가 보고 온 지옥과 앞으로 가게 될 지옥이나 천국에 대하여 논의할."

*주; T.S 엘리옽의 'J.A.프루프록의 연가

끝

어촌속담

바다마을 사람들의
속담 풀이

한 승 원

바다는 기상 변화가 잦다. 자연 그 속에서 사는 사람들은 그 변화에 민감하지 않으면 살아배길 수가 없다. 바닷가사람들은 바다와 인연하여 살면서 해류의 변화와 고기와 조개들의 생태와 바다 자연의 신비로움과 우주의 원리를 터득하고 지혜롭게 살고 있다. 그 지혜가 말 속에 녹아 있는데 그것이 바닷가 사람들만 사용하는 속담이다. 그 속에는 삶의 지혜뿐만 아니고 정서와 끈끈한 정과 철학과 신화가 슴배어 있다. 바닷가 마을 사람들의 속담을 아는 일은 인생의 지혜와 심오한 철학을 아는 길이다.

• 가는 배가 순풍이면 오는 배가 역풍이다 : 한 가지가 좋으면 한 가지는 나쁜 데가 있다.

• 가오리 코에 닻 놓듯 : 가오리 코는 평평한 곳에 매우 안전하게 붙어 있다. 배를 정박시킬 때 그와 같은 자리에 닻을 놓으면 매우 안전하다는 뜻으로, 모든 일을 그와 같이 안전하게 도모해야 한다는 말.

• 가을 비가 잦으면 굴이 여문다 : 영양분 많은 빗물 때문에 굴 석화성장이 촉진된다.

• 가을 전어 머리에는 깨가 한 되 : 가을 전어는 살이 찌어 맛있고, 또한 바닷고기는 머리 부분이 더욱 맛이 있다는 뜻.

• 가자미 물 짐작하다가 갯벌 등에 얹힌다 : 감각이 둔한 사람이 예민한 체하고 잘 아는 체할 때 빈정거리는 뜻으로 쓰는 말.

• 갈매기떼 있는 곳에 고기떼 있다 : 갈매기는 일반적으로 수면 가까운 곳에 떠오르는 물고기를 먹고 살기 때문에, 뱃사람들은 그 새를 어군 탐지의 표적으로 삼곤 한다.

• 갈매기도 제 집이 있다는데 : 집이 없음을 한탄하는 말.

• 갈매기 낮게 날면 어장 걷어라 : 바닷새들은 기상 변화에 민감하다. 그 새가 낮게 날면 날씨가 나빠지기 마련이다.

• 개구리 울면 낚시질 가지 마라 : 비가 오려면 개구리들이 유난히 많이 울곤 한다.

• 갈매기 솥 짊어지고 다닌다 : 고기 잡아가지고 들어온 선주의 집들을 기웃거리며 염치없이 고기나 얻어먹고 다니는 사람을 빈정거리는 말.

• 갈치가 갈치 꼬리 서로 뜯어 먹고 산다 : 서로 다정한 사이, 형제 사이에 서로 이익을 위하여 서로를 헐뜯을 때 빈정거리는 말.

• 개가 미우면 낙지 사다가 먹는다 : 일반적으로 생선을 먹으면 뼈를 내뱉기 마련이고, 그 뼈는 개 차지이다. 그러나 낙지는 뼈가 없는 고기이므로 사다가 먹어 보아야 개한테 돌아갈 것이 없다. 미운 사람한테 손해를 입히기 위해서는 자기가 어느 정도의 손해를 입으면서라도 그 미운 사람한테 돌아갈 것이 없도록 만든다는 뜻.

• 갯것 잘하는 며느리는 쳐도 술 잘 담그는 며느리는 치지 않는다

: 술 담그는 일을 경계하는 말.

• 갯벌에서 게 잡다가 광주리만 잃었다 : 어떤 일을 하다가 성과도 없이 중요한 손해만 입었을 때 쓰는 말이다.

• 갯벌에 빠진 호랑이 흐르렁대듯 : 권력을 잃은 사람이 호통을 칠 때 하는 말.

• 갯비나리 : 어촌 사람들이 고기잡이나 뱃길에서의 무사 안전과 만선滿船과 풍어豊漁를 비는 제의祭儀이다. 「비나리」는 환심을 사기 위해 아부 아첨하는 행위나 말들이고, 「비나리치다」는 그러한 행위나 말들을 한다는 말.

• 게 잡아서 놓아 주었다 : 애써 이룩한 일이 허사로 되버렸을 때 쓰는 말.

• 게는 달이 없어야 알이 찬다 : 게는 달이 없는 그믐께에 알을 밴다. 알찬 일은 은밀하게 이루어짐을 나타내는 말.

• 게도 망태도 다 잃었다 : 여러 가지 손해를 한꺼번에 당한 경우에 쓰는 말.

• 게망태 풀어놓은 듯하다 : 1. 여러 가지 손해를 한꺼번에 당한 경우에 쓰는 말. 2. 그만그만한 사람들이 한꺼번에 몰려나와 흩어질 때 쓰는 말.

• 개똥불반딧불이 높이 날면 큰바람 없다 : 기상변화에 민감한 곤충이 반딧불이다. 바람이 불려면 그 반딧불이 낮게 난다.

• 갯뉘 치면 바람이 곧 분다 : 연안 바다에 이유 없이 굼실거리는 큰 물너울이 생기면, 먼 바다에 큰 바람이 불고 거기에 물결이 높아 있는 것이다. 그 바람이 곧 밀려올 것임을 알고 대처해야 한다.

• 거북 잔등에서 털 긁는다 : 구할 수 없는 곳에서 구하려고 애쓰는 어리석음을 꾸짖는 말. 緣木求魚

• 고기를 잡으려면 배 연장들을 의붓아비 모시듯 해야 한다 : 어선 어구들을 정성들여 손질해야 함을 말함.

• 고기 못 잡는 선장 배만 나무란다 : 고기 못 잡는 어부 그물만 나무란다. 선무당 장고만 나무란다와 같은 뜻.

• 고기 씨가 적으면 그해 고기가 많은 법 : 잡힌 고기의 배를

갈라보면, 거기에 알집이 들어 있는데, 그 속에 들어있는 알의 크기가 여느 해보다 작다 싶으면 그 해에는 고기들이 잘 잡힌다는 뜻. 알의 수가 많으므로 그만큼 번식이 많이 된다.

• 고사 모실 생각 말고 그물코 단속하라 : 외부의 힘에 의존만 말고 어구들을 잘 단속하는 말.

• 곡우가 넘어야 조기가 온다 : 조기는 제주도 서남방의 따뜻한 바다에서 월동을 하고 4월 곡우가 지나면 북상회유北上回遊하게 되는데 이때 조기는 개구리와 비슷한 소리로 울면서 물 위로 떠오르는 습성이 있다. 이때 조기어장이 선다.

• 곤포닻에 용 걸리겠다 : 불가능함을 알면서도 기어이 하겠다고 우겨대는 사람을 빈정거릴 때 쓰는 말. 곤포란 다시마와 비슷한 해조류이고, 곤포닻이란 여천 연안지방 사람들이 곤포 채취를 위해 특별히 고안한 닻 모양의 어구이다.

• 구월 군구조금에 사돈네 빚 갚는다 : 음력 9월 9일에는 고기가 잘 잡힌다는 말.

• 구덕구럭의 게도 놓아 주겠다 : 미련스런 짓만 하는 사람을

빈정대는 말.

• 구운 게도 다리를 떼고 먹는다 : 안전하다 싶은 일도 조심하라는 말.

• 고기 한 점이 귀신 천을 쫓는다 : 대결보다는 달래어 내치는 것이 좋다는 말.

• 고기를 사면 뼈도 사게 마련이다 : 어떤 큰일을 하면 부수적인 것들이 해결되게 마련이라는 말.

• 고기 잡으러 가면서 그물 안 가지고 간다 : 그 일에 있어서 가장 중요한 것을 빠뜨리고 그일을 착수하려 할 때 쓰는 말.

• 고춧가루 서 말 먹고 물속으로 30리를 꾼다 : 악착스러운 사람을 두고 이르는 말. 내가 젊어서 광양중학교로 발령을 받았을 때 한 선배가말했다. "보통 갯가 사람들은 물속으로 삼십리를 꾸는데, 광양 사람들은 고춧가루 서 말 먹고 뻘 속으로 삼십리를 꾼단다." 생명력이 그만 더 강하다는 뜻이다.

• 구시월 도지면 비 한 방울에 바람이 석 섬 : 구시월 도지는 9

월, 10월에 부는 돌풍. 이때 부는 바람은 비를 한두 방울씩 뿌리면서 매우 맹렬하게 부는 것임을 일깨우는 말.

• 구실월 도지는 호랑이도 무서워한다 : 9월, 10월에 부는 돌풍은 그만큼 무서우니 조심하라는 말.

9월 광어는 그놈이 엎드려 있던 갯벌만 떠다가 먹어도 맛있다 : 그만큼 9월 광어는 맛있다는 뜻.

• 굴맹이가 흔한 해는 바람이 자주 분다 : 굴맹이는 군소의 사투리다. 군소는 조류나 파도가 강하면 몸을 둥글게 움츠리고 굴러다니는 습성이 있다. 그러므로 군소가 갯가에 많이 밀려와 있음은 바람이 자주 많이 불고 있음을 말해준다.

• 까치놀 : 석양에 멀리 바라다보이는 바다의 수평선에서 희번덕거리는 물결.

• 그물을 쳐야 고기를 잡는다 : 어떤 것을 얻으려면 그걸 얻을 수 있는 준비를 해야 한다는 뜻. 산에 가야 범을 잡는다. 님을 보아야 아기를 낳는다.

• 그물을 뒤집어쓰고 고기 잡는다 : 일의 두서를 모르고 한다.

• 그물에 든 고기 : 죽을 운명에 처해 있음을 말할 때 쓰는 말.

• 그물도 장만하지 않고 고기만 탐낸다 : 일도 않고 성과만 바란다.

• 그물 속에 들어도 빠져 나갈 구멍은 있은 법 : 아무리 치밀한 일에도 맹점은 있다. 아무리 궁지에 처해도 그것을 벗어날 수가 있으니 절망하지 말아라.

• 그물이 삼천리라도 벼리가 으뜸 : 주관하는 그 하나가 가장 중요함.

• 그물 던질 때마다 숭어 잡힐까 : 행운은 자주 닥치는 것이 아니다.

• 그물코가 삼천이면 잡힐 날이 있다 : 집념을 가지고 노력하다 보면 성공할 수 있다.

• 그물코 삼천에 코마다 한 마리씩 : 선주나 어부들이 만성을

빌 때 쓰는 말.

- 꽁치는 주둥이로 망한다 : 불필요한 입놀림을 경계하는 말.

- 귀신은 속여도 그물코는 못속인다 : 어떠한 신성도 인간적인 치밀성을 따르지 못함을 뜻한다. 또, 그물코가 크고 작음에 따라 각기 다른 고기가 잡힘을 말하는 것으로, 어떤 신통력보다 인간적인 치밀함에 따라 결과가 달라짐을 뜻하는 말.

- 나무 깍단은 있어도 고기 깍단은 없다 : 땔나무는 마음대로 많이도 할 수 있고 적게도 할 수 있지만, 고기는 마음대로 잡을 수 없다는 말.

- 나비가 날기 시작하면 복어를 먹지 말아라 : 나비 날기 시작하는 2월이나 3월, 4월이면 복어의 산란기로 가장 독성이 강한 때이므로 조심하라는 말.

- 나비 잡아먹은 복어 먹으면 죽는다 : 위와 같은 말.

- 낚싯밥만 떼었다 : 어떤 일을 시작하였다가 손해만 보고 말았다.

• 낚시는 작아도 큰 고기만 잡는다 : 밑천을 적게 들여서 많은 이익을 얻게 되었다는 뜻.

• 낚시에 걸린 고기다 : 어찌할 수 없이 잡히거나 묶이는 신세가 되었다. 잡힌 상태에서 탈출을 포기하고 그 상태에서 구제받을 길을 찾지 않으면 안된다는 뜻.

• 낚시에 용이 걸렸다 : 작은 밑천으로 상상할 수 없는 큰 이득을 보게 되었다. 함부로 탐내고 있음을 경계하는 말.

• 낚시질을 작은 개울에서 하면서 큰고기를 노린다 : 소졸한 사람이 분수 넘치는 욕심을 부림을 경계하는 말.

• 낚시질을 작은 개울에서 하면 큰 고기는 잡기 어렵다 : 작은 계획을 세우고 일을 시작해서는 큰 성과를 거두기 어렵다.(장자)

• 노 잃고 삿대 찾는다 : 더 중요한 것을 잃고 덜 중요한 것을 얻기에만 골몰함을 빈정거리는 말.

• 놀아도 물가에 가서 놀아라 : 어촌 사람들은 물과 친해야만 무슨 좋은 수가 생긴다는 말.

• 농사 흉년이면 바다도 흉년 : 가뭄이 들면 어업 생산도 줄어든다는 말.

• 높새바람 불면 고기가 골치 아프다고 한다 : 북동풍이 불면 고기잡이가 잘 안된다는 말.

• 뇌성 벽력 치면 오징어가 빠진다 : 큰 비 오고 바람이 강하게 불고 천둥번개가 치면 오징어잡이가 잘 안 된다는 말.

• 눈 먼 고기 달 쳐다보듯 한다 : 어떤 참모습을 모르고 만나는 뜻을 비유해 일컫는 말. 장님 단청 보듯 한다.

• 다섯물이면 용왕님 불알 보인다 : 다섯물은 음력 열나흘과 스무아흐레를 말하는데, 이때는 썰물이 가장 많이 지므로 깊은 곳에 있던 바위나 아랫목의 갯벌도 다 드러나게 된다는 말.

• 닻 없는 배 있으나 마나 : 고기잡이 나가는 배에서는 닻이 그만큼 중요하다는 말.

• 달밤에 멸치 새듯 한다 : 모임 같은 데에서 남몰래 잘 빠져나가는 것을 빈정거려 쓰는 말. 통발에 미꾸라지 빠져 나가듯.

• 땅 짚고 헤엄치기 : 안전하고 쉽게 일을 처리할 수 있게 되었을 때 쓰는 말.

• 도마 위의 고기가 칼 무서워하랴 : 막다른 골목에서 아무것도 두려워 할 것이 없음을 말할 때 쓰는 말.

• 돌풍 만난 만선배 헛치레 하기 : 조난 위기에 처하면 잡은 고기도 버리는 수가 있다. 쓸데없는 짓을 할 때 빗대어 하는 말.

• 되는 집 며느리는 물에 빠져도 시아버지 반찬감을 잡아가지고 나온다 : 운이 트이고 하는 일마다 잘 되어가는 사람에게 쓰는 말. 그 반대의 경우는, '망해가는 집 며느리는 달밤에 삿갓 쓰고 무당춤을 배운다.'

• 머슴 밥하고 닻 밥은 많이 주어야 하는 법 : 닻 밥은 닻줄의 길이이다. 배를 정박시킬 때는 닻줄을 넉넉하게 풀어주어 안전하게 해야 한다는 말.

• 멍청한 고기는 그물을 안 무서워하고 되새만 무서워한다 : 눈에 보이는 것만 두려워하고 더 무서운 것을 함부로 대할 때 쓰는 말.

• 물웅덩이에 거품 일어나면 배타고 나가지 말아라 : 비바람이 불 것임을 경계하는 말이다.

• 물갈래 생기는 곳에 어장 선다 : 물갈래는 두 조류(난류와 한류)사이에 좁은 띠와 같은 것이 생기는데 그것을 물목(조목潮目)이라고 한다. 그 조목에는 수포, 먼지, 해파리, 프랑크톤이 많이 모이게 되고 많은 어군들이 모이게 된다.

• 물 넘은 전어 : 신선도를 잃어버린 전어라는 말로, 어떤 것이 그 가치를 많이 잃어버렸음을 뜻하는 말.

• 물이 너무 맑으면 고기가 안 잡힌다 : 물이 맑은 곳에는 프랑크톤이 많이 모이지를 않으므로 자연 고기가 몰려들지를 않는다.

• 물에 고기는 호랑이 나듯 한다 : 고기떼의 이동은 산에 나타난 호랑이가 달려가듯 빠르므로 기회를 놓치지 말고 잡아야 한다는 뜻.

• 민물 맛 본 고막 맛 : 민물 맛을 보아야 고막의 육질은 발달하고 맛있게 된다.

• 미역국 먹고 천장 쳐다본다 : 어떤 일에 만족스럽지 못하면서 그 기색을 나타내려 하지 않을 때 쓰는 말이다.

• 몽어는 몽어 대로 숭어는 숭어 대로 논다 : 끼리끼리 어울리고 사귄다는 뜻.

• 물 밖에 난 고기 : 구제 받을 수 없는 경지에 이르렀음을 말함.

• 바다로 고기 팔러 간다 : 어떤 일의 물정을 모르고 덤비는 사람에게 하는 말.

• 바다에서 토끼 잡는다 : 나무에게 고기를 구하려 한다.

• 바다에 물 한 방울 떨어진 셈 : 흔적이 없다는 말.

• 바다에 배 지나기, 한강에 배 지나가기 : 흔적이 없다.

• 바다에 빠진 바늘 찾기 : 해도 도지 않을 일.

• 바다에 오줌 한 번 누기 : 흔적이 없다.

• 바닷가 강아지 호랑이 무서운 줄을 모른다 : 두려운 줄 모르고 덤벙대는 사람을 빈정거리는 말.

• 바닷물을 다 마셔도 싱겁다고 할 심보다 : 욕심많은 사람을 빈정대는 말.

• 바닷물을 말로 되려 한다 : 되지도 않을 일을 하려고 덤빌 때.

• 바람 따라 돛을 달아라 : 환경에 알맞게 하라. 순리대로 해라.

• 바다는 메워도 사람 욕심은 못 메운다 : 욕심의 한 없음을 경계하는 말.

• 바다 안개 만나면 호랑이 만난 것보다 더 무섭다 : 뱃사람한테 안개의 무서움을 일깨우는 말.

• 바다가 울면 갯일 치워라 : 해조음은 기상이 급변할 것임을 예고해 준다.

• 바람따라 돛을 단다 : 무슨 일이나 환경 입장과 처지와 문수에 알맞게 해야 한다.

• 바람따라 뱃머리를 돌린다 : 일는 환경과 분위기를 따라 해
야 순조롭게 된다.

• 바람 숨결 거칠어지면 키를 반듯이 잡아라 : 일이 복잡하게
얼키고 설킬 때는 줏대 있게 행동해야 함을 나타내는 말.

• 바람 빌어 배달린다 : 남의 힘을 빌어 쉽게 이득을 본다.

• 밤 바닷가 밝아 보이면 만선한다 : 밤바다가 빛을 발하는 현
상을 해광海光이라고 하는데, 그것은 바닷물 속의 플랑크톤과 발
광 해파리, 멸치 따위의 작은 어류들 때문이다. 그것들이 성하면
자연 큰 고기떼들이 많이 모여들기 때문에 고기들이 잘 잡히기 마
련이라는 뜻.

• 밤하늘에 별이 자주 깜박이면, 먼 바다에 나가지 말아라 :
큰 바람이 불 것임을 경계하는 말.

• 방 그물질 하는 사람 똥은 개도 안 먹는다 : 방 그물질은 손
으로 끄는 원시적인 저인망 어업이다. 그 방 그물질하기는 그만큼
힘들다는 뜻.

• 배가 크면 물도 깊어야 한다 : 포부가 커야 큰일을 할 수 있다.

• 바다에 사는 배는 물보다 불을 무서워한다 : 아무리 겁이 없는 사람도 무서워하는 상대가 있기 마련이다.

• 배삯般費없는 놈이 배에 먼저 오다 : 능력없는 사람이 있는 체하고 남보다 앞선다.

• 배에 여자를 태우면 재수 없다 : 예로부터 금기로 되어 있었다. 그러나 시대는 변했다. 여성 선장 여성 선원, 여성 어부들이 활동하는 시대가 되었다.

• 배질하다가 안개 걷히면 돌아가신 부모님 만나는 것보다 더 반갑다 : 뱃사람은 안개가 호랑이보다 더 무섭다는 속담도 있다. 항해할 때 전망이 트일 때의 기쁨을 나타내는 말.

• 배가 가라앉으려면 쥐가 먼저 도망친다 : 짐승들은 천재지변을 미리 아는 신통력을 가지고 있으니, 그런 일이 있으면 미리 조난에 대비하라는 말.

• 배가 바다 한가운데 갔을 때는 새는 물구멍 막기가 어렵다 :

미리 제때에 방비를 하라는 말.

• 배가 뒤집히면 물에 빠지지 않는 것이 없다 : 나라가 망하면 모두가 불행해진다. 어떤 단체가 망하면 그 소속원이 모두 피해를 입는다.

• 배는 물 없으면 못 뜬다 : 조건이 조성되어야 이루어진다.

• 배는 물이 띄우기도 하지만 뒤집거나 가라앉히기도 한다 : 배는 임금이고 물은 백성이다. 배는 선출직 공무원들이고 물은 국민이다.

• 배도 안 묻고 깡달이부터 장만한다 : 아기도 안 배고 포대기부터 마련한다.

• 배 팔아 돛 산다 : 돛단배가 고기잡이를 나다닐 때는 그만큼 돛이 중요하다는 뜻.

• 백성 입 막기는 바다 막기보다 어렵다 : 백성의 여론 막기가 그만큼 어렵다는 말.

• 백중에 바다 미역하면 물귀신 된다 : 백중 때는 수온이 급강하므로 해수욕을 하지 말라는 말.

• 뱃놈 말 들으려면 티 서 말을 먹어야 한다 : 어려운 이 일 저 일들을 많이 해야만 훌륭한 어부가 된다는 말.

• 뱃놈의 개 : 놀고먹는 사람을 이르는 말.

• 뱃놈한테는 여름 겨울이 없다 : 바다의 기상이나 온도는 그만큼 자주 변한다는 말. 그러므로 여름이라도 배에서 밤을 새울 때는 입을 옷가지나 덮을 자리를 넉넉하게 준비하는 뜻.

• 버드나무 가지에 새 머리 보일 듯 말 듯할 때 고기떼 올라온다 : 고기잡이 시기를 일러주는 말.

• 별빛 흔들리면 큰 바람이 분다 : 하루중 기층이 가장 안정되어 있는 때는 새벽이므로 새벽 하늘에 떠 있는 별을 바라보면 기층의 안정상태를 알수 있다. 별이 똑바로 보이면 안정되어 있고, 별빛이 물결 치는 물 위에 떠 있는 것처럼 가물거리면 불안정한 것이다. 그것은 공기층에 심한 공기의 이동이 있음을 뜻한다.

• 봄 조개 겨울 낙지 : 제 철이 되어야 제 맛이 난다.

• 북어 한 마리 부조한 놈이 젯상 엎는다 : 배삯 없는 놈이 배에 먼저 오른다. 협조는 조금 한 사람이 생색은 제일 많이 내고 일을 망치려든다.

• 북어 한 마리 놓고 어물전 본다 : 구색을 갖추지도 않고 어떤 일을 한다.

• 북어와 여자는 두드려야 부드러워진다 : 봉건적인 생각에 물들어 있는 사람들의 무지막지한 말이다. 지금은 여성상위 시대이다. 없어져야 할 말이다.

• 북어나 명태나 : 처남이나 자기 각시의 남동생이나 결국은 같은 말이라는 뜻이다.

• 북어껍질 오그라지듯 : 점차 줄어든다는 뜻.

• 복어알 먹고 놀란 사람 청어알도 안 먹는다 : 솥뚜껑에 놀란 사람 부지깽이 보고도 놀란다.

• 복쟁이복어가 잇갑미끼 따먹듯 한다 : 낚시질할 때 보면 복어가 무천 간사하다. 약삭빠르게 자기 이득만 취하는 사람의 행실을 두고 하는 말.

• 복쟁이 헛배 불렀구나 : 실속 없는 행동을 하는 사람을 두고 이르는 말.

• 봄철 문저리는 개도 안 먹는다 : 알이 슬어버린 문저리는 맛이 없다는 말.

• 비 오다가 갈 바람이 불면 사공이 덩실덩실 춤을 추는 법 : 비가 개고 날씨가 맑아지므로.

• 4월 도미는 보리밭에 거름이나 하지 못 먹는다 : 알 낳아버린 도미는 맛이 없다는 말.

• 산 짊어진 거북이 돌 짊어진 가재 : 큰 세력을 믿고 버틴다는 말.

• 산 물에 고기 안 나고 죽은 물에 고기난다 : 조류가 빠른 물 때(사리)에는 고기가 안잡히고, 조류가 느린 때조금에 잘 잡힌다

는 말.

• 싼물에 놋좆 빳는다 : 싼물은 급류 놋좆은 배와 노의 사북과 같은 것. 급한 일이 일어나고 있을 때 가장 요긴한 것을 잃어버릴 수 있음을 경계하는 말.

• 새털 구름 뜨면 선주 마누라 본 것 같다 : 새털구름은 상층운이다. 그것은 악천후의 전조이다. 섬찟 무서워진다는 말.

• 서무셋날에는 눈 빠진 고기도 문다 : 서무셋날은 서무날. 서무날은 음력 열이틀과 스무 이레를 말한다. 이날은 조류가 세차지 않아 고기가 잘 문다는 뜻.

• 서무셋날 물은 뜨는 도내기 지는 도내기 : 서무날의 썰물은 해뜰 무렵과 해가 질 무렵에 바야흐로 지기 시작한다는 말, 즉 모래톱에 밀려 들었던 밀물이 해질 무렵과 해뜰 무렵에 각각 바야흐로 썰물진 흔적을 나타내기 시작한다는 말이다.

• 서무셋날은 점심 바구니 들고 개에 간다 : 서무날은 바닷일을 가장 많이 할 수 있으므로 점심 준비까지 해 가지고 나가라는 뜻.

• 서투른 어부 용왕 탓한다 : 선무당 장고 나무란다.

• 서낭 모실 생각 말고 뱃사람 잘 모셔라 : 선주에게 뱃사람 대우 잘 하라는 말.

• 선구름 뜨면 배 돌려라 : 선구름은 소나기 구름이다. 벼락, 돌풍, 소나기 따위가 곧 발생할 것이므로 대피하라는 말.

• 선장이 둘이면 배가 산으로 올라간다 : 주장되는 어느 한 사람의 말에 따르라고 하는 말.

• 섬에 나무가 성하면많으면 고기가 성하다많이 산다 : 고기 서식의 자연환경이 중요함을 이르는 말.

• 썰물에는 게나 고동이나 하다가 들물에는 몽어나 숭어나 한다 : 이 반대되는 속담은, '들물에는 몽어나 숭어나 하다가 썰물에는 게나 고동이나 한다.' 고기가 입질을 잘하기 시작하면 고급 어종만 걸려들기 바란다. 사람의 심사 간사함을 나타내기도 하는 속담이다. 새벽 호랑이 개구리도 잡아 먹는다. 초저녁 호랑이 살찐 암캐 노리다가 새벽이 되면 쥐도 잡아먹는다.

• 세 전(설 쇠기 전)에 대꽃 피면 멸치 많이 난다 : 겨울이 따뜻

하면 이듬해 봄에 난류성 고기인 멸치가 많이 잡힌다는 뜻.

• 속을 모르겠으면 청산으로 시집을 가보아라 : 실제로 어려움을 맛보아야 참 어려움을 알 수 있다는 말.

• 숭어 대신 몽어 : 꿩 대신 닭.

• 순풍에 돛 달았다 : 순조롭게 일이 잘 풀리어 나갈 때 쓰는 말.

• 시월 시제 때 「치」는 꿔다 해도 한다 : 「치」는 맹렬한 악천후를 말한다. 10월 중순의 악천후는 반드시 있게 마련이라는 말.

• 시월 보름살(사리) 물이 정월 보름살 물보고 사돈하자 해도 마다고 한다 : 정월 보름 사리 때의 물이 10월 보름 사리 때의 물보다 훨씬 조류가 빠르다는 말. 그 무렵에 항해할 때 조심하라는 말이다.

• 시월 선 보름 궂었으니 후 보름은 좋을 것이다 : 반대로, 시월 선 보름 좋았으니 후 보름은 궂을 것이다고 하기도 한다. 10월은 계절풍의 교대기에 들어가기 시작하는 것이다. 그만큼 변덕도 심하다.

• 아침 무지개는 비, 저녁 무지개는 맑음 : 아침 무지개 뜨면 비가 오고, 저녁 무지개가 서면 날씨가 좋아지게 마련이라는 말.

• 아침 안개는 스님 대가리 깐다 : 여름 아침 안개 낀 날 낮에는 스님이 머리가 벗겨질 정도로 햇볕이 쨍쨍 더운 날씨가 된다는 말.

• 아침 뻐네 치면 여름 꼬막이 웃는다 : 뻐네는 번개다. 꼬막은 고막의 사투리. 고막은 영양분 많은 빗물을 좋아한다. 아침 번개는 반드시 비를 오게 한다고 한다.

• 아구 먹고 가자미 걱고 : 아구 하나를 잡으면, 아구의 뱃속에 들어 있는 가자미까지 먹는다는 말. 꿩 먹고 알 먹고.

• 아침 무지개는 비 저녁 무지개는 갠다 : 아침 무지개 나타남은 서쪽에서 비가 옴을 말해주고, 저녁 무지개 나타남은 동쪽에 비오고 있음을 말해준다. 하늘 선녀들은 저녁 무지개를 타고 지상으로 목욕을 하러 오곤 했다는데, 화창하게 날씨 갠 때를 가려 내려왔을 터이다.

• 어물전 망신은 꼴뚜기가 시킨다 : 어떤 부류에서 가장 못된 사람이 못된 짓을 함으로써 그 부류 사람들 모두를 욕되게 함을

빗대어 하는 말.

• 엉클어진 그물 쏟아 놓은 쌀 : 한 번 내질러 놓은 큰 실수 어찌 돌이킬 것이냐고, 앞으로의 수습책을 강구하자고 할 때 이르는 말.

• 열물 넘은 중선배 : 조류를 이용하여 고기잡이를 하는 중선 배는 열물이 넘게 되면 조류가 약해져 능률을 기할 수 없다. 때를 놓친 경우에 쓰는 말.

• 여자 얼굴 고운 것과 바다 고운 것은 믿지 말아라 : 바다가 너무 잔잔하면, 그것이 오히려 태풍의 전조가 될 수도 있는 것이다.

• 열등 살에 홍어 코 벗겨진다 : 2월 영등사리 때에 가장 물살이 세다는 말.

• 오뉴월 땡볕의 바지락 풍년 : 남 보기에는 풍성한 소득을 올리는 것처럼 보이지만 실속이 없음을 나타내는 말.

• 오른 고동 먼저 잡는다 : 순서에 따라 일을 처리하라는 뜻.

• 온 바닷물을 다 마셔봐야 짠 줄을 알까 : 끝을 보아야 직성이 풀리는 사람에게 하는 말.

• 오징어 장담하듯 : 오징어는 큰 바람이 불면 바닷가 모래밭에 떠밀려오곤 한다. 그렇지만 여느 때 오징어는 동료 고기들한테 장담을 잘 한다고 한다. 〈고래가 쫓아오면 먹물총으로 쏘아버리고, 태풍이 불면은 닻줄(긴발)로 단단히 붙들어 매고 …… 나는 세상에 무서울 것이 없다.〉 허풍스럽게 장담을 잘하는 사람을 빈정거리는 말이다.

• 5농 6숭 : 오월에는 농어 맛이 좋고 6월에는 숭어 맛이 좋다는 말.

• 5·6서에 준 사철이라 : 서대는 오뉴월에 맛있고, 준어는 사철내내 맛있다는 말.

• 5월 돔은 나무껍질을 씹지 못 씹는다 : 알 낳아버린 도미는 맛이 없다는 말.

• 2월 천둥은 조기 몰아 올린다 : 2월 천둥은 플랑크톤의 번식을 촉진시켜 주므로 조기는 더 잘 잡히게 된다는 말.

• 짱뚱이가 뛰니까 게도 따라 뛰려고 한다 : 숭어가 뛰니까 망둥이도 뛴다. 잘나지도 못한 사람이 잘난 사람 흉내를 내려 함을 빈정대는 말.

• 저녁 노을 지면 외아들 배에 보낸다 : 날씨가 좋고 바람도 불지 않을 것이라는 말.

• 저녁놀은 맑고 아침놀은 비가 온다 : 노을 현상이 나타나는 것은 대기 중에 각종 미립자가 떠 있는 까닭이다. 빨강색으로 되는 것은 파장 때문이다. 서쪽 하늘이 맑으면 날씨가 서쪽에서 동쪽으로 변해가므로 맑음 상태가 동쪽으로 이동되므로 맑을 징조라는 것이다. 아침놀은 그 반대이다.

• 정이월 높바람에 바위 끝에서 눈물 난다 : 설 쇤 뒤의 높바람에는 돌부처도 눈물을 흘린다. 그만큼 바람 끝이 차다는 말.

• 제비가 집을 거칠게 지으면 그해 바람이 많다 : 제비 집이 거칠면 태풍이 많이 온다는 것은 매우 과학적인 뜻을 담은 말이라고 한다.

• 조락은 내려봐야 한다 : 결과를 보아야 안다는 말.

• 조깃배는 못 타겠다 : 덜렁거리고 시끄럽게 떠드는 사람을 두고 하는 말. 조기잡이 뱃사람들은 혹시 조기가 도망칠까 싶어 소리를 내지 않는다.

• 진달래꽃 피면 청어배 돛단다 : 진달래꽃 피면 청어잡이가 시작된다는 말.

• 집은 사서 들고 배는 무어 탄다 : 어선은 자기 손으로 튼튼하게 건조하여 타야 한다는 말.

• 초여드레 지는 밤중, 스무 여드레 뜨는 밤중 : 음력 초여드레 밤은 달이 지는 때가 한밤중이고, 음력 스무 여드레(28일) 밤은 달이 뜨는 때가 한 밤중이라는 말.

• 치 오 푼 저쪽에 저승 있다 : 〈치 오 푼〉은 한 치 오 푼을 말하고, 그것은 약 5센티미터쯤 되는 길이다. 고기잡이배의 뱃바닥 두께가 한 치 오 푼이다. 그 뱃바닥 아래는 바다이고, 그 바다에 빠지면 죽는다. 죽음의 세계는 저승인 것. 어촌 사람들의 죽음에 대한 인식은 농경민들과 많은 차이가 있는 것이다. 농촌 사람들은 〈북망〉이나 〈황천〉 혹은 〈문턱 너머〉를 저승이라고 표현하곤 하지만, 어촌 사람들은 〈뱃바닥〉 밑이 곧 저승이라고 표현하고 있는 것

이다. 그러므로 그들은 저승을 디디고 고기를 잡고, 저승을 머리에 베고 잠을 자고, 저승 위로 항해하고 그러는 것이다.

• 〈치〉자 돌림 고기는 다 맛있다 : 삼치, 병치, 준치, 멸치, 꽁치, 넙치, 갈치, 가물치, 날치 …… 다 맛있다는 말.

• 칠월 백중 사리물에는 오리 다리 부러진다 : 물의 흐름이 최고조에 달한다는 말.

• 칠팔월 은어 뛰듯한다 : 볼품없이 뛰어 다니거나 허둥대는 사람을 빈정대는 말.

• 칠팔월 장바닥에 문드러진 홍어 창자 속 : 무슨 일로인가 속이 많이 상한 모양새를 이르는 말.

• 하늘에 게눈 뜨면 바람 분다 : 하늘에 까맣게 끼어 있는 구름에 빤히 구멍이 뚫리는 현상을 개눈이라고 한다. 대피를 서둘러야 함을 뜻하는 말.

• 한 마리 썩은 고기 뱃간 안의 온 고기 다 망친다 : 부패한 고기 한 마리가 섞이면 다른 고기들마저 썩게 된다는 말. 미꾸라지

한 마리가 온 방죽을 다 꾸정하게 만든다.

· 한식날 바람 불면 풍어가 된다 : 한식이 든 4월 돌풍은 많은 플랑크톤을 번식시킨다. 그러므로 고기들을 많이 모여들게 한다.

· 해파리 갯가로 몰려들면 닻 내려라 : 그것은 폭풍우가 올 것임을 말해주는 것이니 고기잡이 나가지 마라는 말.

· 햇무리 달무리 서면 갯일 걷어라 : 그것은 비오고 바람 불 전조이다.

· 햇무리 달무리가 나타나면 비가 오거나 바람이 분다 : 햇무리 달무리는 얼음의 결정으로 된 엷은 구름에 의해 햇빛이나 달빛이 반사 또는 굴절되어 일어나는 현상이다. 그 현상은 면사포 모양의 엷은 백색 구름 속에 잘 나타난다. 그 현상이 나타나는 것은 저기압이 접근하고 있음을 뜻한다. 만일 비가 오지 않으면 바람이 심하게 불기도 한다.

· 화덕 밑에 불붙으면 출어하지 말아라 : 그것은 날씨가 나빠진다는 전조이다.

· 활대 구름 일면 3일 날 궂는다 : 활대 구름은 권층운. 백색의

엷은 구름층. 비가 오게 될 것이므로 미리 대비하라는 말.

– 바다의 물때와 날짜와의 관계, 조금과 사리의 주기

조 금 : 음력 8일과 음력 23일 ⋯ 조류가 가장 약함.

무싯날 : 음력 9일과 음력 24일 ⋯ 조류가 점차 살아나기 시작함.

사 리 : 한 물 : 음력 10일과 음력 25일

　　　 두 물 : 음력 11일과 음력 26일

　　　 서 물(서무날) : 음력 12일과 음력 27일

　　　 너 물 : 음력 13일과 음력 28일

　　　 다섯물 : 음력 14일과 음력 29일

　　　 여섯물 : 음력 15일과 음력 30일 ⋯ 조류가 가장 빠른 물때

　　　 일곱물 : 음력 16일과 음력 1일

　　　 여덟물 : 음력 17일과 음력 2일

　　　 아홉물 : 음력 18일과 음력 3일 조류가 점차 약하고 느

　　　　　　 려짐

　　　 열 물 : 음력 19일과 음력 4일

　　　 열한물 : 음력 20일과 음력 5일

　　　 열두물 : 음력 21일과 음력 6일

　　　 열서물 : 음력 22일과 음력 7일 ⋯ 조금 하루 전날

– 어촌 사람들이 쓰는 우리말 방위와 바람의 명칭

새 : 동(東)

하 : 서(西)

마 : 남(南)

노 : 북(北)

샛바람 : 동풍

하늬바람 :서풍

마파람 : 남풍

높바람 : 북풍

높새바람 : 북동풍

높하늬바람 : 서북풍

샛마파람 : 동남풍

갈바람 : 서남남풍

늦바람 : 남서서풍

늦하늬바람 : 남서서서풍

* 지방에 따라 조금씩 달라지는 수도 있음.

한
승
원

1939년 전남 장흥에서 태어난 한승원은 장흥 중 고등학교 서라벌예대 문
예창작과를 거쳐, 1968년 대한일보 신춘문예 소설 〈목선(木船)〉 당선 되
었다. 소설집 〈앞산도 첩첩하고〉〈안개바다〉《폐촌》〈포구의 달〉〈해변
의 길손〉 장편집 〈아제아제 바라아제〉〈연꽃바다〉〈초의〉〈흑산도 하늘
길〉〈추사〉〈다산〉〈원효〉〈물에 잠긴 아버지〉〈달개비꽃 엄마〉〈도깨비와
춤을〉 시집 〈열애일기〉〈사랑은 늘 혼자 깨어 있게 하고〉〈노을 아래서
파도를 줍다〉〈달 긷는 집〉〈사랑하는 나그네 당신〉〈이별 연습하는 시간〉〈
꽃에 씌어 산다〉 산문집 〈꽃을 꺾어 집으로 오다〉등을 펴냈고, 현대문학
상, 한국문학작가상, 이상문학상, 대한민국문학상, 한국소설문학상, 한
국해양문학상 한국불교문학상 미국 기리야마 환태평양 도서상, 김동리
문학상을 수상했고, 장흥 바닷가 해산토굴에서 집필중이다.

표지그림_ 서양화가 김동석